上海故事会文化传媒有限公司 SHANGHAI STORIES CULTURS MEDIA Co., LTD

故事会

刀尖上跳舞

悬念推理系列
Suspense Inference Series

上海故事会文化传媒有限公司
上海文艺出版社

图书在版编目（CIP）数据

刀尖上跳舞 /《故事会》编辑部编. -- 上海：上海文艺出版社，2017（2020.7重印）

（故事会·悬念推理系列）

ISBN 978-7-5321-6396-0

Ⅰ.①刀…Ⅱ.①故…Ⅲ.①故事-作品集-中国-当代 Ⅳ.①I247.81

中国版本图书馆CIP数据核字(2017)第138866号

书　　名	刀尖上跳舞
主　　编	夏一鸣
副 主 编	吕　佳　朱　虹
责任编辑	陶云韫　曹晴雯
发稿编辑	吕　佳　朱　虹　姚自豪　丁娴瑶　陶云韫 王　琦　曹晴雯　刘雁君　赵媛佳　黄怡亲
装帧设计	周艳梅
责任督印	张　凯
出　　版	上海文艺出版社
出　　品	上海故事会文化传媒有限公司 (200020　上海市绍兴路74号　www.storychina.cn)
发　　行	上海文艺出版社发行中心 (上海市绍兴路50号　200020)
印　　刷	上海中华印刷有限公司
开　　本	787×1092　1/32　印张8
版　　次	2017年7月第1版　2020年7月第2次印刷
书　　号	ISBN 978-7-5321-6396-0/I·5114
定　　价	25.00元

版权所有·不准翻印

故事会 大众文化出版基地　上海故事会文化传媒有限公司　出品（00630）www.storychina.cn

上海故事会文化传媒有限公司所有图书可办理邮购，免收邮费(挂号除外)
汇款地址：上海市南绍兴路74号(200020)；　收款人：上海故事会文化传媒有限公司发行部
联系电话：021-64338113
如发现本书有质量问题，请与印刷厂质量科联系 T:021-65376981

编者的话

一、中华民族自古以来便有讲故事的传统。五千年的文明绵延不断，五千年的故事口耳相传，故事成为中华民族弥足珍贵的精神财富。

二、创刊于1963年的《故事会》杂志是一本以发表当代故事为主的通俗性文学读物。50多年来，这本杂志得风气之先，发表了一大批脍炙人口的优秀作品，许多作品一经发表便不胫而走、踏石留印，故而又有中国当代故事"简写本"之称。

三、50多年来，这本杂志眼睛向下、情趣向上，传达的是中华民族最核心、最基本的价值观。

四、为让读者在最短的时间内阅读最大面积的精品力作，《故事会》编辑部特组织出版《故事会·悬念推理系列》丛书。

五、丛书分为如下八本故事集：《百慕大航班》、《刀尖上跳舞》、《非常推理》、《交换杀人》、《蔷薇花案件》、《死亡游戏》、《一只绣花鞋》、《致命三分钟》。

六、古人云：登东山而小鲁，登泰山而小天下。对于喜欢故事的读者来说，本丛书的创意编辑将带来超凡脱俗的阅读体验。

《故事会》编辑部

目录
Contents

危情·疑案

白色冷藏车 ·················· 02

刀尖上跳舞 ·················· 09

隐蔽战线的人 ················ 17

皮包游戏 ···················· 21

奇妙少女 ···················· 26

谁是卧底 ···················· 34

神探·谜案

象棋玄机 ···················· 53

顺蔓审瓜 ···················· 59

雾中密谋 ···················· 65

北上快车谋杀案 ·············· 76

失踪的红豆杉 ················ 84

业余侦探 ···················· 89

上钩 ························ 96

儿时的凶器 ················· 100

意外保险的秘密 ············· 103

目录
Contents

密谋·奇案

寻玉追凶 …………………… 111

瑞府朱虿案 ………………… 117

打狗挖坟 …………………… 124

告密者 ……………………… 132

猎人 ………………………… 135

美丽的陷阱 ………………… 142

雷登荷尔街之谜 …………… 151

奇怪的征婚启事 …………… 156

梅园生死劫 ………………… 162

铁证·悬案

偶数 ………………………… 210

天网无形 …………………… 219

竞选背后的阴谋 …………… 227

电话那头的凶案 …………… 233

死者的叫声 ………………… 236

空药瓶 ……………………… 244

危情·疑案

weiqing yian

疑点，是破绽，也是线索。破解疑点，是侦探与案犯之间的智慧游戏。

白色冷藏车

盛夏的一天下午，安城的沿江公路上，奔驰着一辆非常醒目的白色冷藏车。把着方向盘的是一个个子高高的年轻人，他身穿短袖印字汗衫，鼻梁上架着一副茶色蛤蟆镜，他似乎存心和这车子怄气，不停地猛踩油门，把车速推到最高档。车子就像飞起来似的，直向安城码头呼啸冲去。

车子开到一片树林旁转弯时，有个女郎突然冲到路当中，挥着双手，想要拦下车子。年轻司机猛地一惊，急忙揿响一串急促的喇叭声，谁知那个女郎却不理不睬。这下可把小伙子的嘴都气歪了，他一个急刹车，摘下蛤蟆镜，弹出眼珠子，刚要怒斥，只见那女郎一个转身，披肩秀发随之一个飘旋，露出了一张秀丽的脸蛋，向他嫣然一笑。啊！多漂亮的姑娘！特别是她胸前那枚名牌大学的校徽，更让他肃然起敬，刚才的怒火顿时烟消云散。

这时，那女郎文静大方地上前问道："师傅，对不起。请问您的车去哪儿？"

"码头。"

"那太好啦！顺路！可以让我搭一下车吗？"

"可以，可以。"小伙子一边连连点头，一边打开车门。

那女郎一上车，就自我介绍说："我叫张丽华，趁暑假到安城来旅游的。这儿的海滩风光实在太美、太富有诗意啦，真叫人留连忘返哪！"

年轻司机没有搭腔，但看得出来，身旁坐了一个漂亮的姑娘，似乎给他增添了无穷力量。他挺起胸脯，瞥了姑娘一眼，猛踏油门，启动车子，一溜烟地向码头驰去。

开着开着，小伙子越来越感到心神荡漾起来。原来，坐在他身边的姑娘，不仅把裙子撩起来，露出了白嫩的大腿，而且还把自己的身子紧紧地贴在小伙子身上，一股沁人的香气直往他鼻子里灌。他心里不由一阵发慌：难道这就是现代大学生所追求的开放自由？小伙子正猜想着，忽然又感到自己的大腿上面，好像有千万只蚂蚁在乱爬。他斜目一瞟，原来是女郎那纤细的小手搭在自己的大腿上。

他正在左右为难的时候，突然发现前面有个深坑，他连忙一摆方向盘，车子猛地一歪，"砰"一声，毫无思想准备的女郎被车速惯性一甩，身体倒向车门。惊骇中，那只小手已死死抓住了座位前的栏杆。

年轻司机赶忙结结巴巴向她道歉："对不起，有一个深坑。"

女郎嗔怒地瞪了年轻司机一眼，摸了摸被撞的脑壳，但很快又绽开了笑容，娇滴滴地对年轻司机说："你太像一个电影明星了！我们交个朋友吧！你叫啥名字？"

小伙子不禁喜上眉尖，激动得连声音都颤抖了："我叫李厦，在海滨浴场开车。"

女郎顿时神采飞扬,她拉开小拎包,从里面摸出几粒奶糖:"来,让我们的友谊有个甜蜜的开端。"说罢,翘着两个纤细玉指,剥好一粒奶糖,含情脉脉地送到小伙子的嘴边。

小伙子受宠若惊,连忙张开嘴,甜丝丝地含住了那粒糖。

"这是上海糖,还甜吧?"此时此刻,女郎好像真成了正在深爱着李厦的恋人,紧紧靠在他的身上。

李厦使劲嚼着口中的奶糖,傻乎乎地笑道:"甜,真甜。"

说话间,前面出现一片小树林。女郎突然摇摇李厦的胳膊:"小李,停停车。"

"干啥呀?"李厦一边问,一边停住车子。

女郎扭着腰肢,羞答答地说:"我要小解。"说着打开车门跳了下去,径直向小树林跑去。小伙子目不转睛地瞧着姑娘苗条的身影在树林里慢慢消失。

过了十几分钟,那女郎才急匆匆地从小树林里走了出来,登上驾驶室。她见李厦耷拉着脑袋伏在方向盘上,迟疑了一下,接着用手一推,李厦竟像一摊烂泥歪向一边。一丝冷笑浮上了她的脸盘,那张秀美的脸,顿时充满了奸诈。原来这个女人既不是什么名牌大学的学生,也不叫张丽华,而是窜来安城大肆进行犯罪活动的走私集团的骨干分子冯妹。

这时,她迫不急待地朝窗外招了招手,一个穿花格衬衫的中年男子连奔带跑奔了上来。

"怎么样,这是一块烈性麻醉糖,最少持效五小时。"冯妹狡黠地说着。

那男子也不搭腔,赶忙摸摸李厦的腰部、大腿,又使劲把李厦搬移到旁边的座位上。冯妹冷笑道:"我早摸过了,这毛小子没家伙。"接着她又诧异地问,"不把他扔下去?"

"扔下去被人发现,不就糟了!我们反正是借车么。"那男子说完,一边踩足了油门,一边笑着说,"小姐,真有你的!"

"这样的毛小子,不要说是一个,就是一打,我也照样能花倒他们!"冯妹说着,得意洋洋地点燃一支烟,向那个中年男子的脸上喷了一口。

那男子嬉皮笑脸,一手握着方向盘,一手在冯妹胸脯上抓了一把,两人同时发出了淫荡的笑声。车子一阵颠簸后,便停在一片荒芜的海滩边。

这时,一个肥头大耳、五十开外的胖子,挪着臃肿的身子,摇摇摆摆地向车子走来。

"尤老板,车来啦。"

"好!阿牛、冯妹,这一手漂亮!"

说话间,阿牛和冯妹先后跳下车。尤老板一摇二摆地登上驾驶室,盯着李厦看了一会儿,又慢慢地托起他的下巴注视着。突然,他贼眼一转,用一双肉墩墩的大手抓住李厦的手腕,猛地一招,李厦的身子便软绵绵地朝一边歪了过去。尤老板见李厦没有丝毫反应,才放心地一挥手,说:"装!"

接着,他们朝海滩旁一座孤零零的破旧小棚屋走去。不一会儿,他们陆续抬着木箱,走了出来,把木箱装上车。尤老板压低嗓门关照阿牛:"你开飞车,十五分钟赶到黄老板那里。"

阿牛一声答应,和冯妹又爬上了驾驶室。车子开动后,冯妹搂着阿牛嗲声嗲气地问:"刚才尤老板和你嘀咕些啥呀?"

"噢,他说公安局发现咱们啦!"

"那怎么办?"

"尤老板自有妙计,这趟货脱手后,咱们来个远走高飞,让他们到海里去找人吧!"说完发出一阵狂笑。

车子开得飞快,一阵七弯八拐后,终于在一片阴森森的树林里停下了。尤老板从后面过来,冲着驾驶室吆喝道:"快!都到后边车厢里搬货,抓紧时间,十分钟完事。"一听吩咐,歹徒们都急匆匆地向车后跑去。

这时,驾驶室里只剩下李厦一个人了。他慢慢睁开眼睛,屏声息气,稍稍活动了一下酸痛的筋骨,一个猫腰,"唰"地跳下驾驶室,翻身滚进车肚下面。

呃!李厦不是被麻醉药麻晕过去了吗?其实李厦不但没有被麻醉,而且清醒得很。原来,当冒充大学生的冯妹上车后,她那副轻佻样子和有意挑逗的举动,早使李厦既厌又疑,于是他便假装痴呆,伺机行事。当她殷勤地往他嘴里送糖块时,他顿时警觉起来,赶紧把糖压在舌根底下,却装作吃得很香。当冯妹下车"小解",扭着身子消失在树林里时,他迅速从口里吐出奶糖,掰开一看,不觉大吃一惊:奶糖里有一些灰黑色的细微粉末,这是一粒烈性麻醉糖!李厦脑海里立即闪出一串疑问:这女人是什么人?她到底想干什么?他决定摸清她的底细,于是将计就计,演了上面的一出戏。要不是靠平时练得的功夫,先前那一掐,非露馅儿不可。

那么,李厦到底是什么人呢?其实他不是海滨浴场的司机,而是公安局的刑侦员。前不久,安城市公安局发现一个走私集团窜来本市的蛛丝马迹。今天中午,他正在海滨浴场侦察时,局里临时又交给他一个任务,叫他把刚运到码头上的一批新式侦察检验设备拉回局里。因为没车子,李厦就向浴场借了一辆闲置的冷藏车,急急忙忙往码头开去,谁知车到中途，却碰上了冯妹。

当李厦被阿牛推到一旁，他便一边装作昏睡的模样，一边竖起耳朵，注意着四周的动静。听了他们的对话，李厦又喜又忧：喜的是无意中竟碰上了自己苦苦寻找的走私集团；忧的是自己单身一人，又没带枪，怎么制服这批罪犯？

这时，李厦借着车身的掩护，慢慢爬到了后厢门底下。从那微闭的车门里，传出了尤老板的公鸭嗓："这趟货一脱手，大家连夜离开安城，跑得越远越好，然后再听候我的指令。"

一听这话，李厦恨不得生出三头六臂，把这些歹徒一网打尽。他正紧张地想着怎么办时，突然看到车厢门上的那根大铁闩，他眼睛顿时一亮，立即想出一个绝妙的主意来。这个铁闩足有八分粗，没有万斤力量是难以把它扭歪的，只要把门闩起，就可瓮中捉鳖。这时，只见他纵身一跃，"哐"一声巨响，那车厢的铁门被死死地碰上了。接着，他以飞快的动作把那根大铁闩紧紧地扣上，霎时，车厢里变成了一个密不透风的闷罐子。

正在里面忙碌的歹徒们先是一惊，接着明白发生了什么。黑暗中，气急败坏的尤老板从腰间拔出小手枪，吼着公鸭嗓："快，快给我砸门！"

李厦一阵风地跳上了驾驶室，踩足油门，"噌"一下，冷藏车像离弦之箭一般朝市内驰去。关在车厢里的七个歹徒，又蹦又跳，又砸又摇，又吼又叫，又吵又闹，像一群无头苍蝇。

"再不开门，我就开枪了！"尤老板声嘶力竭地吼道。

接着，"砰砰"几声枪响，子弹在车厢里开了花。听到枪声，李厦淡淡一笑："怪热的，给你们降降温吧！"说着，用力摁下了操纵盘上那只启动冷冻机的白色按钮。

一阵声响后，仅仅几分钟，温度指示表的指针就指在了"零"上。没过多久，后边车厢里的嘈杂声越来越弱了……

车到公安局，李厦他们打开车门一看，只见这些短裤薄衫的歹徒们，一个个冻得瑟瑟发抖，活像冰箱里的赤膊鸡，青里透紫。

（王根龙）

（题图：章　立）

刀尖上跳舞

记者铁汉的文笔非常犀利,在圈里素有"铁笔"之称。这天,他正伏案赶写一篇稿子,主编匆匆走进来,交给他一项重要任务。

啥任务?铁汉所在的城市位于西南边陲靠近缅甸金三角一带,大小毒贩常常云集于此。按说现在贩毒吸毒也不是什么稀罕事,可奇怪的是警方缉毒稽查这么严,毒贩们到底是怎么进行毒品交易的呢?铁汉的任务就是配合警方深入贩毒集团内部,挖出贩毒集团偷运毒品的内幕,然后写出一篇有分量的报道。

主编把这个任务交给铁汉是有缘由的。铁汉在十多年的记者生涯中,曾扮成乞丐深入丐帮达半年之久,曾只身打入非法传销队伍内部,回来之后用手中的铁笔写下了数万字的长篇通讯报道,戳穿丐帮内部的重重黑幕，揭露非法传销的骗人伎俩，在社会上引起了巨大的反响。警方也正是因为看中了这一点，所以想与报社合作，联手作战。

但铁汉领了任务却犯了愁。为啥？丐帮好找，传销好进，可贩毒团伙却诡秘异常，上哪儿去找？主编似乎看透了铁汉的心事，说："你何不去找找老广东？"

主编一句话无疑是提醒了铁汉，他立马有了主意。说起这个老广东，他曾是丐帮的帮主，是个毒瘾奇大的瘾君子，丐帮取缔后，铁汉考虑到老广东的孤苦身世，积极联系戒毒所帮他戒毒，后来又东奔西走帮他找了一个门卫的差事，还时不时地去看看他。老广东过去长年吸毒，和毒贩混得烂熟，从他那里肯定可以找到线索。

铁汉开门见山，请老广东帮助联系毒贩，老广东极不情愿，因为毒犯个个是把脑袋掖在裤腰带上的主，亡命徒呀，要是他们知道是自己把记者引了来，还不把自己给零拆活卸了？但碍于铁汉有恩于自己，思忖良久，老广东终于决定豁出去了，他对铁汉说："好吧，我就提着脑袋帮你一回，不过你可千万不能露出破绽，否则咱俩脑袋都得搬家。"

当晚后半夜，老广东就带着铁汉转大街拐小巷，最后来到一个黢黑的巷口，老广东幽灵一般闪了进去，铁汉也紧跟了进去。摸黑走了一段路，老广东压低声音说："到了！"他掀开脚旁一个下水道的窨井盖，推了铁汉一把："快下去！"随后自己也紧跟着跳了下去。

两人下到井里，老广东似乎早有准备，掏出备好的手电筒引路。下了竖巷便是横巷，刚刚走出几米，铁汉差点儿惊奇地叫出声来。咋回事？原来井下面另有一番天地：横巷足有一人多高，两人宽，到处是纵横交错的管子。选择这样的地方做交易，真是又安全又隐秘，毒贩子的眼光真不赖呀！

在巷道里走了一段路，老广东停了下来，掏出一支烟，把它点燃了，不大工夫，巷道里就隐隐传来脚步声，但远远地不肯靠过来。此时，就见老广东把手里点燃的烟卷在空中顺时针方向划了三个圈，又逆时针方向划了三个圈，远处的脚步声这才重新响了起来，越走越近。

来人精瘦精瘦，老广东一看就认识，这人外号叫"黑泥鳅"。黑泥鳅见老广东领来一个生面客，扭头就走。老广东急忙拽住他，指着铁汉说："你别小看人家。这可是个大主顾，我的生死哥们儿，放心吧，翻不了船！"

见老广东这样介绍，黑泥鳅停了下来，不过那双贼眼始终上下打量着铁汉。看着看着，黑泥鳅突然朝铁汉挥拳打了过来，那拳头结结实实地砸在铁汉胸口上。铁汉趔趔趄趄倒退了好几步。

黑泥鳅哈哈大笑，双手一抱拳："得罪得罪，看来你真不是'雷子'，一点躲闪的功夫也没有。"铁汉这才明白：黑泥鳅怕自己是警察呢！

消除了戒心，黑泥鳅单刀直入问铁汉："你要多少？"

铁汉并不正面回答，反问他道："你有多少？"

黑泥鳅瞥了他一眼："胃口不小啊，多少你都能吞下？"

铁汉故作漫不经心的样子说："咱都是江湖上混的人，不打诳语。我要这个数。"说着，他伸出两个手指。

"二十克？"黑泥鳅惊喜地问。

铁汉摇摇头。

"二百克？"黑泥鳅的眼睛瞪出来了。

铁汉还是摇头。

"你要两千克？"黑泥鳅惊讶得叫出了声。

铁汉这回才点了点头。

黑泥鳅顿时就像霜打的茄子——蔫了。为啥？因为他只是一个马仔级的毒贩，撑破天只能提供百八十克的东西，铁汉要两千克，那就是整整两公斤哪，这么多货，上哪儿去弄？眼见到嘴的肥肉吞不下，黑泥鳅当然不会甘心，他对铁汉说："这样吧，我去跟老板商量商量，看有没有这么多的货。"说完，他要了铁汉的手机号，双方就此分了手。

等到黑泥鳅走远了，老广东和铁汉两个人也出了下水道。走出黑巷子，铁汉先打发走了老广东，自己则钻进了街边的一家"红玫瑰舞厅"。

此时虽说已是后半夜了，可舞厅里照样灯火通明，人头攒动。铁汉一个响指叫来舞厅老板，指名要了两个坐台小姐，然后就与她们堂而皇之地在大堂里边喝边聊边打情骂俏。

这当中，铁汉发现，有个戴着墨镜，帽檐压得低低的人进来了两次，环顾四周后又悄悄退了出去。铁汉料到对方一定会不放心自己，表面上不露声色，故意在舞厅里混了好长时间，断定对方不会再来人了，才埋单离开。

第二天一早，铁汉的手机就响了，是黑泥鳅打给他的，说让铁汉把钱准备好带上，晚上在老地方，老板要见他。

铁汉心里一声冷笑：哼，这种招数我在丐帮又不是没有领教过，他们一定是在玩什么花样，后台老板哪有这么轻易就露面的？

铁汉一整天怎么准备的，这里不提，反正到了约定的时候，他欣然而至，可在场的却只有黑泥鳅一个人，并没有见到什么老板。

铁汉故作恼怒的样子，责怪黑泥鳅不守信用。黑泥鳅以为铁汉真生气了，急忙安慰道："你也别急，老板是谁呀，神龙见头不见尾，不到关键时候不会出场的。"

于是两个人只好等呀等，差不多等了将近一个小时，黑泥鳅的手机忽然响了起来。接完电话,黑泥鳅对铁汉说:"快走,老板要见你。"两人便一前一后朝下水道出口处走去。

走到出口处,铁汉才刚刚探出半个头,一块黑布突然就蒙了上来,紧接着身子就被几双大手给拖了上去,然后立刻又被塞进一辆轿车,飞驰而去。

不知过了多长时间,车停了,车门一开,一股难闻的臊臭味儿扑鼻而来。铁汉被拥下车,旁边一双大手摘了他头上的蒙布,铁汉一看,原来眼前是个养猪场。

铁汉被他们推推搡搡着走到场子里面,突然从旁边暗影里幽灵般地闪出一个人来,铁汉不看则已,一看顿时惊呆了:眼前赫然站着一个妙龄女子,唇红齿白,艳若桃花,尤其是她那婀娜多姿的体态,好一副跳舞的身材。铁汉的脑海里突然掠过一个闪念:有了,这回文章题目就可以叫"刀尖上跳舞"。

女老板开口问铁汉:"是你要买?"铁汉点点头。

"钱带来了吗?"铁汉拍拍手上的密码箱。

女老板示意旁边的几个大汉验钱,铁汉高喝一声:"住手!"女老板一时愣在那里。

铁汉不紧不慢地说:"道上的规矩,先验货,后付钱,怎么忘了?"

女老板抿嘴一乐:"瞧我这脑子!来人呀,让他验货。"

不多时,几个大汉牵来一头猪。铁汉吃惊地问:"怎么,这就是毒品?"

女老板嫣然一笑:"别着急,待会儿你就看到了!"话罢,刚才还美艳至极的女老板突然变得凶神恶煞起来,眼睛里射出阵阵寒意,只见她手持一柄尺把长的尖刀,慢慢逼近铁汉,突然闪电一般直刺过来。

铁汉再怎么经历过场面,可毕竟是个书生,这会儿他绝望地闭上了眼睛，心想：完了，任务没完成不说，连命都搭上了。

突然，只听一声撕心裂肺的惨叫声冲破了宁静的夜晚，铁汉吓了一大跳，不由自主地睁开眼睛一看，才发现女老板手中的尖刀不是冲着自己来的，利刃已经划开了猪的肚子，此刻她正从猪肚子里面小心翼翼地掏出一团血淋淋的东西来。看着她那熟练的动作，铁汉心想：怪不得她能当老板呀，原来这么心狠手辣。

女老板并不理会铁汉的神情，她把那团血淋淋的东西洗净，放在案板上，然后得意地对铁汉说："这是特制的塑料袋，那玩意儿就放在塑料袋里，塞进猪的肚子，既方便运输又能逃过检查，没想到吧？"

这样的藏毒方式铁汉还真是第一次见，他把塑料袋打开，一看一捏一闻，果真是那东西，心里不由非常感慨。

女老板说："货你已经看到了，现在可以给我们看你的钱了吧？"

铁汉也爽快，把手里的密码箱往地上一放，立刻有大汉上去打开，可是才看一眼，就骂了起来。

咋回事？里面装的全是冥币。女老板顿时满脸罩霜，站在四周的那些大汉们也都伸胳膊挽袖管地逼近过来。

铁汉胸有成竹地说："慢着，我有话说。一是没见货之前谁也不会贸然带钱，这是行规；二呢，干咱这行的，常常有黑吃黑的事儿，我不得不留一手。"

见铁汉这样沉着冷静，女老板不由哈哈大笑起来："好好好，看来你是干咱这行的老手，今天你要真把钱带来了，我倒反而会起疑心。"

事情到了这一步，铁汉也算是"旗开得胜"了，既见到了真货的秘密藏处，又消除了女老板对自己的疑心，接下来是要探察这帮毒贩的运货渠道了。铁汉趁热打铁对女老板说："货我已经看到了，这笔钱我当然不会赖账,但你们得负责帮我运出去。"

女老板说:"好吧,老规矩,明晚十二点,我们把这批猪替你运到黑风岭去,咱们在那儿一手交钱一手交货,怎么样?"

"行!"铁汉表面上装作欣喜异常的样子,心里却冷冷一笑:这儿距离黑风岭有不下百十里的路,中间要经过好几个稽查站,我看你们怎么把货运出去!他连夜用短信的方式把消息悄悄送了出去,通知稽查站,凡是猪肚子上有伤痕的一定要仔细检查。可谁知第二天,这批肚子里藏毒品的猪居然还是平平安安地闯过了一道道关卡。

难道稽查人员没看出蛛丝马迹来?铁汉表面上不露声色,晚上依然准时赶到了黑风岭。到那里悄悄一看,发现运到黑风岭的这批猪,肚子上根本就没有刀痕。怪不得稽查人员发现不了呀!可这到底是怎么回事呢?莫非女老板让人私下里调了包?铁汉很纳闷。

此刻,铁汉知道黑风岭上已经埋伏了大批公安,就等着他发信号来收这批毒贩的网了,可是为了弄清贩毒分子到底用了啥魔法,铁汉仍然按兵不动。他沉住气,故意做出一副气狠狠的样子,对女老板说:"不对呀,你们想蒙我还是咋的?这批畜生都不是昨天开过膛的,你们把货藏哪儿去了?除非当着我的面再开膛验一次货给我看看。"

铁汉原以为女老板可能会勃然大怒,或者再玩出什么花招来,没想对方却答应得非常痛快:"行,那咱就重验一次货给你看看。"

或许是这次交易的诱惑太大,女老板豁出去了,她哈哈大笑着:"也难怪你说我蒙你,嘿嘿,这里的奥秘我当场给你看。"

女老板让手下人拉过一头猪来,"嘶"一声把它的肚子划开,肚子里果然藏着一个特制的塑料袋。她把塑料袋拿出来,朝铁汉手里一塞,说:"仔细看看,是不是昨天放进去的东西?"

铁汉当然知道女老板说的东西指的就是毒品,他认认真真地验过,点点头,然后又把它塞进了猪肚子里。

女老板得意地笑了,"怎么样,不会再说我蒙你了吧?你接着看!"

一眨眼,她不知从哪里拿来一个塑料瓶,拧开瓶盖,往猪肚子的划口处撒了一点粉末,顷刻之间,上面爬满了密密麻麻的白蚁。

铁汉惊得目瞪口呆:"你这算是给它缝伤口了?你把它弄成这副样子,还让它怎么过关卡?你可别收了我的钱坏了我的事啊!"

女老板一听哈哈大笑:"放心吧,这地方马上就会愈合的。实话告诉你,这种白蚁原产于南美亚马逊原始森林,它有个名字叫割叶蚁,闻到血腥味就会死死咬住伤口,只要揪下蚁身,留下的蚁头就成了最好的羊肠线,又因为蚁头也是白色的,所以根本看不出缝合的痕迹!"

女老板说的一点没错,几分钟之后,猪肚子上果然就没有留下一点痕迹了。

铁汉做梦也没有想到,贩毒分子会有如此妙招。在彻底摸清了他们的底细之后,铁汉立刻果断地按照事先的约定,给埋伏在四周的公安缉毒人员发出了信号。

至此,罕见的偷运毒品案终于大白于天下。后来,铁汉以《刀尖上跳舞》为题记述了这次历险经历,成了轰动一时的爆炸性新闻……

(刘春山)

(题图:黄全昌)

隐蔽战线的人

那年，市公安局的缉毒科接到了线报，传闻最近毒品市场有一个神秘女子特别活跃，她的"货"纯度高、出货量大，很有魄力，但关于她的具体信息，局里又一无所知。到底这个传闻是否属实，又是否真有其人呢？缉毒工作压力很大，缉毒科开始紧张安排、秘密部署起来。

经过一段时间的准备，市局掌握了神秘女子的一个重要手下的线索，这是一个绰号叫"秃头"的毒贩，缉毒科认为时机成熟了，专门调来了一位特警，人称大徐，大徐伪装成小买家，和秃头联系，要求进货。毒贩多次考验后，终于答应和大徐见一面聊聊。

大徐蒙上眼睛后被一辆小车载到了郊区的一所农房，到了地方，五个小伙子盯着他下了车，进了屋子就搜身，又用金属探测器扫了一遍。

搜完了，大徐还没落座就被人从后背踹倒，一把手枪顶在了他的后脑，一个秃头的毒贩大声喊道："你小子是个警察！老子一枪打死你！派你来干什么，你们调查出多少情况了？"

大徐躺在地上，脑门已渗出汗来：难道自己的身份已经暴露了？还是对方在摸底讹诈？一个个念头飞速闪过，半秒钟内就要作出回应，他决定继续坚持："兄弟们，黑吃黑也不用这样啊，钱我带了一部分，货我可以不要，给条生路。"

秃头听了，反而更加用力地将枪顶着大徐的头，一个马仔走过来，将一个口袋套上了大徐的脑袋，还在他脖子上紧紧地勒了条绳子，渐渐地，大徐被勒得青筋突起，呼吸也困难了。秃头大声喊："快说你的任务是什么，了解多少情况，不说我数三下就开枪了！"

大徐想，自己早料到会搜身，没带监听器、定位器，看来今天要交待在这儿了，他心一横，说："我可是真心交易的，钱你拿走，今天我认了，咱们地底下见吧。"

秃头喊到"三"，等了几秒没动静，突然又把大徐揪了起来，慢慢地把枪收起，放到桌子上，说了声："坐吧。"说着挥手示意，突然，他无意间把桌子上放的那把枪碰掉了，正好掉在大徐跟前。

气氛再次紧张起来，大徐不知道毒贩下一步会干什么，现在看起来是一个很好的时机，自己可以赶紧捡枪反抗，但在枪落地的一瞬间，大徐看到了枪从地面上反弹起来的高度，立刻明白了一切，于是他轻声说："大哥，你枪掉了。"秃头瞪着大徐，自己慢慢捡起枪，拉着大徐到了里屋。秃头对大徐说："对你的测试通过了，那是把空枪，别见怪。"大徐点点头，老到地用行话谈论起交货方式，还委婉地提出要见上线。

交易中，秃头拿出几个纸包让大徐检验，如果大徐没吸过，说不出其中的成色区别,那又得交待在这儿了。既要了解毒品,还要能戒掉毒瘾,这不是普通人能承受的。大徐听说过一起案子:一位缉毒警察,因为没把持住,走上了贩卖毒品的道路,后来他为了赎罪,在执行任务时第一个冲进了毒贩的据点,里面的毒贩扔过来一个手雷,他为了掩护身后的战友,来不及作其他反应,一脚把屋子的铁门踹得关上了,将冒着烟的手雷挡在了屋内,里面一声闷响,以此作为一个了结。

大徐验过成色,表示满意,秃头也松了一口气,两人决定达成合作。就在这时,秃头好像无意地看了几次大徐的手腕,然后就热情地表示要送他出去。大徐也踏实下来,跟着迈步出屋,这时,一直站在屋子角落里的一个马仔凑过来,对着墙漫不经心地说了一句:"兄弟,今天你戴错表了吧。"他这句话仿佛是对着墙说的,声音小得只有大徐一个人能听到,但大徐听了后,立刻浑身一震。

大徐戴的是块很普通的表,但表带却不是原配的,这表带是公安系统表扬先进个人的奖品,是手表厂特制的。因为其特殊性,不方便执行任务时戴,大徐就送给家人了,表后来损坏了,也就搁置起来。大徐自己一直戴着块普通手表,一次执行任务时,表带被扯断了,大徐想起以前那个赠表的表带还是好好的,就翻了出来,一试正好配上,就一直戴着,过了这么多年也慢慢习惯了,忘记了这个表带的特殊性。此时这马仔看似平淡的一句话,如同一个炸雷,惊得大徐一身冷汗。

大徐疑惑地看看那个马仔:他是在提醒自己什么吗?可马仔没有任何表情,仿佛根本就没开过口。大徐朝他微微点了下头,出了屋。秃头在屋外对几个手下说:"村里路黑,我带他上大道好了,你们不用跟着了。"

大徐若无其事地跟着秃子来到了一块僻静的庄稼地,这时,大徐眼角的余光看到秃头的手慢慢往怀里伸去,立刻转身扑了上去……经过激烈的搏斗，大徐终于把秃头压在身下，掏出了他怀里的手枪，那枪沉甸甸的早已上了膛。事后，据秃头交代，他蹲号子的时候，见到一个看守也戴过类似的表带，所以，注意到大徐的手腕后，他就起了杀心。

经过村民帮忙，大徐马上联系到在后方等消息的干警，立刻执行抓捕任务，一举抓获了秃头的几个手下，就地审讯，根据口供，连夜去那神秘女子的暂住地逮捕了她。

事后大徐才知道，为了能和狡猾的毒贩搭上关系，领导安排了这样一个人：他没有档案，没有记录，不属于缉毒大队，也不属于任何其他单位，一般人不知道他向谁汇报，就只知道他来自隐蔽战线。

这个来自隐蔽战线的人先是被送入了监狱，巧妙地和秃头关在同一间牢房，刚进入牢房，他就按"规矩"被毒打了一顿，在冰冷的水泥地上躺了整整两天。后来经过几番考验接触，他慢慢被秃头所接纳。

就是靠着这位同志的内部情报，大徐才有机会和秃头交易。

庆功会上，大徐一直盼望着能见到这位救了自己一命的神秘同志，但是因为隐蔽战线的工作性质，这位同志最终没能出席。可是，在会场上，大徐接到了一个奇怪的电话，对方只说了一句："同志，今天你戴对了表吗？"说完呵呵一笑，随即挂掉了电话。

虽然只有一句话，大徐却激动万分，因为他听出来了，电话那头就是那个"马仔"，来自隐蔽战线的人……

(骆　驼)
(题图：安玉民)

皮包游戏

下午五点半，正是上下班的高峰时刻，东京地铁车站前的广场上人山人海，十分拥挤。在车站的一个角落里有一个私家"行李临时寄存处"。

寄存处的服务生是一个年轻的姑娘，她聪明勤快，从未出过差错，深得老板的信任和顾客的赞扬。但是今天，她显然办了一件傻事：寄存处同时来了一个穿藏青色西装的顾客和一个穿茶色衣服的顾客，她收取了他们的寄存牌后，取出了两个完全相同的、最近在报纸和电视广告上大肆宣扬的那种流行皮包，她记不清它们的先后顺序了，便同时把它们放在柜台上，物见本主会说话，让他们自己去辨认吧。

糟糕的是，两个顾客比服务生小姐更为难，因为皮包不但样式一样，颜色也完全相同，又都是崭新的，没有半点伤痕油渍。要从外观上来区分它们，无论如何也办不到。

穿藏青色西服的男子微微地皱起了眉头，他打算核实一下皮包里的东西，于是就下意识地想去打开自己面前那只皮包。

"慢!"突然，站在旁边的穿茶色衣服的男子惊慌失措地大声喊了起来，伸手挡住，气势汹汹地质问道："喂，你怎么能肯定那只皮包就一定是你的呢?要是我的，你就不能看!"

穿藏青色西服的男子向他赔个笑脸，很不好意思地说："其实，我也不愿意别人看我的皮包。"于是，两人异口同声地问服务生小姐会不会调包。

小姐矢口否认，并愤愤地表示这个行李寄存处还从未出过任何差错，提醒他们要为自己的言语负责，以免影响寄存处声誉。但她又很同情这两个人，建议同时打开两个皮包，看看里边的东西，以确定归属。但是，她的建议两人都没有接受。

原来，穿藏青色西服的男子，在皮包里装着走私进来的钻石和翡翠，他担心对方见财起意，说是他的东西，继而可能发生争吵，被警察发觉，偷鸡不着蚀把米，没收了宝石还要被抓起来!更糟糕的还在于，按事先的规定，七点整他必须在附近的一家咖啡馆里跟人接头，以宝石换取现款。可他并不认识接头人，只知道老板叮嘱的时间、地点和接头暗语。

穿茶色衣服的男子也是心怀鬼胎，他的皮包里正塞满了大捆大捆的钞票，他担心对方会在这种时间和场合，不顾一切地抢了就跑。而他正按老板的吩咐，要在预定的接头地点以这巨额钞票去换取宝石呢!所以他同样担心会被警察发觉，因而想竭力避免卷入浪费时间的争吵之中。当然，他也不认识接头人。

两人都不好明说，又都不让步。穿藏青色西服的男子提议既不能看，便用手掂，以此来比较皮包的重量，但还是不能区分开来，两人便把皮包取下柜台放在脚下，一人占着一个，吸着烟，绞尽脑汁地想起办法来。

恰就在这时候,一桩意想不到的事情发生了:一个穿灰色衣服的男子和一个穿黑色衣服的男子同时慌慌张张地跑出车站,撞个满怀,手中的皮包便骨碌碌地滚到了先前的两个皮包中去了。四只皮包一模一样,现在就是神仙来也无法把它们分开来了!

诸位,这四个人其实都是无所不为的歹徒。穿灰色衣服的男子是个职业杀手,他受人之托把对方勒死后,剁下其右手和凶器一块装在皮包里,正准备拿着去领赏呢!要是在这大庭广众下打开箱子,人证物证俱获,他还能活命吗?而那个穿黑色衣服的男子在皮包里藏着一枚定时炸弹,他受人委托要在天黑下来以后把它扔进某间房子的窗户里去,要命的是,定时装置已经启动,偏巧刚才掉落时又受到了震动,说不定定时装置已经失灵,马上大祸就要临头了,周围如此拥挤,跑也跑不掉啊!他满头满脸淌着冷汗,恐惧地看着其余三个人。后来的两个人像先来的两个人一样,把皮包一只只地提了提,希望用重量法来辨认,但也同样失败了,那个穿黑色西服的男子还特意把每只皮包都放在耳边听了听——他想凭定时装置的响声来辨认,但却什么也没有听到。

现在,这四个男子——我们依次称呼他们为走私先生、现款先生、杀人先生和炸弹先生——都黔驴计穷啦,他们原来以为挑选流行皮包最容易藏匿,万万没有料到会陷入如此绝境。

现款先生突然灵机一动,提议由他收买其他三个皮包,但立刻就被否决了,因为大家各怀鬼胎呀!

再说服务生小姐见状说话道:"先生们,请把你们的皮包向外移移,以免影响我们的工作。"大家只好用脚尖拨拉着一点一点地向外移。不料更大的麻烦又出现了,半道上居然又有一只完全相同的流行皮包被混淆进来了。皮包里装着一支手枪!它的主人我们照例称他为手枪先生吧!

他是有约在此等候同伴的，他也试图用重量法来区别自己的皮包，但也失败了，五只皮包完完全全地给混淆了！事情看来更难办了。

僵局总是要打破的，现款先生迫于无奈，叹口气，下定决心说道："我再也不愿意这么磨蹭下去了，能不能把皮包全打开，大家各自辨认，尽管这是我很不愿意的事。"

走私先生皱着眉头首先响应："看来，现在也只好如此了。"

然而杀人先生和炸弹先生却极力反对，手枪先生犹豫了一下，也不同意打开皮包查验。

现款先生气愤地道："那么，你们打算怎么办，难道大家伙儿就这样永远地傻呆下去吗？"

"嗨，索性全部扔到河里去！"杀人先生为了消除罪证，提出了最有利于自己的建议，因为他已经不指望带着那只断手和凶器去领赏了。

但现款先生和走私先生坚决反对，他们寻思尽管已错过约会时间，完不成任务但也不要赔本呀，不然回去后无法向老板交代。

手枪先生开始怀疑这先前的四个人是不是预谋串通好了算计自己：他们故意带来同自己一样的皮包，然后混淆起来，趁机换走自己的手枪包，这样的话，自己的计划肯定泄密了。他决定更加严密地防范这四个人，于是提议道："你们是否先给家里打个电话。"他推想这样可以拖延时间，等来自己的同伴。

这四个人相互看看，空气异常紧张，谁也无法拿着皮包独自逃走，而电话寄存处就有，大家也不用担心哪个人乘机溜掉，便同意了这个建议，分头打了电话。奇怪的是，四个人打完电话后，情绪都平静下来，而且不约而同地关注起车站入口，这倒使手枪先生不免紧张起来，他又后悔刚才自己的提议了，真是愚蠢透顶！

正在这个时候,入口处走来一个穿条纹衣服、上了年纪的男子,他神情严峻,气度不凡。出乎手枪先生的预料,四个打电话的先生立刻不约而同地叫了起来:"老板,劳驾您亲自出马,实在对不起。东西全在包里,您带回去吧,我可走啦!"说罢,四个人撒腿就跑,顷刻便无影无踪,比受惊的兔子还快!

被称作老板的男子暗自笑了,自己从来做事谨慎,奉行的是不让手下喽啰互相认识的原则,看来是完全正确的。要是让现款先生和走私先生相识,他们一定会从中渔利;杀人先生杀了人,炸弹先生再毁坏现场,这两人要是相识,就会在一起胡侃乱吹而走漏风声。只是今日他们怎么同时着了魔,竟待在这里不行动呢?算啦,还是把这些皮包全部都拿回去再说吧。他这样想着,便要弯腰去捡皮包。

"请等一下。"手枪先生说话了,"这里面有一个皮包是我的。"

老板这才发现地下的皮包不是四个,而是五个,就在他发愣犹豫的一刹那,手枪先生飞快地把他的双手反铐起来。他早就等着这个机会了,现在对手由四个人减少到了一个人,他能不行动吗?老板十分纳闷,问道:"你是什么人?"

"我是侦探,老板!"手枪先生揶揄道,"老实说,我早就看出你们是一伙同谋,为了谋取我的一只皮包,竟出动了四个人来演街头闹剧,如此寒酸的犯罪活动,我还是第一次碰到呢!"

就这样,这位侦探歪打正着,等到了警察局,打开皮包,才知道自己无意间破获了一件特大的犯罪案件。

(原作:星新一;改编:马行健)

(题图:张恩卫)

奇妙少女

那天黄昏,东京的街头细雨霏霏,一阵阵寒风吹来,使人觉得冷飕飕的。街上行人不多,即使有这么几个,走路时也都是行色匆匆的。笠原忙完了一天的活,感到有点疲倦,正懒洋洋地在街上走着,突然,耳边传来一个少女的声音:"喂,您买我一夜吧!"

笠原开始没有听清楚那少女要他买什么,等他明白了,禁不住有点吃惊,他没有理睬,依旧匆匆地走自己的路。

那个十六七岁的姑娘还是紧紧地赶了上来:"您等等,让我陪陪您嘛!"她一边说着,一边走到了笠原的面前。笠原一看,只见她穿着中学生的校服,外面套着灰大衣,头发被雨淋湿了,像擦了油似的。

笠原瞪了那少女一眼:"是跟我说话?"

"嗯。"少女羞涩地回答了一声，不安地四下张望着。

笠原不动声色地说："可咱们不能站在雨地里说话呀——跟我来！"他把少女领到了附近的咖啡馆里，要了一杯咖啡和一杯可可。他把可可挪到了那少女的面前："你知道你在干什么事吗？"

"知道。"姑娘毫无表情，望着手中的可可杯子回答。

"常干这种事？"

"不。"

"为什么要干这事呢？"

"……我急等钱用，我马上需要两万块钱。"

两人喝完后，就在小旅馆里开了一个房间，房间很小，连躺的地方都没有，他们只好坐在塌塌米上。笠原点起了一支烟，仔细端详着她，她却用手捂住脸，低着头一动不动。

经过一番谈话，笠原终于打听清楚了：少女是女子中学高中二年级的班长，为了祝贺班主任结婚，拿了全班凑的两万块钱上街买礼品，谁知刚出校门，就被几个无赖把钱抢走了。她想告诉爸爸妈妈，可又怕他们去报告警察，无赖吃了亏后将来会收拾她，万般无奈，才想到用这种方法挣两万块钱。

笠原心头一动，他明白，如果那少女说的都是实话，那么，她无疑已经陷入了自己挖掘的一个陷阱，如果没有人帮她一把，她将难以自拔。想到这里，笠原就问："已经跟几个男人搭讪过了？"

"您是头一个。"

"你怎么看中了我？"

"我觉着，您是个可以信赖的人。"

这时，笠原掏出钱包，毫不犹豫地取出两万元给了少女："喂，傻丫头，你可以回去了!"

少女立刻惊慌起来:"这……我可是还不起您的……"

笠原说:"这钱是给你的,不要你还。"对方是个不得已才拉客的少女,他怎么能够忍心乘人之危做这种事?笠原催促少女把钱收好,并再三叮嘱路上小心,不要再把钱弄丢了。少女收好了钱,怀着感激之心,眼泪汪汪地离开了小旅馆。

雨停了,笠原离开旅馆回家,此时,他的心情比哪天都好。他今年三十五岁,和妻子澄江结婚八年了,他并不爱澄江;当然,澄江也从没给过他好脸儿。夫妻俩就这么不冷不热、不咸不淡地过着日子。

笠原到了家,开了门,叫了一声:"我回来了!"和平日一样,没有回答。笠原走进卧室,就在这时候,令人触目惊心的情景出现在他的眼前:他的妻子澄江赤裸裸地躺在血泊里,胸前有个刀戳的大口子,淌出的血已经凝结成硬痂,尸体旁扔着一把塑料柄的尖刀……

笠原走上前,蹲下了身,从地上捡起了刀子,他拿着陌生的刀发呆,想在刀柄上发现点刻字什么的。

这时,一个邻居走了进来,"喂,有人吗——啊!"他看见了屋里的情景,大叫一声,转身跑了。邻居一叫,笠原这才猛地惊醒,他知道,邻居多半是去报告警察了,他马上离开了住所。当天晚上,笠原在公园的长椅上躺了一夜,他害怕警察来拘捕,害怕说不清楚是怎么回事。

第二天,笠原没有去上班,只是在公园附近随意地走。下午,他竟然鬼使神差般地来到了女子中学的门口。他在那儿站了没多久,竟意外地看到那少女向他走来,她说:"我从报上看到了——您夫人死得真惨!"

笠原一听,惊奇地说:"这么快就上报了吗?"

"是的……不过没写谁是凶手,只说邻居看到您拿着刀子站在尸体旁。"

"不是我干的,这你应该知道!"

"我知道。报上说,您夫人是七点左右被害的,那时候咱们正在旅馆里……您一宿没睡吧?请到我家来休息吧,父母都外出旅行了,家里只有我一个人。"

笠原犹豫了一下,但毕竟太困了,最终还是跟着少女回到了她的家。当天晚上,那少女把父母的房间让给了笠原,还把床上的被子、床单、枕头全换成了新的。笠原实在是太疲倦了,躺下就睡,一觉醒来,竟到了晚上十点。

少女让笠原洗了个澡,一会儿就把饭菜都端了上来,她一边陪着笠原吃饭一边说:"我想,我应该去警察局,证明您那会儿不在家。"

"不行。"笠原果断地说,"咱们本来又不认识,要把真实情况说出来,说那会儿你正和我在旅馆里,说不定你就会被学校开除的,那时候谁会相信你是清白的呢?反正我不是凶手,等他们破了案,我就没事了。"

笠原说完了这番话,禁不住长长地叹了一口气,他想:谁是凶手呢?抢劫财物?屋里东西一样没少;是强奸?澄江脱下来的衣服叠得齐齐整整地放在枕边,也就是说,衣服是她从从容容地自己脱下来的。

那少女看着笠原一副愁眉莫展的样子,试探着问:"您的夫人有情夫?"

"说不准,或许有……天晚了,我得告辞了,谢谢你的款待。"

少女有点不放心,问:"您到哪儿去呢?这么晚了,天又下着雨。"

"只好去朋友家借宿一晚了。"

"您朋友会报告警察的,外面正在找您。"

"我先打个电话试试。"

笠原打了三个电话，只有第三家同意他去。他放下电话，匆匆走了。

路上，笠原怕别人认出自己，给朋友找麻烦，尽量走小街。没走多远，他就看见朋友家的灯光了，几乎同时，他也看到了黑暗中停着的警车。他站住了，不知如何是好，就在这时，突然，从背后伸过一只手来，拐住了他的胳膊，这人，正是那个少女！

"快跟我走吧，趁警察还没看见您。"少女拉着笠原就走，"您真傻，您就这样任凭朋友出卖，也不生气？"

笠原无力地低着头说："人家有人家的难处，我处在那个位置，或许也会这么做的。"

少女突然哭起来，笠原愣住了，忙问："你、你这是怎么了？"

"您真傻，您太老实了……"

笠原面临着两难的境地：要想洗刷自己的冤屈，这个少女是唯一的证人，而若是让那少女作证，就会使她因为那一个晚上和自己在小旅馆里而声誉受毁！笠原左思右想，最后决断地站起来说："我还是应该上警察局。"

少女急了，扑到笠原面前拦住了他："不行！您千万别去！"

"你放心，我一句也不提你，我只说那会儿正散步，九点才回的家——我走了。"

少女听笠原这么一说，禁不住哭了，她抽泣着说："我并不是处女……昨天，是我骗了您……我已经陷进了那一伙人的圈套里。您跟警察说吧，反正早晚我就要被开除了，没什么关系的。"

笠原听少女这么一说，呆住了，最后还是那少女硬拉着笠原回到了她的家，当天晚上，笠原就睡在她父母的房里。第二天上午，少女陪笠原来到了警察局。

少女由一个女警官盘问,盘问笠原的是一个戴眼镜的中年警官,那警官说:"你的妻子死得很惨,我们一直在找你,因为我们抓到了一个嫌疑犯。"

笠原奇怪地问:"嫌疑犯?报上不是说,有人看见我拿着凶器吗?"

警官一笑,说:"哪会有凶手作案后还不立刻逃走呢?"

"嫌疑犯是谁?"

"你妻子的情夫,一个飞车团的小伙子,邻居们见过他多次,他作完案逃走时让邻居碰见了……要见见他吗?"

"好。"

一会儿,那个中年警官把笠原带到了审讯室里,椅子上已经坐了一个穿皮夹克的小伙子,笠原从没见过这个人。

小伙子问笠原:"你是谁?"

"笠原,死者的丈夫……你跟澄江交往多久了?"

"一年了吧,"小伙子回答得若无其事,"一个挺好的女人哪!"

那中年警官问道:"你为什么杀她?"

小伙子见警官这么问,立刻大叫起来:"你们真的是冤枉人了,不是我干的!"

"有人碰见你了。"

"准是看错人了,不信,把我的女朋友找来问问好了,那时候我们俩正在一起。"

几分钟后门开了,一个警官在门口说:"请来作证的姑娘来了。"

中年警官点头示意:"让她进来。"他话音刚落,一位少女款款走进来,笠原一看,顿时傻了似的望着她,真是想不到啊,这两天和笠原交往的那个少女竟然是眼前这个杀人嫌疑犯的女朋友!笠原像在战场上负了伤一样准备败下阵来，内心深处的不甘心，使他又狠狠地瞪了小伙子一眼，嗨，那家伙的脸上正露着得意的笑呢!

中年警官问那个少女:"前天下午五点至九点，你是跟这小伙子在一块儿吗?"警官的目光盯着她，笠原和小伙子也都把眼睛瞪得大大的，在场所有的人都在等着少女说话……

少女的神色显得很平静:"前天? 前天我没见过他。"

"真的吗?"

"真的没见。"

这会儿小伙子几乎要跳起来了:"你这个贱货!"

少女没有理睬那个小伙子，只是不慌不忙地问:"我可以走了吗?"警官点了点头，少女便退了出去。

中年警官冷笑着问那小伙子:"这就是你提供的证人?"

"她是婊子! 贱货! 她胡言乱语，你们别信!"小伙子尽管暴跳如雷，但已经失去了信心。

笠原飞也似的跑出了警察局，追上了那个少女，他气喘吁吁地说:"等一等我。"

"您知道了吧，那小伙子真是我的男朋友，他跟您妻子一直有着关系，已经很长时间了。最近他想甩开您妻子，您妻子不干，威胁他说:'你要甩掉我，我就到警察局去告发你贩毒!'我的男朋友怕了，这才决定干掉您妻子。前天，他让我缠住您，他好下手，万一事发，我还可以做他的旁证。"

笠原听完，冒出了一身冷汗:"那你怎么不给他做旁证了呢?"

"我不喜欢他。"

"得罪了那一帮子人，你不怕他们报复吗?"

"您光知道担心别人的事，我怎么好净想自己呢！"少女说着一笑，跑开了。

这时，多日的阴雨总算是停了，太阳出来了。笠原看着那件女子中学的校服在一片阳光中远去，直到那少女隐没在人群之中……

（原作：赤川次郎；改编：于和祥）

（题图：箭　中）

谁是卧底

空白信件

通城汽车制造总公司有个部门叫引擎部,部长闫震中是个复员军人,他工作勤奋,为人厚道,所以来了不到半年时间,公司上上下下的同事都对他很有好感。公司老总罗太维也非常信任他,两天前罗总到外地出差,因为要谈项目,总办主任老潘等人必须随同前往,罗总就把公司里的一揽子行政事务统统交给了闫震中代理。

这天早晨,闫震中提前一个小时就到了公司,他上上下下转了一圈,见一切正常,便来到公司大门口的传达室,翻看起平时员工进出的考勤记录来。正在这时候,由远而近响起一阵急促奔走的皮鞋声,闫震中探头一看,原来是公司调度室的张静,正急匆匆地朝公司方向奔走过来。

闫震中抬腕一看，离上班时间还有足足二十分钟呢，不由奇怪地迎上去问道："时间不是还早嘛，怎么赶得这么急? 有事啊?"

张静顾不上和他客套，神色紧张地递给他一张纸条，说："田友军向你请两天假。喏，这是他写的请假条。"

田友军是引擎部里的一名员工，昨天下班时还约了闫震中说今天要向他汇报业务计划的，怎么突然要请假了呢? 闫震中赶紧接过请假条，一看，上面的字迹十分潦草：闫部长，我因急事需要请假两天，请你批准。闫震中心想：人走也走了，还谈什么"批准"，这不明明是先斩后奏嘛! 要是过去在部队，这可就是违反纪律的事了。他抬头问张静："田友军遇上什么事儿了，急成这样?"

"我……我也不知道啊!"张静大概是一路奔过来的，这个时候说话还喘着气儿哩。

闫震中追着问："那他是什么时候给你请假条的呢?"

张静的脸微微有些红，轻轻地说："他没有直接给我，这条子是我自己在他的房间里找到的。刚才我去叫他一起上班，叫不开门，我还以为他睡过头了，就开门进去了。他这请假条就放在桌子上，旁边还有一张是他给我留的条，让我替他把请假条交给你。我们天天一起上班，他一定是因为什么事走得急，知道我会去叫他，就把条子留在桌上了。你看，他给我的就是这张——"张静一边说着，一边把口袋里田友军给她的留条掏出来，递给了闫震中。

闫震中从张静的神态和话语中感觉出来，她和田友军是那种关系，想了想，说："他的假我准了。你还有什么事吗?"

张静迟疑着，好像下了很大决心似的，说："闫部长，我……我有预感，田友军可能是遇到什么麻烦事了。昨天下班后，我……我在他的房间里……他……他收到一封很奇怪的信，信封上只写了收信人的地址姓名，而落款处什么都没有。田友军一收到信面孔就变了色，马上把它收了起来。我以为他有什么见不得人的事瞒着我，心里很不高兴，和他吵了一架之后我就离开了那儿。可是我刚才在拿走请假条的时候，突然发现那封信就扔在旁边，居然还没有拆开。我猜想，田友军突然请假，一定和那封奇怪的信有关。"

闫震中平时是个好奇心特别强的人，闲暇时就喜欢看侦探小说，琢磨小说里讲的那些奇奇怪怪的事情，此刻听张静这么一说，他顿时就有了一种亢奋，两眼瞪得溜圆，问张静道："信带来了没有？快拿出来给我看看。"

张静点点头，刚把信从口袋里掏出来，闫震中就赶紧接了过去，专心致志地研究起来。

信封上的确没有寄信人的地址姓名，好在邮戳上的字还看得清楚，是从离通城百来里外的楠堡镇寄来的。

"楠堡？"闫震中立刻想起田友军曾对他提起过，他有个姐姐就嫁在楠堡镇后面的大山里，日子过得很苦。"莫非他姐姐家出什么事儿了？"闫震中对着信封左看右看，可是这个田友军为什么接到信又不拆呢？闫震中陷入了沉思。

闫震中捏捏信封，里面薄得大概只有一张纸。会是什么事情呢？田友军不在，又不能随便拆封。闫震中于是把信封举过头顶，对着太阳光照看起来，这是小时候常玩的把戏嘛，老师和父母要交换什么纸条，再怎么封口，闫震中也能在太阳光或灯光下照出里面的秘密来。现在这个信封尽管是牛皮纸糊的，可兴许也能照出几个字来。

闫震中正为自己这个举动得意着，突然他惊叫起来："空的，这是个空信封,里面根本没有信纸!"

张静一听是个空信封,也惊呆了,两人都感到事情很蹊跷,可一时又弄不明白。这时已经快到上班时间了,员工们正陆陆续续地走进公司大门,不断有人要向闫震中请示工作,闫震中只好匆匆给张静扔下一句:"先上班吧,这事儿我想想再说。"然后就回自己办公室去了。

整个上午,闫震中的脑子里总时不时地冒出那封奇怪的信来。事也凑巧,就在快吃午饭的时候,正好楠堡镇有家客户打电话来,说他们那里有辆车出了故障,怎么也整不好,要通城公司派师傅去看一下。闫震中决定自己亲自去,顺便挤时间到田友军姐姐家看一下,争取明天一早赶回来,也不影响公司工作。主意打定,他向有关部门几个带"长"字的交代了一下,又到人事部调出田友军的档案,记下他姐姐家的地址,然后打算去饭厅吃了饭就上路。

就在这时,张静找到了他,说:"你走的时候叫我一声。"

"你也去?你怎么知道我要去楠堡?"闫震中吃惊地瞪大了眼睛。

"你这是公差,又不是什么秘密!我请了半天假,请假总可以的吧?"张静的脸上堆满了忧愁,"我真是觉得这事儿太奇怪了,姐姐怎么会给弟弟寄那样奇怪的信呢?我也要去看看。"

闫震中心想:也好,那地方自己还是第一次去,有个人做伴,真要有什么事也可以商量商量。于是就点了点头。

凶宅惊魂

半小时后,闫震中和张静就坐上了开往楠堡镇的长途汽车。一路上,闫震中闲着无事,又把田友军的请假条和那封奇怪的信拿出来琢磨起来。突然他眼睛一亮，激动地推推坐在旁边的张静说："怪事呀，怎么这信封上的笔迹和请假条上的是一样的呢？"

"啊？你说是田友军自己寄给自己的？"张静急切地问，"那他为什么要这么做？"张静抓过信封，仔细比较起来，不容置疑，确是田友军的笔迹。可张静想不明白，对闫震中说："这事情说不通呀，你看邮戳，这信是三天前从楠堡镇寄出的，可那天他明明一直在公司上班，他在你的手下，你不会不记得吧，他难道会分身术？"

"是啊，"闫震中也觉得奇怪，"可是你看这字，确实是他写的呀，我原先根本没有想到他会给自己写信，所以没往那方面去猜。如果这封信真的是他自己写给自己的，这事情就复杂了。"

张静皱着眉说："看来我们只有找到田友军，或者到他姐姐家，才能解开这个谜了。"

闫震中点点头，望着窗外公路两旁一闪而过的一排排树木，还嫌车子开得太慢，他恨不得立刻找到田友军，让他把事情说个明白。

到楠堡镇已经是下午二点了，客户是楠堡镇的一家乡镇企业，闫震中抓紧把他们的事情办完，就准备和张静直奔田友军姐姐家去。他们向这家乡镇企业的看门老头打听去后山的路，老头非常热情，不但详详细细地指点，还给他们画了一张草图，老头说："哎呀，要不是今天我还要值夜班，就给你们带路了，我就是后山的人哪！"

闫震中一听这老头就是后山人，忍不住问他："请问老伯，你们后山有没有一个叫田友琴的人？他弟弟田友军是我们的同事。"

"你问田友琴？她是胡癞子胡大的老婆，我怎么会不认识，几天前赶场，她还卖给我一只死野猪呢！"

闫震中和张静顿时喜上眉梢:这线索真正是"得来全不费工夫"啊！

他们立即告别了老头,向后山出发。刚开始,路还好走,可是离镇子越远,山势就越高,路也越难走。好在这条路是山里人到镇上的必经之路,所以他们时不时地还能遇上路人。

按着那个看门老头的指点,闫震中和张静翻上最后一个山头的时候,已经是黄昏时分了,月亮渐渐升了起来,举目望去,在前方不远处的一个小山坳里,有一座茅屋孤零零地坐落在那儿,这就是看门老头说的田友军姐姐田友琴的家。茅屋背靠嵯峨大山,山上森林密布,黑沉沉的显得十分阴森,四周静得可怕。这时候,不知从什么地方传来一声猫头鹰的叫声,令人毛骨悚然,张静不由得紧紧抓住了闫震中的手。

下到山坳里的路十分难走,一路上野草丛生,幸亏部队出身的闫震中有夜行军的经验,早作了准备,他从怀里摸出一只手电筒,一摁,路前方立刻变得如同白昼。他一手握着电筒,一手牵着张静,待一路磕磕绊绊地走到茅草屋跟前时,两人都出了一身汗。

奇怪的是茅屋的门大开着,屋里却不见灯光,也听不到一点儿说话声。张静此时的害怕就甭提了,就连向来自认为胆大的闫震中,也不由心跳加快,浑身汗毛耸立。月色中,他回头看了张静一眼,深吸了一口气,拉着她一起走到茅屋门口,向屋里轻声喊道:"喂,有人吗?"

回答他们的是可怕的寂静,连猫头鹰这时候也停止了鸣叫。张静吓得都快要哭了,她把全身的力气都握在了闫震中的那只手上,她浑身的颤抖也随之传给了对方。不过张静的这种依赖,倒是突然给闫震中平添了不少勇气,他安慰她说:"别怕,有我在,没什么。既然来了,我们总得进屋坐坐吧——也许他们打猎还没回来呢!山里人过日子俭省,没人的时候不点灯。"

"那这门,这门怎么开着?"张静说话的声音抖得比身体还厉害。

"这就是你少见多怪了,山里民风淳朴,夜不闭户啊,哈哈!"闫震中故意装出很轻松的样子,随后用手电筒照着,大步跨进了屋。他四下里一照,发现屋里的陈设非常简陋,厅堂里就只有一张桌子两条木凳,他拉过一条木凳,对张静说:"走累了吧?你坐下歇着,我到后面去看看。"

可张静不肯放他的手,拉他一块儿歇着,他知道她害怕,也就先坐了下来。无意中,他手里的电筒照到桌子底下,发现地上怎么有一支钢笔那么眼熟,那不是公司发的吗?"看来我们这一趟没白跑。"他把笔从地上捡起来,交给张静,说,"你看,田友军的笔都在这儿,你替他收好了。我们就耐心等着吧,天这么晚了,他们也该回来了,只要一回来,就什么都知道了。"

张静这才舒了口气,把田友军的笔放进自己衣袋里,也不再抓着闫震中的手了,两个人的心情都放松了下来。这一放松,肚子也饿了,口也渴了,闫震中便晃动着手电筒,想到灶房去找水喝。他跨过里屋的门槛,忽然脚下一滑,差点摔跤,一照地面,猛地看到地上有一摊暗红色的血,顺着这个方向,倒卧着一具尸体。闫震中吓得不由自主地惊叫了一声,跳起来就退了出去,他赶紧移开手电筒,回来扶住了张静。

闫震中首先想到的是报警,可偏偏手机没电了,而张静带的"小灵通"又出了服务区。怎么办?张静再次死死抓住了闫震中的手:"快走,我们快走!"

闫震中到底不愧是当过兵的,惊吓之后他倒是冷静下来了:刚才只是匆匆一瞥,死者又脸孔朝下,会不会是田友军呢?他担心死者是田友军,又不便对张静明说,便鼓足勇气想自己再进去看看清楚,但张静说什么也不敢松开他的手,于是他只好拉着张静一块儿进去。

两人战战兢兢地走到死者面前,发现死者的脑后被砸了一个洞,看来地上的血就是从这里流出来的。死者身旁不远处的地上扔着一把短柄铁斧，上面满是凝固了的血迹，显然这是杀人凶器。从死者的衣着和体形看，不像是田友军，但为了慎重起见，闫震中还是大着胆子将死者翻过身来。这是一张他们不认识的丑陋而又明显扭曲的面孔，斑斑点点的血迹布满了他那光亮亮的脑壳，令人不寒而栗。

张静两只手紧紧拉住闫震中的胳膊，颤声催促道："快走吧！"

此时，闫震中只觉得背后一阵阵冷气"飕飕"地吹来，两个人逃也似的离开了这座凶宅。

同伴失踪

这时，月亮已经升得高高的了，两人也顾不得一路丛生的野草，顺着来时的小路疾步狂走，累得上气不接下气。好不容易爬上山顶，张静再也迈不开步了，看看后面没什么动静，两人便坐下来喘口气。

闫震中一坐下就忍不住想起刚才的情景，对张静说："死者三四十岁，是个癞子，看来这是田友军的姐夫，看门老头不是说田友军姐姐是胡癞子胡大的老婆吗……"

"那这事儿会不会是田友军干的呢？"张静忽然问道。

"不至于吧？"闫震中沉思着说，"不管是谁，我们休息一会儿就赶紧下山，设法报案去。"

张静看着闫震中，说："你真行，居然还敢去看他，胆子真够大的！如果我是领导，一定推荐你到公安局去工作。"

闫震中呵呵一笑，休息一阵后，他们就开始下山。也许是刚才惊慌之中走错了方向，虽说到了山顶，可他们辨别了许久，来回摸索了半个多小时,仍然没有找到来时上山的那条路。正在焦急之际,忽然不远处的树丛中闪出了三点亮光,慢慢地在向这边移动过来。

闫震中屏住呼吸,一把拉过张静,示意她蹲伏在树丛里不要动。他自己脑子里紧张地思忖起来:是夜里狩猎的山民呢,还是田友军和他姐姐回来了,甚至可能是杀人凶手又转回来毁尸灭迹?

他还没来得及作出任何判断,光亮已越来越近了,那"窸窸窣窣"的脚步声也越来越响。当那三个人从他们面前走过时,他从树叶缝中借着月光一看,惊得目瞪口呆:走在最前面的那个人,竟然是公司总办主任老潘!

待那三人走远了,闫震中回头问张静:"你看清楚刚才打头的那个是谁了吗?"

张静点点头。

"谁?"

"老潘。"

闫震中低声嘱咐张静:"我去看看他深更半夜的带人到这里来干什么,你就蹲在这里等我,别出声,不会有事儿的。"

张静惊恐地拽住他的手臂,说:"你别离开我,我害怕。我们现在还是知道得越少越安全啊!"

但闫震中主意已定,挣脱了她的手,一猫腰就钻出了树丛,悄悄地向那三个人尾随上去。

那三个人是奔茅屋而去的,闫震中发现他们进屋之后看见那具尸体就惊呼起来,老潘说:"糟糕,我们来晚了一步。"

其中一人问他:"要不要马上报告老大?"

老潘手一挥:"先搜搜再说。"

于是三个人立即将茅草屋里里外外翻了个底朝天，其中一个兴奋地叫了起来："找到了，找到了！"

只见老潘一边低声骂着："蠢货，嚷什么嚷？"一边就快步走了过去。

那人递给老潘一只皮箱，老潘熟练地打开看了一眼，然后交回给那人提着，手一挥："走！"

闫震中屏息远远跟着，看他们迅速向屋后的山梁转去，才匆忙回到刚才张静藏身之处，不料找遍了那片小树丛，也没见张静的影子，他吓出了一身冷汗。正在这时候，忽然他脚下踩着一个软绵绵的东西，低头一照，竟是张静的一只鞋，他顺着鞋尖所指的方向向前狂奔了几十步，又发现了张静的另一只鞋……

同遭劫持

肯定是张静出事儿了！闫震中心急如焚，来来回回发疯似的将这一片小树丛都搜索了一遍，可是没有任何结果。接下来该怎么办呢？

他抹了把脸上的汗水，提醒自己要冷静下来。正想着到底是在这儿等张静还是先下山去报案，就在这个时候，他整个人突然僵住了——月光下，不远处的山道上，张静双手被反绑着，正朝着自己这个方向走过来，她后面跟着一个握着手枪的蒙面人。

张静被劫持了！闫震中的心儿乎要迸出胸膛，他迅速闪进路边的树丛，果断地借助树木的掩护一步步向他们靠过去。闫震中看那蒙面人身材高大，体格健壮，又有枪在手，他虽然救人心切，也不敢轻易动手，只好耐心地等他们从自己面前走过去之后，远远地跟在后面。

就这样走了一段路，终于机会来了，在一个缓坡下，那持枪的蒙面人忽然脚下一滑,整个身子向前冲去,闫震中立刻趁这机会以百米冲刺的速度一个箭步蹿上去,向那蒙面人猛地一脚踢去,那家伙立刻"骨碌碌"滚下坡去。

走在前面的张静闻声回头,惊得张大了嘴巴,刚要喊出声来,闫震中一把捂住她的嘴,三下两下解了她身上的绑绳,小声说:"快跑!"两个人一口气跑出两三里远,方才停下脚步。

张静百感交集,猛地扑进闫震中怀里痛哭起来。闫震中也激动异常,待她稍稍平静下来,轻声问道:"快告诉我,到底是怎么回事?"

张静抽泣着说了事情的经过。原来闫震中走后不久,那个蒙面歹徒就突然出现在她面前,把她挟持了。为了给闫震中留下线索,她特地暗中甩掉了自己的鞋,她相信闫震中一定会想办法来救自己。

"那歹徒是什么人?"闫震中急切地问。

张静茫然地摇摇头。然后,她认真地看着闫震中,说:"闫部长,你的本事真大,今天要不是你,我肯定就没命了。我猜,你说不定真就是警察,便衣警察,我没说错吧?"

闫震中看她这么认真的神情,不由觉得好笑,说:"便衣警察都像我这么狼狈,犯罪分子还不笑掉大牙?你呀,不是看低了警察,就是把我抬举得太高啦!"

两人正说着话哩,旁边的树丛里突然发出一阵低沉的冷笑声,闫震中心里一惊,抬头看,却意外地发现了田友军的身影,他惊讶地大喊起来:"友军,田友军!"

"哼,"田友军毫不理会闫震中的热情,说话的口气里透着一股刺骨的冷漠,"你们真会找地方啊,居然到这深山野林里幽会来了,真是天才的安排哪!闫部长,真没想到你还是一个浪漫的情场高手!"田友军的嘴角闪过一丝嘲讽的笑,两只眼睛直射出两道愤怒的火光。在他的身后,站着一个面容憔悴、神情呆滞的女人,闫震中马上想到,这一定就是他的姐姐田友琴了。

"友军,你误会了,"闫震中对田友军解释说,"我和张静是特地上山来找你的。如果你信不过我的话,你总该信张静了吧?你可以问她。"

张静看到田友军,本想扑上去拥抱他,可被他刚才这几句话激怒了,故意抿着嘴唇不吭声。

田友军恶狠狠地瞪了她一眼,脸上一阵抽搐,突然歇斯底里地大吼一声,猛地从身上抽出一把弹簧刀来,龇着牙冷笑道:"你们来找我干什么?难道就是让我来欣赏你们谈情说爱的吗?"

闫震中从田友军的神情举止上,猜想他可能受到过什么强烈的刺激,情绪有点失控,如果自己贸然冲上去,说不定真会被他捅上一刀,于是站在原地没动,把自己和张静到这里来的经过大致向田友军说了一下。田友军将信将疑,一双眼睛骨碌碌乱转。

为了缓和气氛,闫震中十分诚恳地问他:"友军,你知道我这个人很好奇,你能告诉我关于那封信的秘密吗?"

田友军得意地笑了,眯缝起眼睛,看着闫震中反问道:"我为什么要告诉你?我为什么一定要满足你的好奇心?不过,有个好消息我现在就可以告诉你。"他指着张静说,"从现在起,这个女人属于你,你们爱怎么样就怎么样……"

"友军,"闫震中听田友军的话说得这么难听,不由喉咙响了起来,"我们之间真的没有什么……"

"有什么没什么与我无关!"田友军打断她的话说,"你知道吗,我现在是杀人凶手,畏罪潜逃的杀人凶手,我已经没有资格再去爱别人了,哈哈哈哈……呜——"田友军又笑又哭,神情几近疯狂。

阎震中和张静吃惊地相视了一眼,阎震中焦急地扳着田友军的肩大声说:"友军,你冷静点儿,你怎么成了杀人凶手?你杀了谁?"

"看样子你要问得明明白白,好去报案领赏,对不对?好,今天我田友军成全你。你们不是去过我姐姐那个茅草屋吗,有没有看见一个男人的尸体?告诉你们吧,他就是我姐夫胡癞子,是我亲手杀死的。嘿嘿,嘿嘿!"

"什么,友军,你杀人了?果真是你杀的?你为什么要杀了他?有什么话不能好好说?"阎震中实在难以相信,一个平时说话都会脸红的腼腆小伙子,居然会干出这种事来。

可是,田友军似乎依然沉浸在他自己那个世界里,狂笑着说:"我为什么要全告诉你,你问得明明白白,是不是好去报案领赏啊?呵呵,我就是不告诉你我为什么要这么做,你可以继续用你的好奇心去猜啊,等你猜对了,你就去报案让警察来抓我吧,大爷我就在这山上等着!"说完,他扶起田友琴就走。

"请稍等片刻,勇敢的田先生。"在他们的背后,忽然又传来一个熟悉的声音。是谁?阎震中和田友军都怔住了,循声望去,树丛后面转出一个人来,赫然是绑架张静的那个蒙面歹徒,手指上一支手枪飞快地旋转着,田友军脸色大变,他姐姐更是吓得站都站不住。

阎震中感到不妙,悄悄扯了一下张静的衣角,准备寻机脱逃。不料正在此时,老潘和两个大汉不知从哪里钻了出来,老潘乐呵呵地问:"阎部长,你们二位要到哪儿去呀?"

话音刚落,两个大汉立即上来把他们两个人绑了起来。几乎是与此同时,老潘也夺下了田友军手里的弹簧刀,一把扔进了路边的草丛里,还让两个大汉把田友军和他的姐姐也绑了起来。

直到这时候,那个蒙面歹徒才慢慢踱到这几个人面前,缓缓摘下了面罩。闫震中和田友军不禁失声喊了起来:"罗总!"

我是卧底

罗总阴沉着脸,将四人逐一打量,尤其盯着闫震中和田友军好一会儿。然后,他点上一支烟,深深地吸了一口,才慢条斯理地说:"本公司的许多高层机密本来你们是没有资格知道的。但既然你们当中有人千方百计地想知道,那好啊,我今天就告诉你们。"

罗总罗太维实际上长期从事走私贩毒活动,通城汽车制造总公司只不过是他用来掩人耳目的一个幌子。但是最近半年来,公安机关加强了严打力度,罗太维的几笔大买卖都没做成不说,还差点露了老底。罗太维认定公司内甚至团伙内有公安机关的卧底,为了拔掉这个眼中钉肉中刺,他一直在寻找突破口。此刻,他看着眼前这四个人,心里顿时有了主意。

"谁是警方的卧底,我早已了如指掌。他就在你们中间。"他盯着这四个人,逐一地看着他们说,"我罗太维是爱惜人才的,也懂得给人面子,我希望这个人能主动站出来弃暗投明,为我所用,如果他执迷不悟,那就别怪我不客气。这么说吧,如果你们四个人中没有一个人站出来自首的话,那么你们统统活不过今天。"

一席话让闫震中听得目瞪口呆,不过倒也引起了他浓厚的兴趣:我们中间居然有警方的卧底,会是谁呢? 田友军? 不可能,他刚才说他杀了人,警察是绝对不可能杀人的。田友琴? 也不可能,既是卧底,就一定是平时在公司里工作的人，否则还卧什么底呀？那除了自己，剩下的也只有张静了，可是她像吗？怎么看怎么不像呀！

闫震中正在胡思乱想，忽然听见罗太维点名了，朝着田友军说："田友军，你对这件事怎么看？"

"我，我可不是什么卧底。"

罗太维冷冷地回了他一句："没有谁在强迫你承认。"

田友军吓得浑身发抖，声嘶力竭地向罗太维哭喊道："我真的不是卧底呀，罗总，我从来没有和警察打过交道呀……"

"可是，谁能为你证明呢？"罗太维冷冷地说，"你知道楠堡镇上的这座后山对我的重要性吗？这里地形复杂，后山悬崖上还有一条小路可以直通邻省。早在三年前，我就在这里设立了中转站，负责人就是你姐夫胡大，可是他今天却被你打死了。你说，你为什么要打死他？你是受警方的指使？你怎么解释这一切？"

田友军一听罗总原来是为这个怀疑自己，顿时神情轻松了许多，说话也不结巴了，把杀胡大前前后后的缘由一股脑儿地给罗太维说了。

原来，田友军父母早逝，只有姐姐田友琴一个亲人，田友琴比他大五岁，从小对他呵护备至，姐弟感情十分深厚。四年前，田友琴嫁给了猎人胡大，这胡大本来就是个懒散成性、脾气暴躁的人，再加上田友琴未能生育，所以动不动就对她拳打脚踢，生性软弱的田友琴总是忍气吞声。田友军开始不懂，也没注意，工作后有时回来看望姐姐，发现她总是浑身是伤，这才知道姐姐一直过着非人的生活，顿时气炸了肺，就要找胡大拼命。好几次田友琴都是以死相劝，他才作罢。那天田友军临回城时，看到自己手提包里有一些信封邮票，灵机一动，便写上自己的地址姓名，让不识字的姐姐收藏起来，如果以后受到胡大的虐待，就趁赶场的机会到镇上邮政所的邮箱里投进一个信封，田友军收到信后就来把她接走。

十几天前，田友军就收到一封这样的信，可那时恰好因为手头工作走不开，心里十分痛苦。没想昨天又收到一封，他心里清楚，忍受力极强的姐姐如果不是危在旦夕，是绝不会这样连续来信的，于是便十万火急地赶了来。到姐姐家里时，恰好看见胡大喝了酒又在毒打姐姐，他强压火气，劝住了胡大，但当说要接走姐姐时，胡大却蛮横地拦住不放，还抓起板凳向他砸来。久积的怒火猛地在田友军胸中燃烧起来，他激愤之下趁胡大转身之时，顺手抓过一把铁斧就拼命向胡大头上砍去，胡大没得及哼一声就血溅满壁、脑浆涂地了。吓傻了的姐弟俩抱头痛哭一场，然后就逃出了家门，决定先在山上找地方藏一阵再说……

"听起来像是一回事儿。"罗太维对田友军说，"你现在是杀人犯，落到警方手里必死无疑，以后不如就跟着我干吧，我保证你平安无事。怎么样？"

田友军目光游移不定，没吱声，田友琴却"扑通"一声朝罗太维跪了下来，哭着求情说："罗总，你就饶了他吧，我们田家人老实本分，干不了你们那些事情……"

罗太维愣了一下，继而仰天大笑起来："你他妈不识抬举，真是活得不耐烦了。也好，老潘，送这两个丧门星上路！"

眼看着田家姐弟俩性命难保，闫震中心里一紧，不由大喝一声："慢，罗总，我说了吧，我就是警方的卧底，与他们无关！"

罗太维和老潘交换了一下眼色，仰天狂笑起来。闫震中被他们笑得心里发毛，心想：难道他们知道自己不是卧底么？

只见罗太维一脸奸笑地拍了拍闫震中的肩膀，说："我们等你这句话很久了,这下我们放心了。好啊,不愧是人民警察,危急关头见本色,佩服,佩服啊!"

闫震中说:"那你就放了他们三个吧!"

"三个?"罗太维和老潘又是一阵狂笑,突然张静也跟着笑起来了,把闫震中着实吓了一大跳,"张静,你这是怎么啦?"

这时候,罗太维突然伸手一把把张静拉到身边,张静冲着他妩媚一笑,随后就撒娇地把头靠上了他的肩膀。罗太维得意地对闫震中点点头,说:"瞧瞧,她也是卧底呢,只不过是我派在你身边的卧底。怎么样,不比你表现差吧?"

闫震中呆若木鸡,他终于明白:自己其实早就落进了罗太维设下的陷阱。他瞪了张静一眼,对罗太维说:"大男人说话算话,你放了田家姐弟吧!"

"你太天真了!"罗太维一面举起了手里的枪,一面对闫震中说,"卧底先生,你救人太心切,才会犯这样低级的错误。你以为我揪出了内奸,就会放走两个知情人吗?诺言对我来说就是谎言。"

说时迟那时快,就在这时候,罗太维身后一棵树上从天而降飞下一条人影,飞起一脚就将罗太维踢倒在地,枪口顶在了他的后背心上。与此同时,四下里不知从什么地方突然冒出四五条人影,对着老潘等人喝道:"不许动,举起手来,我们是警察!"不消半分钟,一伙人全被铐了起来。

警察里打头的那位亲手替闫震中松绑,笑道:"我还不知道有你这么一个卧底警官呢!哈哈,自我介绍一下,我是市刑警队的副队长洪顺祺。"

原来,警方早就注意到了罗太维一伙的犯罪行踪,已悄悄布控跟踪,洪队长率领的这支小分队,已经在山上守株待兔了一个星期,现在终于将这个贩毒团伙一网打尽了。垂头丧气的罗太维听洪队长的口气，好像闫震中不是真正的卧底，吃惊地忍不住连声问："怎么，怎么，他不是你们的卧底？天啊，谁才是真正的卧底呢？"

洪队长冷笑一声，嘲讽地说："对你们这些做尽坏事还疑心生鬼的人来说，你们身边的任何人，都有可能是正义派来的卧底！"

(王志明)

(题图：杨宏富)

当谜团渐渐被解开,残酷的真相也愈加清晰起来。

神探·谜案
shentan mian

象棋玄机

观棋审案

这日，狄公狄仁杰正要拉参军洪亮对弈几局，忽听堂外鼓声大振，狄公让洪亮把击鼓人带上来一看，原来是城里杂技班老班主的大弟子马成。

马成进得大堂就哭倒在地，说师父昨夜暴卒。狄公闻听此言心里一惊，这个杂技班在城里名气很响，狄公平时虽与这位老班主没有什么交往，但欣赏过他空中飞棋的绝活。老班主蒙着眼睛站在凳子上，把棋谱上的三十二颗棋子往空中一抛，然后两只脚在地上摆着的十几只凳子上来回穿梭，瞬间就将漫天散落的棋子又重新摆回棋谱。如此高手不幸辞世,狄公心里也不免怆然,不过算来老班主年纪已七十有余,辞世应该也在情理之中,大弟子为何要来报官呢?狄公觉得很奇怪:"莫非,你有隐情要告知本官?"

马成哭道:"大人有所不知,师父生前曾留下遗嘱,百年之后杂技班由小的接管,可谁知昨晚师父突然离世,师弟们都说是因为小人等不及,遂起杀心害死了师父。小人真的是冤枉啊,小人只能求大人前往,把事情查个水落石出,还小人一个清白。"

狄公点点头,这案子应该接,于是带上洪亮和众衙役,跟着马成前往。

老班主一生未娶,只收了三个弟子,老大便是马成,老二叫冯相,老三叫殷清。狄公到时,老二冯相和老三殷清正哭得伤心,见狄公来了,先是有点吃惊,随即哭得更甚,只求狄公快些将马成绳之以法,替恩师报仇。

狄公安慰了他们几句,而后来到老班主遗体前吊唁。冯相哭道:"大人,师父肯定是被马成害死的,你看!"他一面说一面掰着师父的手给狄公看。

狄公见老班主的两只手里各攥着一颗棋子,便伸手想把棋子拿来细看,没想棋子却被老班主攥得很紧,他用了很大力气才把这两颗棋子抠出来,只见是两颗"马"棋。狄公立刻联想到来报案的老班主的大弟子马成,难道这是老班主断气前的暗示?

狄公于是便对老班主的遗体作了仔细勘验,发现疑点不少:按说如果老班主是被害致死的话,应该面相凄惨,可他脸上却不见丝毫痛苦之色;可如果是自然死亡吧,那又为何瞪着双眼?狄公沉吟着,把老班主的遗体侧转过来,发现他后脑上有一道不易察觉的伤痕。狄公抬起头来,朝四周打量了一眼,冷笑一声,立刻命衙役把马成带走。马成连连跺脚喊冤枉，狄公道："是不是冤枉，你到大堂上再说。"随后便带着洪亮等一干人，押上马成离开了杂技班。

摆棋问案

回程路上，洪亮试探着问狄公："老爷，难道您已从死者身上发现了蛛丝马迹，认定马成就是凶手？"

狄公瞥了他一眼，说："死者手中攥着两颗'马'棋，我也推想过可能是死者的一个暗示，可如果真要暗示，一颗棋子就够了，为何要用两颗呢？"

洪亮立即接口道："所以老爷断定马成是冤枉的，故意押他回来，其实是保护他？"

狄公点点头："定是有人在栽赃马成，陷害马成之人也肯定在他的两个师弟中间。"

两人一路说着话，回到府里。洪亮见狄公仍然双眉紧锁，知道他还在考虑杂技班主的事，便想拉他下盘棋稍微放松一下。谁知狄公看到洪亮摆好的棋盘，却突然击掌大喝一声："此案可以告破矣！"他附着洪亮的耳朵如此这般说了一番，当机立断又带着原班人马返回杂技班。

二弟子冯相和三弟子殷清见狄公走了不到一个时辰又返回来，不觉有点意外。冯相上前问道："大人，凶手不是带走了吗，您为何又回来了？"

狄公呵呵一笑："你们的大师兄是冤枉的，真凶还逍遥法外，我怎么能不回来？"

冯相愣住了："大人可真会开玩笑，师父死前已如此暗示，怎么说大师兄不是凶手呢？"

狄公道:"但凡人死,攥紧的手会自然松开,可你们师父手里的两颗棋子攥得这么紧,足以说明这是在他死后有人为制造假象,故意塞在他手里的。"在场的众人大吃一惊,细细一想,狄公所言不无道理啊!

冯相问:"大人,既然如此,何不当众把真凶找出来,也别冤枉了好人。"

狄公不紧不慢故意道:"你们老三是哪一位啊?"

站在一侧的殷清一怔,赶紧上前回话:"大人,小的正是。"

狄公说:"大丈夫敢做敢当,你怎么就没有勇气站出来承认陷害大师兄的事呢?"

殷清顿时倒吸一口凉气,强作笑颜道:"大人可真会拿小人开玩笑,师父死前又没攥着写'殷'字的棋子,这事儿怎么就扯上我了呢?"众人也觉得奇怪。

狄公冷笑一声,命人把棋盘拿过来,亲自布棋。当布到"马"棋时,他在棋盘上一指点,众人立刻恍然大悟:这两颗"马"棋,正好分别横排在"将"棋左右第三个位置,这不正暗示凶手就是三兄弟中排行老三的殷清吗?殷清顿时脸色灰白,一个耳光甩在二师兄冯相的脸上:"都是你出的馊主意!"

据殷清交代,杀死师父的凶手应该是冯相,因为冯相早就准备不择手段搞掉马成了,而且他还答应,自己若做了班主,就把师父的一半财产分给殷清,条件当然是要殷清帮他一起把马成搞掉。昨天夜里,殷清刚睡下,冯相突然来敲门,说师父死了,殷清吓了一跳,冯相却不以为然。因为有约在先,殷清只好跟着冯相来到师父房间,冯相拿出两颗早就准备好的"马"字棋子,让殷清分别塞到师父的两只手里攥着,直到师父身子完全冷却下来才放手。殷清当时根本没想到冯相会给自己栽赃，看到"马"字就以为他要陷害的是马成。

殷清刚说完这番话，冯相竟哈哈大笑起来："真是荒唐啊！三弟，你什么时候学会编笑话的本事了？"随后他脸一沉，转向狄公说，"大人，明明是三弟自己干的事，却偏偏赖到我的头上，您可要为我做主哪！"

狄公沉吟着，说是要殷清拿出证据来。殷清傻眼了：冯相从来都是和自己口头有约，哪拿得出什么证据？狄公于是转向两人问道："你们弟子几个都跟师父学得一手飞棋绝活，想来每人都有一副棋吧？"

三个弟子个个点头，说他们因为怕手生，平时下棋从来都不用外人的，所以确实每人都有自己的棋子，而且棋盒还都是上锁的。狄公微微一笑，便让三人把棋拿了来。

只见殷清和马成各拿出一个精致的木盒，用钥匙打开，狄公一数，正好三十二颗棋子。而冯相却迟迟不见动作，经再三催促，才将木盒拿了来，打开一看，只有三十颗棋子，而缺的那两颗正是"马"。冯相只好跪地求饶，说出他欲借"马"字棋子来达到一箭双雕的阴谋真相。

马成和殷清在一边听着，火冒三丈，真恨不得冲上去扇他几个大耳光："你害我们也罢，你怎么能害死师父呢？"

冯相哭着说："大师兄，三师兄，我虽然想害你们，可我怎么有胆量去害师父呢？师父真不是我杀死的。昨天夜里，我听到师父房里一声闷响，便好奇地去看，只见师父这时候已经倒在了地上……"

这话让马成和殷清如何信得？就在这个时候，狄公把他们两个拉住了。狄公开口道："冯相行为固然可恶，不过要说真凶，确实不是他啊！"眼见曙光初露，却又出来一片迷雾，不仅是马成和殷清，在场的众人都大吃一惊，疑惑地看着狄公。

凭棋断案

狄公缓缓言道:"依本官之见,面容平静而双目圆睁,大多死于突然。是什么原因使死者突然身亡的呢?本官在勘验遗体的同时发现,室内木凳摆放错落有致,凳面上还留有死者的脚印。据此推断,死者极有可能是在温习飞棋绝活时不小心栽下来,后脑坠地而死。"

狄公说到这里,让洪亮把老班主的遗体侧转过来,让众人细看。果然,在死者后脑处发现一处圆形塌陷,伤口周围还有零星碎屑,正是室内地上的物屑。众人不由对狄公露出敬佩和景仰之色,冯相更是涕泪横流,感谢狄公断案如神,解了他的杀师冤屈。

临离开杂技班之前,狄公将冯相和殷清好一顿教训,告诫他们几个今后一定要精诚团结,将师父的绝技发扬光大,而不是互相算计。

回衙路上,因为案子的水落石出,狄公颇为高兴。可跟在旁边的洪亮却闷闷不乐,狄公问其缘故,洪亮说:"老爷破此案为什么要绕个大弯子呢?如果让小的破,我第一个就抓冯相。"

"喔?"狄公笑问原因。

洪亮道:"死者左右手各握一个'马'字棋,二'马'不就是'冯'吗?"

狄公听罢哈哈大笑:"看来此案真是'玄机'重重啊,那下一个案子就交给你喽!"

(马凤文)
(题图:佐 夫)

顺蔓审瓜

明万历年间,江西处州(今浙江丽水)知州马光祖,初到任所即微服私访,考察民情。发现当地百姓喜食青蛙,嗜食者几乎每餐不离。很多人竟以捕蛙为业,集镇上卖蛙者聚集成市。马光祖觉得青蛙捕食田间害虫,于农田有益,如将青蛙捕食尽绝,蝗蚱成灾,其后果将十分严重,便贴出告示,严禁捕食青蛙。谁曾想,民间习俗养成,积重难返,虽三令五申,屡禁不止。马光祖十分恼火,便重申法令:捕食青蛙者判重刑,直至死罪,这才把捕食青蛙的风气煞住。

这天,知州马光祖升坐早堂,正在处理公务,忽然,看堂的衙役来报:"启禀老爷,北门门卒葛三,捉住一个乡下人。此人将青蛙藏在南瓜内,偷运进城贩卖。如何处治,请老爷示下。"

马光祖闻报,不由得勃然大怒,道:"胆大的刁民,竟敢再次违抗本州的法令,立即带上堂来!"

捕蛙犯和两筐南瓜同时被带到大堂上。马光祖一看这个犯人,有三十来岁,身材矮小,面黄肌瘦,衣衫褴褛,光脚丫穿一双破烂的草鞋,跪在大堂上,浑身筛糠似的发抖。马光祖心中的火气已经消了一半儿。他先走下公座,仔细查看这两筐南瓜,只见每筐有四五个南瓜,其中两个南瓜里藏有青蛙。捕蛙犯活做得很绝:先是在瓜蒂处挖开一个圆口,掏出瓜瓤,将青蛙装进去,再将瓜蒂原样盖好。不是知情者,是很难发现的。马光祖忽然心中一动:为什么门卒葛三,却能一眼就看穿这个秘密呢?再者,这两个瓜里藏蛙不足百数,全部卖掉也值不了多少钱。此人为什么要冒着被斩头的危险,干这种蠢事?马光祖想到这儿,返回公座,开始审问。

捕蛙犯叫陆阿毛,是城北双溪口村人,家里只有他和妻子杨氏两口人,素以捕蛙为业,养家糊口。官府严禁捕蛙后,就断了他家的经济来源。他家向无积蓄,还不到一个月,就没米下锅了。老婆杨氏嘴馋手懒,整天价又哭又闹,逼着他赶快想办法。陆阿毛说:"想种田,自己没有地;想帮工,又没人用。难道你逼着我去讨饭么?"

杨氏"扑哧"一声笑了:"哎呀,谁逼着你去讨饭啦!你看,现在遍地是钱,就看你敢不敢捡啦!"

陆阿毛愣了一下:"遍地是钱?我怎么看不见?"

"哎呀,你真是个死心眼!"杨氏说,"捕蛙是你的老本行,现在到处都是青蛙,这不就是钱吗?你捕些青蛙,偷运进城,找些熟主顾去卖,一定会卖个好价钱!"

"这青蛙是活物,怎么能偷着运呢?"

"我早想好了主意……"

陆阿毛一边交代了瓜内藏蛙的经过,一边不住地磕头:"大爷饶命,大爷饶命,小人再也不敢啦!"

马光祖审完了陆阿毛,吩咐衙役将其寄押在班房候审,又令快班衙役传杨氏到案。待两边安排停当,他命门卒葛三上堂回话。

门卒葛三,四十多岁,酒糟鼻子赤红脸,满腮连鬓胡子,是个整天醉醺醺的酒鬼。今天逮住了偷运青蛙的陆阿毛,他知道自己一定会得到重赏,于是十分高兴地来到大堂上,躬身施礼:"北门门卒葛三,参见老爷!"

马光祖问道:"葛三,你是怎么发现陆阿毛的南瓜内藏有青蛙的?"

"回老爷的话,小人今天早晨开城之后,发现陆阿毛担了两筐南瓜进城,神色有些慌张,便上前盘问,结果真在南瓜里查出青蛙来啦!"

马光祖手捋长髯微微一笑:"看来,你很会当差!如果情况属实,待此案了结后,本官定有升赏!"

"谢老爷!"

"我再问你,你是不是每天都要对进城的菜贩进行盘查呢?"

"哎呀,老爷圣明!小人是个门卒,只管早晨开城,晚上关城,夜里打更,根本管不着白天盘查行人的事儿!再说,菜贩子那么多,我想查也查不过来呀!"

"既然如此,那你为什么单查陆阿毛呢?"

"这……"葛三一愣,随后说,"老爷明谕严禁捕食青蛙,小人时刻将此事记在心上,所以才处处留神。今天见陆阿毛担瓜进城,形迹十分可疑,才上前盘查。我与陆阿毛素不相识,这里边绝对没有别的意思。"

马光祖又是一笑:"看来,你是不打自招了!依我看,你是事先知道陆阿毛的南瓜里藏有青蛙的,你说是不是?"

葛三大惊失色:"哎呀,老爷!您要这么猜疑,小人这差事可就不好当啦!"

马光祖用力一拍惊堂木,喝道:"大胆葛三,分明你是被人收买,有意陷害陆阿毛,还敢在大堂上和我狡辩!来呀!先打他二十板子,打完再问!"

"喳!"众衙役答应一声就要动刑,吓得葛三"扑通"一声跪在地上,高声喊道:"哎呀,老爷!您先别动怒,小人实话实说就是!"

"讲!"

"昨天傍黑前,双溪口村的财主陶运兴找到我,说他们村的陆阿毛,今天早晨要进城来卖蛙,蛙是藏在南瓜里的,让我盘查出来报官,不仅可以从您这儿领赏,他还送我二两银子酒钱。我觉着这是打着灯笼也难找的好事儿,就照他说的办了。究竟他们之间是有仇有恨,到底是咋回事儿,小人是实在不知内情了。"

"葛三,你说的可都是实话?"

"在老爷面前,小人再也不敢撒谎。"

说话间,役衙回报:"杨氏已经传到!"马光祖命葛三暂在班房内候审,随后吩咐:"审杨氏!"

却说杨氏来到大堂上,丝毫没有恐惧之感,一举一动还忸怩作态。马光祖见她年纪不过二十一二岁,身体微胖,姿色平常,只是一双自来带笑的媚眼,不住地左瞟右盼,显得特别轻浮。她身上穿着大红大绿的绸子裤褂,十分刺眼,与陆阿毛那副可怜相形成鲜明对比。马光祖预感到:此案的关键,就在这个女人身上,遂问道:"杨氏,你丈夫陆阿毛瓜内藏蛙,进城贩卖,你知道么?"

杨氏说:"我丈夫平常不务正业,单靠捕蛙养家糊口。如今大老爷不让捕蛙啦,他也不想找点儿别的营生干,在家里坐吃山空。直到家里没米下锅了,他才想重操旧业。我百般劝阻,他也不听。他这个人,不见棺材不掉泪。如今他犯了法啦,大老爷该怎么处治,就怎么处治吧!"

"嘿嘿!你倒推脱得干净!"马光祖手捋长髯略一沉吟,"杨氏,你丈夫说,这瓜里藏蛙是你出的主意!"

"哎呀,这个丧尽天良的东西,怎么把这该死的罪过往我身上推!大老爷是个明白人,您想想,我一个妇道人家,哪儿想得出这样的主意来!"

马光祖一声冷笑:"我看你也想不出这样的主意来。一定还有人在背后给你出主意,让你逼着你丈夫这样做,你说对不对?"

杨氏一惊,脸色突然变得蜡黄:"大、大老爷!我……我娘家连个亲弟亲兄都没有,谁能给我出主意呀!"

"就是你们村的陶运兴!"

杨氏万万没想到,来到大堂上没过三言五语,自己这点儿丑事,就被马光祖揭了个底朝天!她有点儿懵了:莫非说陶运兴已经被官府抓来了?他把两人的事儿都说了?不管咋样,看来这事儿想瞒是瞒不住啦!杨氏想到这儿,便招出犯罪事实。

原来,杨氏的娘家也在双溪口本村。她在出嫁之前,就与本村财主陶运兴勾搭成奸,而且怀了孕。陶运兴比她大二十多岁,家里有个凶神恶煞般的老婆,不敢娶她做妾。眼看杨氏的肚子一天比一天大,为了遮人耳目,万般无奈才嫁给了本村的穷光棍儿陆阿毛。过门后,孩子也小产了。却说陆阿毛靠捕蛙谋生,夜里在家的时候很少,这就给杨氏与陶运兴继续明来暗往,留下了方便。没想到来了个新官,明令禁止捕蛙。

陆阿毛不敢去捕蛙了，整天呆在家里，就成了杨、陶二人的眼中钉、肉中刺。时间一长，陶运兴便想出个借刀杀人计：一面让杨氏以断粮为由，逼着陆阿毛瓜里藏蛙进城贩卖；一面买通门卒葛三，捉住陆阿毛报官，置陆阿毛于死地。

知州马光祖听杨氏的口供已经接近事实，遂吩咐道："将杨氏暂押在女囚牢内候审；陆阿毛、葛三回家听传；速拿陶运兴归案！退堂！"

当天下午，陶运兴就被缉拿归案……

知州马光祖到任不久，不到一天工夫，就审结了瓜里藏蛙、借刀杀人的大案，从此名声大振，百姓们无不拍手称快。

（丁震宇）
（题图：黄全昌）

雾中密谋

顺着东山县城外的一条公路走下去，不消半个钟头就能见到一个叫王家宅的小村子。因为交通方便，王家宅的农民都搞点小生产。

这天早上，村东头的王老汉骑车进城去卖鸡，出了门碰上个大雾天，几步之外就看不清人影。王老汉骑了半里路，感到有些吃力，便从怀里掏出一支烟来。刚点着火，就听耳旁传来一阵急促的汽车喇叭声，他赶紧抬头，哎呀，不好了，一团黑乎乎的怪家伙正迎面扑来。说时迟，那时快，王老汉身子本能地朝右一歪，"扑通"，人像只皮球，骨碌碌地滚下了路基。

这辆汽车是隔壁公社佳美服装厂的。车上的人见出了事，都慌作一团，赶紧跑下车来，七手八脚地把王老汉从水沟里扶上来。"大爷，没摔伤吧?""老大爷,没事吧?"

王老汉失魂落魄地看了看汽车,又活动活动身子,还好,人没摔伤,扶起自行车看看,也没坏。刚想出口长气,突然他像疯子似的跳了起来,一把揪住驾驶员,说:"好小子,你眼睛长到脊梁上去啦?你,你,嘿!我的鸡全完啦!"

大家这才注意到,那筐活蹦活跳的鸡已被压成了一堆肉酱。此刻,车上的那些人都大眼瞪小眼的,吓得谁也不敢吭声。为啥?开车的心虚呀。原来今天佳美服装厂的厂长有急事到市里去,偏巧驾驶员病了,他便让那位没有执照的实习生来开车,为了怕路上被交通警察抓住,今天特地起了个大早,谁知,躲过了交通民警,却又把人撞了。

厂长心想:无证开车,闹到交通队去是要受罚的。所以他赶紧过来打招呼:"老大爷,松手,松手,有话好说嘛,不就是一筐鸡嘛,我们赔给你就是了。"

"赔鸡?这么简单?我心脏有毛病,刚才这一吓……"

厂长见老头耍起无赖来,连忙从口袋里掏出一叠钱,说:"别嚷了,给你两百元,不吃亏吧,不过这事你可不要再对外讲了。"

王老汉见了钱,这才没了声音。他心里高兴啊:一筐鸡不过弄个百把来块钱,还要贴半天人工,今天一跤摔得值得啊!于是,他答应了厂长的要求,收了钱,就回家了。

王老汉的老伴早亡,膝下无子,长年和侄子王金住在一起。侄子对他并不热情,平时是进门无话,出门不管,可是今天王老汉回家后,想不到碰上了雾后出太阳,傍晚王金破天荒地买了一瓶"七宝大曲",并把大伯请到上座。

酒过三巡,王金开口了:"大伯,看您神色,今天卖鸡一定很顺手吧?"

王老汉心里"咯噔"一下，立刻猜到侄子在打自己卖鸡钱的算盘，于是他的脸上立刻乌云密布，长长地叹了口气，说："唉，草绳拴豆腐——别提了，今天出门，被佳美服装厂的车撞啦。"

王金眼一亮，赶紧又给大伯斟上酒："那好呀，您老可算是撞上财神爷了，这事您可得好好地敲他们一记竹杠。"

"好什么呀，"王老汉把头摇得像拨浪鼓，"算我霉气，耳聋眼花的，自己糊里糊涂地朝车上撞，一筐鸡全成了肉酱。唉！只能打脱门牙朝肚里咽啊。"

一番话说得王金变了脸色，"啪"地扔下筷子。王老汉见这情景，忙说自己头疼，放下酒盅回隔壁房里睡觉去了。

第二天早上，村西头的钱龙生来喊王老汉去领饲料，敲了半天门，未见里面有声响，便对着王金家喊："王金，你大伯怎么啦？"

王金正在为昨晚的事气恼，听见钱龙生喊，便跑出来骂道："死老头子，老酒吃饱了，到现在还挺尸呐，你用劲喊。"

钱龙生又喊了几声，仍无动静，王金也觉得奇怪，一边骂骂咧咧，一边掏出钥匙将门打开，进屋一看，他整个身子就僵住了。怎么回事？原来王老汉四脚朝天地躺在床上，早已死了多时了。王金刚才嘴里一个劲儿地咒大伯死，现在大伯真死了，他倒没了主意，急得在屋子里团团转。

这时，钱龙生围着死尸转了一圈，好像很有经验地判断："唔，一定是心肌梗塞。"

王金皱皱眉头："滚你娘的，装什么郎中，老头子心脏一直好好的。"

钱龙生搔搔头皮："那，那就死得怪了，一定是被人害的，咱们快去公安局报案吧。"

王金一听，突然像想到什么似的，一拍大腿："对了，昨天老头子说，他被佳美服装厂的汽车撞过，会不会……"

钱龙生一听，连声附和道："那就对了，一定是撞成内伤了，我听人说过，有人得了内伤，白天好好的，可是一睡下去，阎王爷就找他去了。"

王金听罢，哈哈大笑起来，掏出烟递给钱龙生一支，亲热地说："龙生，你能说会道，怎么样，愿不愿意帮兄弟我一把啊？"

钱龙生看着王金那张得意忘形的脸，说："你小子吃错药了，大伯死了，你乐啥呀？"

王金激动得眼睛都红了，他拍拍钱龙生的肩膀，说道："现在你马上陪我到佳美服装厂去讨钱，就说他们的车把老头子撞死了。"

钱龙生这才明白过来，骂道："你这小子，谁会相信你的鬼话？"

王金很有信心地说："这事你放心，只要你愿意出力，事成之后，咱们三七开。"

钱龙生一听，拍拍胸脯说："好，这盅酒咱们算是喝定了。"

两人商量好对策，一口气来到佳美服装厂。接待他们的正巧是那位厂长，一听说昨天撞的那个老头子死了，慌得忙带人赶到王家宅，见王老汉直挺挺地死在那里，知道闯下了大祸。他吓得魂飞魄散，赶紧像抬菩萨似的把王金他们请回厂里。

当下，厂长把厂里几个主要领导找来，又把事情的经过如实说了一遍，最后哭丧着脸说："实习驾驶员无证开车，已经是理亏了，可是车子是我让他开的，现在又撞死了人，这官司我也跑不掉，我可是为大家才这么做的，你们可不能扔下我不管啊！"

几个农村干部你看我，我看你，面对这个棘手的事，一时都不知该怎么办才好。厂长见大家不响，就把自己的主意说了出来："我看咱们能不能大事化小，小事化了，给他们一些钱，求他们别说出去，这事眼下除了我们，就外面那两个人知道。这样大家都落个平安无事……"一席话说得有人点头，有人摇头。最后限于情面，终于一致决定：私了。

这下子王金和钱龙生真是叫花子捡了个金元宝，他们在厂里美美地饱餐一顿，拿了作为赔偿费的两千元回去了。回去后，王金他们称王老汉是心肌梗塞，马上就将死尸火化了。

过了两天，县公安局收到一封匿名信，对王老汉的死表示怀疑。

人命关天，县公安局与刑侦科的邢队长亲自带人来到王家宅，可惜晚了一步，王老汉的尸体已经火化。问到王金，他说大伯是因心肌梗塞而死，天热怕死尸腐烂才急急火化了。公安局对王老汉的住处进行搜查，但没有搜到任何有价值的物证，这案子成了一桩无头案。

邢队长是个干了三十年公安工作的老公安。他仔细地分析了王老汉生前的情况：王老汉自己做自己吃，手头并没有太多的积蓄，谋财害命不像；平时，王老汉虽爱贪点小便宜，但和三邻四舍并无大的矛盾，公报私仇也不像。要是说王老汉是心肌梗塞而死的，经过法院查询，王老汉的心脏一直较正常。现在最伤脑筋的是人已火化，身后又无任何证据，仅凭一封匿名信，又怎么能捕风捉影地乱怀疑人呢？

邢队长将档案小心地整理好，对助手们说："这桩案子，我们要进行细致的调查工作，我想，王老汉如果是不正常死亡，那么罪犯一定会露出蛛丝马迹来的。"

再说佳美服装厂花钱买了个太平，只当这事就永远瞒过去了，谁想到没过几天，厂长竟收到了一封匿名信，信上这样写着：

　　大雾天里，我亲眼见到你们的车撞死了王老汉。现在我手头正缺钱用，如果你们不想把这件事张扬出去的话，望能借个三五百的。后天清晨,放在城门外的垃圾箱内。要是不办,那就别怪我不客气了。

厂长收到这封信,真是大吃一惊,事到如今,他头脑慢慢地清醒了。回过头来看看,真是后悔莫及。原指望花钱买个太平,可结果呢?糊里糊涂撞死了人,又糊里糊涂赔了钱,到头来还要被人逼着上贼船,再这样下去,还不知会闹出什么事来呢!厂领导们权衡再三,认为自己毕竟是社会主义企业,不能干那种偷偷摸摸的犯法事情,他们思想统一后,厂长便带着驾驶员到公安机关投案。

邢队长听罢厂长的自述,对王老汉的死因更加怀疑了。面对眼前这个糊涂厂长,免不了批评道:"你们的法制观念真是太薄弱了,死了人怎么能如此草率处理呢?"

厂长羞得满脸通红,讷讷地说:"唉!我们怕出事后,企业要扣奖金,自己要受牵连……"

邢队长神色严肃地说:"你们只想到奖金,万一王老汉的死有其他的原因,这给我们公安部门的侦破工作带来多大的困难!"

厂长知道事态的严重性,吓得声音发颤地问:"我,我这下该怎么办呢?"

邢队长起身给厂长倒了一杯水,劝他先冷静下来,这才缓缓地说道:"王老汉的死,眼下还不能主观下结论。但这封敲诈信,显然与王老汉的死有关,我看就这么办……"

俗话说:三朝雾露刮西风。这天清晨,冷冷清清的田野里慢慢走来一个捡破烂的,只见他戴着大口罩,一步三回头,两只藏在帽檐底下的眼睛不停地转动着。到了城门外的垃圾箱边上,他向四下望了望,见左右确实无人,这才用竹杆在里面翻了几下,猛地将一只纸包勾进自己的筐里。他刚想转身走,邢队长带着助手从桥底下冒了出来,"不许动!"邢队长一把拉下那人脸上的口罩,一看,竟是王老汉的侄子王金。

审讯室里,王金是竹筒倒豆子,痛痛快快地作了交代。原来,那个大雾天,王金也一早就进城去了,他走到半路,正巧听见王老汉和汽车上的人说着话,因为雾大,没弄清是怎么回事,只隐隐约约听到有人讲"不要再朝外讲",所以那天晚上,他特地备了酒,想向老头讨几个钱用。但是,王老汉避而不谈,第二天又莫名其妙地死了。王金轻易地捞到了两千元,他估计服装厂和王老汉之间一定有一笔不可告人的交易,所以又写了这封敲诈信,准备再捞一把。

邢队长听到这里,心中猛然一动,据佳美服装厂厂长说,他们曾经给过王老汉两百元钱,老汉放在一只黑皮夹里,但搜查时没见到那只皮夹。于是他问:"王金,你大伯的卖鸡钱和皮夹哪里去了?"

王金摇摇头,回答说:"这事我也奇怪,大伯一死,我就想到那只皮夹。可是满屋子都翻遍了,就是没有。"

邢队长心想:眼下王金的交代应该说是可以相信的。如果王老汉真是他害死的,那他就绝不可能再跳出来暴露一番。那么真正的杀人凶手是谁呢?那二百元的卖鸡钱和匿名信之间有什么联系……邢队长狠狠地吸了口烟,陷入了沉思之中。

忽然,邢队长心里亮堂了:对!一定还有人在大雾之中,看到了王老汉被车撞这一幕。

邢队长不动声色地问道:"王金,你进城那天,看见过你们村的人吗?"

王金低头想了想,说:"噢,我听说那天阿五进城卖过蟹,他就住在我家隔壁。"

王金说完,以为事情了结了,就过来对邢队长深深地鞠了一躬,说:

"我做错了事，钱我都交出来了，让我回家吧。"

邢队长见他这副样子，真是又好气又好笑，他严肃地说："王金，你的行为已经触犯了法律，我们要追究你的刑事责任。"

"什么，我犯法了？"王金眼睛都瞪圆了，他"哇"地哭了起来，"我没偷没抢，犯什么法啊？放我回家吧……"

面对这个对法律一窍不通的人，邢队长知道一句两句也说不清楚，便让人先把他押下去了。

王金刚下去，钱龙生就来投案了。钱龙生自从帮王金办完这桩大事，按照双方事先约定好的"三七"开，他得了六百元，原以为这事只有天知地知、你知我知，他放心地到酒馆里吃了几顿，谁想到王金竟是贪心不足蛇吞象，把天衣无缝的一桩美事给搅了。钱龙生还有一点头脑，听说王金被公安局抓走后，便急急忙忙地凑足了六百元钱，来到公安局自首。

对于钱龙生的这一举动，邢队长并不觉得奇怪。在农村，这种替人跑腿、得人钱财的事很多，如今他能主动坦白，便教育了几句，也不追究责任了。临走时，邢队长看似随意地问了声："钱龙生，那个大雾天的早晨你进城了没有？"

钱龙生挺干脆地说："我进城去买饲料。"

"一路上看到什么？"

钱龙生摇摇头："雾太大了，我什么也没看见。"

邢队长送走钱龙生后，就把他交来的六百元钱送去作技术鉴定。随后邢队长又轻声和助手打了个招呼，开着摩托车直奔王家宅，直接敲开了阿五家的大门。

阿五见了公安人员，心里有些紧张，他没头没脑地说了句："村里人都说王老汉是被汽车撞死的。"

邢队长笑笑，问："你相信这种说法吗？"

阿五点头不好，摇头不是，只好尴尬地一个劲儿咳嗽。

阿五招呼大家坐下后，邢队长单刀直入地问："阿五，听说那天早晨你也进城了？"

阿五吓得连连辩白："我是好人，可别怀疑我呀，我什么都没看见，我，我……"

邢队长想不到阿五会吓成这样，他好言安慰道："阿五，你放心吧，现在不是'四人帮'时期了，我们绝不会乱怀疑人。"

阿五一个劲儿地揉着胸口，说："死无对证，说错了不得了。"

邢队长见他话里有话，便趁热打铁道："你那天进城时，真的什么也没看到？"

阿五紧张地朝外面望望，一个劲儿地摇头："人命关天，万一说错了可要犯诬陷罪呀。"

邢队长有些心酸，他想：嗨，向公安机关提供线索和诬陷他人毕竟是两码事嘛，这也怪我们的宣传工作做得不够呀！在邢队长的耐心开导下，阿五终于说出了实情。

"邢队长，王老汉被车撞时，我确实没有看见，但那天我在进城路上，看见有个人影在大树下躲躲闪闪的，形迹十分可疑。因为雾大，我没看清那人的脸，但从抽烟的姿势来看，那人很像是钱龙生……快半夜时，我起床去给猪喂食，朦胧间看见一条黑影从王老汉家窜了出来，没等我看仔细，就不见了。那个人走路的背影也像钱龙生，所以，所以……"

"噢，"邢队长明白了，"所以你给我们写了匿名信。嗨，你虽然胆小，但毕竟还是个有正义感的人啊！"

从阿五家出来后,邢队长马上请来了佳美服装厂的厂长,他证实就在这棵树五步远的地方,他们的汽车撞了王老汉,很可能钱龙生目睹了这一切。但他一口咬定什么也没见过啊。

这时,小田进来向邢队长报告说:"经技术鉴定,钱龙生交来的六百元钱里,有几张上有佳美服装厂厂长的指纹。"

邢队长听后心想:钱龙生交来的钱里有厂长的指纹,这件事唯一的解释,就是厂长给王老汉的两百元钱中的一部分最终又落到了钱龙生手里,钱龙生有重大的杀人嫌疑。可是,这个狡猾的狐狸,抢在公安人员之前,将一切杀人的罪证都消除了,这一手真够阴险的。怎么才能找出足以证明钱龙生杀人的证据呢?邢队长陷入了深深的沉思之中……

第二天清晨,邢队长带着助手,直接来到钱龙生家。

这些天,钱龙生就像热锅上的蚂蚁,坐立不安。他开了门,一看是邢队长来了,心里十分紧张,但脸上却装出一副若无其事的样子。当邢队长单刀直入地向他指出,有人看到他那天在王老汉被车撞时的现场,钱龙生心里发虚了,他眼看瞒不过去,就连声说道:"我该死,我该死,我说了谎话。因为我借了王老汉的两百元钱,我想赖账。"

事情急转直下,钱龙生想:借钱赖账,顶多是个批评教育的问题,况且王老汉已死,这真叫死无对证了。邢队长微微一笑,不慌不忙地问道:"那么你为什么把王老汉的皮夹也借来了呢?"

钱龙生吃了一惊:"什么皮夹?我根本不知道。"

邢队长不露声色地点点头:"好,那我请你看一样东西。"说着,从皮包里拿出一个黑皮夹来。

钱龙生一看到皮夹,脸色蜡黄,汗流如注,就像坐在针尖上一般。这个皮夹他最熟悉不过了!几天前,钱龙生上县城去买饲料,半路上,他目睹了王老汉被撞的全部情景,自己这几天正好赌博输了钱,见王老汉意外地得到了两百元,他当下就动起了坏脑筋。晚上他摸入王老汉家,不料在翻寻皮夹时老人惊醒了,钱龙生狗急跳墙,掐死了王老汉。正当他惶惶不安时,佳美服装厂的事故,给了他消灭罪证的极好机会。死尸火化后,钱龙生便想到了王老汉那只黑皮夹,这也是他大意了,认为事情做得人不知鬼不觉的,就不会再有什么事了。哪知以后风声越来越紧,再想消灭罪证,已经没了这个胆量,一急之下,钱龙生就把那个黑皮夹放在自己父亲的骨灰盒里,想不到竟会给公安人员搜了去。

钱龙生一紧张,下意识地朝那个骨灰盒看看,突然间他的腰板又硬了起来,原来他发现骨灰盒并没有被人动过的痕迹。他狡猾地抵赖道:"邢队长,这皮夹我不认识。"

钱龙生的一举一动,怎能逃得过邢队长那双尖锐的眼睛!只见邢队长快步走过去,将那只骨灰盒摇了摇,掀开盖子一看,一只黑皮夹藏在里面。钱龙生顿时像被戳破的汽球,瘪掉了。

为了试探真伪,找出钱龙生杀人的证据,邢队长想出了一条妙计,他让人凭着王金记忆的样子,做了一个一模一样的黑皮夹,钱龙生果然分辨不出真假,而把那个真的黑皮夹暴露出来了。就这样,邢队长终于取得了钱龙生杀人的第一罪证。

杀人犯终于受到应有的制裁,那帮法盲们也按照错误的大小,受到不同程度的处分。此刻,邢队长准备立即给县委起草一份报告,建议在全县范围内大张旗鼓地开展法制教育,让所有的人都知法、懂法、守法。

(吴 伦)
(题图:张 恢)

北上快车谋杀案

一个寂静幽黑的深夜，一列北上快车，在越过南清市铁路桥时，一声汽笛长鸣，震得铁轨发出了"哐啷哐啷"的巨响。就在这惊天动地之时，从列车一个窗口滚下了一个黑乎乎的东西。

清晨六点四十分，一个铁路工人在桥下发现了一具血肉模糊的男尸，他立即打电话向南清市公安局报了案。

半小时后，市公安局的侦察科长郑理达等七人赶到现场。死者身穿蓝色工作服，下着褐色哔叽裤，左脚穿一只天津造的牛皮鞋，右脚没鞋，后脑勺破裂，脸上露出愤怒的表情，仰卧在地上。

法医撬开死者的嘴，一股酒气扑鼻而来，解开他的上衣，发现死者胸口有一块微青的伤痕，从死者的手指甲中发现有褐红色的干血。从死者身上的工作证中知道死者系福平县竹器厂的采购员，姓吴名松，又从死者身上发现了一张45次京福快车第九车厢第三室的车票。

郑理达看了看表,立即命令:电告宏路市公安局截住45次京福快车。

正在飞驰的45次快车突然停车,不禁引起乘客一阵骚动。大约过了四十五分钟,郑理达和助手们在宏路市刑警队长钟国龙的陪同下登上列车。

他们推开第三室的门,只见一个瘦瘦的中年人蹲在地上,不知在铺下摸索着什么。他一见三个公安人员出现在眼前,微微一怔,连忙站起来,"嘿嘿"干笑了几声。可是,就在他往起站立时,郑理达那敏锐的眼光已落在他脖子右侧的一道寸许长的新伤痕上。

郑理达突然问了一句:"同志,你是什么血型?"

那人一愣,接着点头哈腰地回答:"我,我是A型的。"

郑理达"嗯"了一声,两眼威严地盯着对方的脸。那人慌了,连忙从口袋里掏出一张体检表,双手呈上:"请看,请看,这是真的。"

郑理达仔细看了体检表,然后口气稍稍和缓了一点,问道:"你是连江县丝袜厂的推销员,叫成杰,是吗?"

成杰用手背擦擦脑门的汗,说:"是,是。"

"吴松的行李呢?"

"在,在我床底下。"他边说边忙不迭地从床下拉出一只褐色的旅行袋。

郑理达扫了一眼,突然问:"吴松他人呢?"

成杰一惊,连忙说:"我,我不知道呀。"

"不知道?"郑理达边说边又盯着他的脖子。

成杰不自然地缩了缩脖子,说:"我从昨晚十点一直睡到早上六点半。醒来就不见吴松了。"

郑理达向助手使了一个眼色,转身跳下车,进了站长办公室。

郑理达接上长途电话,问道:"死者指甲内的血迹是什么血型?"

"A型,死者的血型是O型,死于凌晨一点十五分左右。"

"好!"郑理达"啪"放下了电话,转身奔上列车,一挥手:"拘留成杰!"

在宏路市公安局审讯室内,成杰在郑理达威严目光的逼视下,汗流如雨,颤抖着说:"我交代,我交代。我趁吴松不在,想、想偷他的东西,我……"

郑理达冷笑一声说:"成杰,我问你,你脖子是怎么弄伤的?"

"这,这,是、是我不小心被铁丝划伤的。"

"胡说!"郑理达拍案而起,"成杰,你放老实点!"

"是、是。我老实,我、我真的没杀他呀!"

"嘿,你怎么知道他被杀了呢?"

"这,这,我猜的,我真的是冤枉啊!"

这时,一个精瘦的老头悄悄走进审讯室。郑理达一见老头,连忙立起身:"孙处长。"

孙处长招招手叫大家坐下,自己微笑着也在郑理达旁边坐下,一双鹰一样的眼睛盯视着成杰。一会儿,又偏过头小声问道:"小郑,铁道离桥栏杆有多远?"

"大约有一米吧。"

孙处长不紧不慢地取出一支烟,在火柴盒上顿了顿,和气地问:"成杰,你坐近些,不然我听不清楚。"

成杰听了,使出全身力气,才把那六十斤重的铁凳挪了几步。他喘着气,正要坐下,忽然,孙处长把烟放进烟盒,命令旁边的刑警:"把成杰带下去吃午饭。"

等成杰离开审讯室，郑理达不解地问："孙处长，你……"

孙处长轻声说："小郑，你十有八九捉错人了。好，现在立刻跟我去车站。"

他们进了站长办公室，见45次快车的工作人员全部集中了。孙处长扫视了一下在场的人，说："大家说说与案情有关的情况吧！"

这时，一个大个子乘务员说："我在十一点多时，碰见吴松，他叫我拿点醋来，我没理他。对了，当时他喝得东倒西歪的。"

又有一个姓朱的女乘务员说："八点多时我路过第三室，听见里面传出'哎哟'一声，一会儿就无声无息了。"

最后，一个叫徐明的小伙子抬起粗大的手，摇了摇头说："我在一点十五分左右，哦，就是列车过桥时，听见'啪'的一声，好像什么东西落到了桥下。"

孙处长仔细听着大家的谈话，详细地一一记在笔记本上。在听那位叫徐明的小伙子说话时，他插问道："当时你在哪里？"

"我在餐厅值班。"

"好！大家忙去吧。"

等乘务员们都走后，孙处长吩咐钟队长把昨晚十二点半至一点半无人证明行踪的人验明血型，是A型的就先留下，其他乘客改乘48次特快继续北上。然后一挥手："小郑，咱们回南清。"

孙处长一到南清市，就直奔存尸室。他仔细地从上到下看了一遍尸体，忽然，他的目光停在死者右脚上，又翻过死者的脚后跟看了看，再伸手扒下死者的袜子，认真地看着。一会儿，转过身问郑理达："他右脚的鞋呢？"

"这，这，不知道，当时现场附近没有呀！"

孙处长严肃地说:"小郑,你太马虎啰,那只鞋,可以告诉我们谁是罪犯!"他边说边摘下死者拴在皮带上的半截链带,下令道,"快备车去现场!"

半小时后,孙处长驱车赶到现场,他站在死者的落点旁边,略一思索,命令道:"小郑,你到落点以北六十多米处,把死者的鞋拿来,要小心指纹。"

郑理达满腹狐疑地走到六十多米处,果然见到一只皮鞋。孙处长接过鞋,正仔细端详着鞋后跟,突然,一列火车疾驰而过,发出"哐啷哐啷"的巨响。孙处长抬头盯着远去的列车,双眉紧皱,沉思了半晌,忽然果断地一挥手:"小郑,立刻上机场,再去宏路。"

在宏路公安局接待室内,孙处长叫人把成杰带来问道:"你昨天有没有卖给吴松一双袜子?"

成杰点头哈腰地说:"有,有,在吃晚饭时卖给他的。"

这时,钟队长走进来,附在孙处长耳边轻轻说道:"鞋上有两个指纹,不是死者的,也不是成杰的。"

孙处长听后一点头说:"成杰,你可以走了,以后可别贪小便宜呀!"

成杰赶紧点头说:"是,是,谢谢,谢谢。"

成杰一走,孙处长站起身对钟队长说:"钟队长,马上派人去取列车餐厅服务员徐明的指纹,快!"

不一会儿,指纹取回,经化验,和皮鞋上的指纹相同,孙处长果断地下令逮捕徐明。

壮得像一头牛的徐明被两个刑警带进审讯室。孙处长不动声色地指着墙角的铁凳子说:"徐明,把它搬过来一些。"

徐明过去用手轻轻一提,搬过凳子,刚坐定,孙处长就问:"徐明,你说昨天晚上一点十五分左右听见有东西落下桥是吗?"

"对,准没错。"

"胡说,你没有听见!"

"什么?你,你怎么知道我没听见?"

"好了,别装蒜了,把你杀死吴松的经过说出来吧!"

"哈哈,我杀死吴松?我真不明白你们在开啥玩笑。我根本不认识吴松,也从未和他接触过。"

"好,既然你说你没和吴松接触过,那吴松的皮鞋上怎么会有你的指纹?"

"这,这,我昨晚上厕所时看见他喝醉了,跌倒在车厢里,鞋子掉在一边,我就帮他穿上,所以……"

"哼,吴松昨天有没有进过餐厅?"

"没有,绝对没有。"

"那好,我可以让事实证明吴松进过餐厅。钟队长,你马上到列车餐厅去,把吴松留在左边窗口的袜丝取来。"

一听这话,在场的人都大为惊讶。

半个小时过后,钟队长快步跑进审讯室,递过一本笔记本,里面果然夹有几根黑色的袜丝。经过化验,这正是从吴松那只袜子上抽下的。

孙处长问道:"怎么样?徐明?"

"这,这我不知道。"

孙处长一声冷笑:"不知道?你看看你手上的伤痕吧!"

徐明下意识地一缩右手,钟队长立刻走上前,捋起他右手的袖子,一道二寸多长的伤痕赫然入目。孙处长问道:"你的血型是 A 型吧?"

徐明摇了摇头,又赶紧点点头说:"是 A 型的,可是……"

孙处长摇了摇手说:"徐明,你不要再说了,我替你说说作案的经过吧!大约凌晨一点,吴松喝醉了,到餐厅叫你拿点醋给他解酒。他白天大吃大喝已引起你的注意,此刻你又发现他腰上别着的钱包,就断定里面有钱。你见他东倒西歪的,就想偷他的钱,但吴松虽然有点醉了,头脑还很清醒,于是,你们就打起来了。吴松抓破了你的手,你把他踢昏了,然后扯下钱包。一不做,二不休,刚好列车过桥,你就把他抱起,使劲推出窗外。但吴松右脚后跟撞在车窗上,皮鞋落在车厢内,你立刻拾起扔出,所以……"

徐明惊讶地张大嘴巴,但马上又镇静下来:"哈哈,处长,你错了,那时,我正在睡大觉呢!"

"睡觉?你不是说你在那时听见桥下的响声吗?"

这时,负责搜查的侦察员闯了进来,手上举着一个带有半截链带的钱包,大喝一声:"徐明,这是从你床底下搜出的。"徐明"啊"地惊叫了一声。孙处长慢悠悠地从口袋中掏出另外半截链条,接了上去:"把罪犯徐明押下。"

庆功会上,大家对孙处长卖关子表示强烈的抗议,在"众怒难犯"的情况下,孙处长只好把推理的经过说给大家听。

"据小郑报告,铁道距桥栏杆将近一米,能够把百来斤的人从车窗扔出一米开外,足以说明罪犯是个身强力壮的人,而那个成杰瘦得不像样,不可能把一个百来斤的人抱起推出一米之外。后来,我特意叫他去搬审讯室专用的铁凳子,证实了这一点,所以,我就断定小郑十有八九捉错人了。"孙处长吸了口烟,笑着说,"我们到车站了解情况时,徐明自作聪明地汇报了他在一点十五分左右听见桥底下的响声。我把这些都记下了,又上南清市去看了现场和尸体,一进停尸房,我发现死者右脚的鞋失踪，袜子被什么抽掉了几根丝，脚后跟撞伤。因为被害者喝醉了，身体又弱，不可能与身强力壮的罪犯进行激烈的搏斗，而死者鞋带系得较紧，不进行激烈的搏斗是不可能把鞋弄掉的，于是我断定罪犯把吴松扔出车厢时，死者的脚后跟撞在车窗上。当时鞋是掉在车上，而罪犯必然会把鞋子马上扔出，在那个作案地点，多狡猾的罪犯也难免有些慌张，不至于戴上手套再去扔鞋，由此就可推断出鞋上肯定有罪犯指纹。至于我说鞋在尸体北面六十多米处，那完全是由列车的方向和速度而定。"说到这里，孙处长慢慢地呷了一口茶。

这时，侦察员小李不解地问："处长，那你怎么知道死者的袜丝留在车窗上呢？"

"哈哈，你这愣头青，要多动点脑筋，那袜子的纸商标还未撕下呢，说明袜子是死者刚穿上不久的，而且袜子上的破洞与脚后跟伤口还有皮鞋的撞痕三点重合，据伤口的情况来看，是刚刚被一个很尖的东西划破，那袜子必然会……"

这时，郑理达也忍不住插上嘴："老师，您怎么知道徐明的右手臂上有伤痕？"

处长一听，拍着大腿哈哈大笑说："这个嘛，我就犯了诈骗罪了。"

众人先是一愣，紧接着，都恍然大悟地哈哈大笑起来。

(俞小军)

(题图：陈　宁)

失踪的红豆杉

如今人们过日子都讲究"绿色环保",爱养花种草的人不少。这不,市里一个高档住宅小区为了吸引住户,引进了一批名贵花木,其中,最引人瞩目的当属一盆红豆杉。

红豆杉是濒危的珍稀植物,它不但能净化空气,还能防癌抗癌,不少有身份的人都喜欢在案头摆上一盆。可是红豆杉极为难养,小区物业这次专门请了人精心照料这盆红豆杉,把它伺弄得枝繁叶茂,艳红的果实挂满枝头,好像漫天红霞。

望着眼前的一片姹紫嫣红,小区保安队长尹向明感到责任重大。包括红豆杉在内的这批花木都是名贵品种,要是损坏或丢失了,保安队第一个难辞其咎。于是他嘱咐手下的队员一定要小心看管。

这天,轮到尹向明值早班,天还没亮他就赶到了小区。来到小区花园巡视时,他突然惊呆了:那盆珍贵的红豆杉不见了!

尹向明立刻叫来昨晚巡夜的保安小张了解情况。小张听说丢了红豆杉,惊慌起来,说:"尹队长,我昨晚一直在小区里巡视,没有离开过呀!"他想了想又说,"凌晨的时候停车场发生了一点纠纷,我过去调解了一下,小偷肯定是那个时候动手的。"小张在小区里工作很长时间了,人很实在,尹向明相信他没有说谎。

此时,尹向明已渐渐冷静下来,陷入了沉思:到底是谁偷走了红豆杉?小区门禁森严,外人不可能随意出入,也就是说,这桩案子很可能是小区内部的人干的。接下来尹向明又查看了大门口的监控摄像记录,发现凌晨过后并没有人搬运重物出去,也不见有车辆外出,于是断定,那盆红豆杉很可能还在小区里。想到这里,他稍稍放宽了心。

可是小区里有上百户人家,偷红豆杉的究竟是哪一家呢?尹向明看着地上几片零落的叶子,忽然心头一动,对小张说道:"红豆杉的叶子细小如茶叶,极易掉落,小偷搬走时说不定会在路上留下一些线索,我们现在就去找找看。"说完他就和小张在小区里的各条道路上分头寻找起来。

从小区花园出发,一共有四条道路分别通向旁边的楼房。不一会儿,只听小张在前面叫道:"尹队长,我看到这里有一片红豆杉的叶子。"

尹向明抬头一看,小张正站在通向 A 座楼的路上。他赶忙走过去,只见地上果然有一片碧绿色的细长叶片。两人继续往前走去,到了楼梯间前,又看见一片叶子,看来小偷一定是这座楼里的业主了。尹向明很兴奋,现在只要进大楼看看哪家房门前有叶子,就能找到最后的答案了。

尹向明和小张走进楼去,这栋楼是一梯一户式,共有六户人家,此时天色尚早,大家都还没起床,楼道里十分安静。两人一层楼一层楼地走上去,可一直来到顶楼,也没看到地上有一片叶子。

这下尹向明愣了,他和小张面面相觑,没了主意。尹向明想了想,分析说,也许是红豆杉搬进楼道后没经过太大摇晃,所以没有叶子掉下来;还有一个可能,那就是即使掉了叶子,偷窃的人做贼心虚,害怕被人知道,已仔细地捡拾干净了。

线索中断了,怎么办?小张咬了咬牙道:"既然目标已锁定在这座楼里,我们现在就挨家挨户去敲门查看。"说着抬手就要敲旁边的门。

尹向明见了,急忙制止道:"不行!我们这是高档小区,住在这楼里的人非富则贵,没有确凿证据就去查问,业主一定不高兴,会向公司投诉的。"小张听了,缓缓地放下手来。

两人默默地走下楼来,尹向明低着头似乎在思考什么。出了楼道,他突然对小张说:"去做你该做的事吧,这件事先别声张,离天亮还有一会儿,兴许我能想出办法来。"

小张对尹向明道:"尹队长,你可一定要帮帮我,花是我值班的时候丢的,我赔不起啊!"

尹向明点点头:"放心吧,花丢了,我也有责任的。"说完,尹向明又来到小区花园,望着地上那一片片红豆杉的叶子出神……

小张听了尹向明的吩咐,只好先放下红豆杉失窃的事,去门卫室值班。

过了一会儿,尹向明走进了门卫室,小张急忙问道:"尹队长,有新的线索了吗?"

尹向明点点头,面色凝重地说:"我已经布好了局,如果不出意外,很快就会有结果了。"小张有点疑惑,不知道尹向明究竟使出了什么计谋,不过小张知道这位尹队长的性格，他不想说的事情问了也白问，还是安心等待吧。

渐渐地天色亮了，陆续有居民走下楼来。小张着急地对尹向明说："尹队长，怎么办？物业经理马上要来了，咱们可怎么交代啊？"

尹向明头也不抬地道："再等等。"又过了将近一个小时，尹向明终于站起身往外面走去，

临走时他对小张道："我先去看看情况，如果找到了红豆杉，我就叫你。"说着出了门卫室，径直往Ａ座楼走去。

小张不知道尹向明葫芦里卖的什么药，心里七上八下，这时他忽然听到对讲机里传来呼叫："小张，红豆杉找到了，就在三楼，快点过来搬吧。"小张听了大喜，忙飞快地往Ａ座楼跑去。来到三楼一看，只见屋门敞开着，尹向明正在里面同一个男人说话。

这个男人小张认识，正是三楼这套房子的业主。此时，男人收起了以往趾高气扬的神情，低着头红着脸对尹向明解释说："对不起，我觉得这盆红豆杉很漂亮，就想独自欣赏一下。"

尹向明冷冷地道："一个晚上过去了，我想你也欣赏够了，我可以搬走了吗？"

男子忙点头说："我本就打算今天还回去的。"说着向房里走去。

小张和尹向明跟着走进去一看，只见那盆红豆杉正放在书房一角，小张大喜过望，上前动手，两人把花搬了出来。一出房门，小张就迫不及待地问尹向明："尹队长，你怎么知道红豆杉就在他家里？"

尹向明淡淡一笑道："咱们先下楼，我再告诉你。"小张忙点头。

两人走到二楼时，尹向明指着旁边的门口对小张道："你看看，地上有什么？"小张一看，那扇门旁边有几片绿色的红豆杉叶子。

尹向明道:"刚才我在这幢楼的每家门口都放了几片叶子,一般人出门时不会留意,即使见到叶子也不会急着动手清理,反正等会儿有保洁员来打扫,但小偷就不同了……"

小张听到这里恍然大悟,接过话道:"我明白了,你扔下叶子,过一会儿回来,看谁家门前的叶子不见了,那多半就是做贼心虚,怕留下痕迹,把叶子捡起来了。"

尹向明点点头道:"没错,这一招就叫做'引蛇出洞'!"

此时天色已大亮,红豆杉又回到了小区花园。它那美丽的风姿赢得了晨练居民的交口称赞,但没有人知道,在这个黎明它经历了怎样的一番风波。

(碧　水)
(题图:谭海彦)

业余侦探

在英国吉隆铺镇有一对亲姐妹，姐姐叫书罗伦时，今年62岁；妹妹叫格利时，比姐姐小两岁。她们身体健壮，又都是侦探小说迷，读过成百上千本惊险小说，对神秘冒险的生活十分向往。姐妹俩都没有子女，从学校退休后，回家乡开了一家书店。

这天，她们接到一封信，信是吉伦斯城一个叫汤姆逊的律师写来的，说她们的侄子沃尔特死了，根据死者生前的遗嘱，沃尔特在吉伦斯城的那套公寓和全部家具将由她们继承。

沃尔特从小调皮捣蛋，长大后又不务正业，所以两位老太太平时不喜欢他，但经过商量，她们还是决定接受侄子的遗赠，并很快一同乘火车赶到吉伦斯。

她们按信上的地址找到了汤姆逊，到这时，汤姆逊才直言相告：

正说着，电话铃响了，格利时拿起来一听，是汤姆逊打来的，问她是否一切顺利，有什么事需要他帮忙？格利时不露声色地敷衍了几句，挂了电话。姐妹俩断定屋里藏着什么秘密，就分头开始寻找起来。

沃尔特的卧室书房很大，家具豪华，地板上铺着羊毛毯，几架子大都是惊险小说，书桌上堆满了纸张，桌上还摆着一个相架，那是十多年前，沃尔特小学毕业时，他和格利时及书罗伦时的合影。姐妹费了好大劲，但一无所获，显然房间早被人仔仔细细地搜查过了。

这时，泰力渐渐苏醒过来，他见两位老太太把自己制服了，十分惊奇，禁问道："你们是谁？"

"沃尔特是我们的侄子。你老实说，在这里找什么？"

泰力急于想摆脱目前的处境，威胁道："快放开我，不然，待会儿利会找上门来的！"

格利时闻听，眼睛一亮，连忙吩咐姐姐："书罗伦时，快记下来，家伙是一个叫合利的人派来的。"

"好的。"书罗伦时心领神会，立刻找出纸、笔写了下来。

泰力自觉失言，心中一慌，连忙掩饰道："我什么也没说，我只是穷，偷些东西……"

格利时不容对方再啰唆，单刀直入地问："你为什么要杀死沃尔特？"

泰力没有思想防备，愣了一下，不由脱口而出："你们怎么知道……"

格利时连忙又吩咐："书罗伦时，快记下来，他承认自己是凶手。"

泰力越发慌张了，连忙否认："不、不是我一个……"

"好，再记下一条，这人说他们还有一个犯罪集团，并且是在替彼希伦卖命。"

沃尔特是被人杀死在家中的，由于凶手没有抓到，目前社会上议论较多，所以他真诚希望两位老太太能将沃尔特的那套公寓卖掉，以免发生更多的不幸。

但书罗伦时姐妹俩都不同意，来时她们已经合计过了，要利用这套公寓办一所文化宫，供聪明人和创造者使用。

汤姆逊做了许多工作，依然没有达到目的，只得怏怏不快地将公寓的钥匙交给两位老太太，然后又帮她叫来出租车。

送走两位老太太，汤姆逊揩了一下头上的汗珠，转身走进另一间房子。此刻，屋里坐着一个高大汉子，正靠在椅子上抽雪茄，一见面他就迫不及待地问："怎么样，那房子开价多少？"

汤姆逊苦笑一下，摊开双手，无可奈何地回答："合利，她们不肯卖！"

那个叫合利的一听，屁股下像被铁钉刺了一下，猛地弹起来，气急败坏地埋怨道："你是怎么搞的？连两个老太都说服不了。"见汤姆逊面露不悦，想到各自的利益，这才放缓口气，说，"嗳，沃尔特肯定把账本藏在那套公寓里，可我们已经搜了三遍都没找到，万一这些账目落到检察官手里，那就糟了……"

汤姆逊又用手帕揩揩脸，显得胸有成竹，慢慢说道："合利，你别急，我们找不到，别人也发现不了。另外，只要我们施加压力，我敢肯定，在那吓人的地方，两老太是呆不长久的……"

合利觉得律师的话很有道理，不由跟着笑了笑。他想起自己的保镖泰力此刻正在沃尔特公寓搜查，到时一定会给两老太一个下马威的。

沃尔特的公寓年代已久，它远离闹市区，坐落在一片小树林中，门前有一条羊肠小道，公寓因为年久失修，所以看上去有些摇摇欲坠的样子。书罗伦时姐妹俩提着包裹，找到这所古屋时，天已经很黑了。书罗伦时拿出钥匙，塞进那把看起来很新的锁，接着便推

在黑暗中，格利时拉了一下书罗伦时的衣角，轻声
书罗伦时有些不信，但她侧耳细听，马上也点头一定是小偷！"

格利时听说是"小偷"，神情立刻变得亢奋起来，着我，看我怎么收拾这个梁上君子。"

姐妹俩蹑手蹑脚地来到楼上，从锁孔里往里一冷气：一个身材矮壮，面容丑陋的男人正在房内翻着洒在那张凶狠的脸上，显得很是吓人。

格利时凑到书罗伦时的耳朵旁叮嘱道："脱下你的引出来后，你用鞋后跟狠狠地敲他！"说完，摸到一只发出"当"的声响。

房里的丑八怪叫泰力，今天奉合利的命令，在这里来的账本，听到楼下有响声，便过来开门。刚把头伸进只觉得脑袋"嗡"的一声，便"扑通"一声跌昏过去。

姐妹俩把昏死过去的泰力拖进屋里，又找出几根绳这才稍稍喘口气。书罗伦时拿起桌上的电话筒，准备向利时按住她的手，说："这事不用麻烦警察，你瞧这人定不是一般的窃者。"

书罗伦时也来了兴致，马上反问道："你想从他嘴里

由于碰上了一桩大案子，格利时神情异常激动，用要弄清楚沃尔特是被谁杀死的！我还要弄清楚这个贼在时，这是一桩真正的、我们曾经多次梦想的奇案，感谢案的机会，我们可以像小说里写的那样，当一回业余侦

泰力被一连串的追问弄得昏头昏脑，他抬起头，瞪着疑惑的眼睛问："谁是彼格·希伦？我不认识他，我只替合利干活。"

两老太都会心地笑了起来，她们将从上千本惊险小说中学来的攻心术用到了现实生活中，她们初战告捷。泰力望着那两双敏锐犀利的灰眼珠，他的精神防线终于彻底垮了，不得不开始招认起来。

原来，在吉伦斯城有个犯罪集团，头头就是合利，沃尔特是他的财务总管。前段时间，沃尔特赌博输了钱，就利用职务之便，从合利的黑账本中抽出最关键的二十页，然后对主人进行敲诈。合利为了保住秘密，派人杀了沃尔特，又派人在沃尔特的住处反复搜寻，但至今一无所获。

听完泰力断断续续的交代，姐妹俩异常兴奋，她们知道，只要能找到那二十页账目，就可以把合利他们送进牢房。她们正要进一步追问下去，门"咣当"一声被打开，合利和汤姆逊走了进来。泰力久久不回，引起了他们的怀疑，就一起驱车过来看个究竟，正巧把刚才那番话都听进了耳里，所以，合利松开捆绑泰力的领带后，就命令他："干掉她们！"

汤姆逊拍了一下额头，连忙阻止道："慢，合利，她们知道的那点东西，在法庭上是告不倒你的。如果你杀了她们，一旦被人知晓，反而会把自己送上断头台的。"

合利头脑冷静下来，心里不得不佩服律师的忠告，本来嘛，杀人总是要担风险的，但他还是不放心地转身问泰力："她们在我来前是否找到纸片之类的东西？"见泰力摇头，这才转身走到两位老太面前，硬挤出一点笑容，"老太太，如果你们想活命，我希望你们忘掉过去，并且马上离开吉伦斯城，永远不再回来！"

这时，沉默不语的书罗伦时突然大胆地问："先生，你不是要和我们做一笔买卖吗？"

"买卖，什么买卖？"合利一时没反应过来。

书罗伦时不紧不慢地提醒道："你们需要这所房子，因为里面藏着二十页账目，它会要你们命的。当然，如果我们同意律师的要求，把房子卖给你们，那么你们就可以放手去搜寻，至少可以将秘密永远关在这所房子里。"

格利时一听，着急地喊起来："书罗伦时，我们不能和罪犯做交易！"

书罗伦时拍拍妹妹的肩膀，示意她安静，又盯住合利说："只要你给钱，那我们就去周游世界，再不过问你们的事。"

合利不想出这笔钱，但汤姆逊在旁不断说合，劝他花钱买个太平，说得合利总算勉强答应。经过一番讨价还价，最后以1.5万元成交。

办完手续，合利看了一下手表，让泰力立刻开车把两老太送上火车，这时书罗伦时又提出一个要求："车上太寂寞，我想从书架上取两本书，喏，就是那绿色封面的。"

合利走过去，把那两本书抽了出来，同时不住地观察书罗伦时的脸色，终于阴阴一笑："你好狡猾啊，我也认为沃尔特会把账目缩印后藏在书里。"说着取下书的外套，撕掉封面，然后又一页一页地检查了一遍，没发现什么，只得怏怏地扔给了书罗伦时。书罗伦时看也没看，就把书扔进了大手提包内。

当晚，格利时姐妹俩被送上了火车，火车开动后，书罗伦时躺在卧铺上，舒服地伸了个懒腰，不无感慨地说："虽然我们只在城里待了四个多小时，但那是多么刺激的时刻呀。"

格利时瞪了姐姐一眼，窝着一肚子的火，她读过的惊险小说里，没有一本结局是这样的。她停了停，才没好气地讥讽道："把杀人凶手放走，与黑帮做买卖，这可不是业余侦探的职责。"

业余侦探

在英国吉隆铺镇有一对亲姐妹,姐姐叫书罗伦时,今年62岁;妹妹叫格利时,比姐姐小两岁。她们身体健壮,又都是侦探小说迷,读过成百上千本惊险小说,对神秘冒险的生活十分向往。姐妹俩都没有子女,从学校退休后,回家乡开了一家书店。

这天,她们接到一封信,信是吉伦斯城一个叫汤姆逊的律师写来的,说她们的侄子沃尔特死了,根据死者生前的遗嘱,沃尔特在吉伦斯城的那套公寓和全部家具将由她们继承。

沃尔特从小调皮捣蛋,长大后又不务正业,所以两位老太太平时不喜欢他,但经过商量,她们还是决定接受侄子的遗赠,并很快一同乘火车赶到吉伦斯。

她们按信上的地址找到了汤姆逊,到这时,汤姆逊才直言相告:

沃尔特是被人杀死在家中的,由于凶手没有抓到,目前社会上议论较多,所以他真诚希望两位老太太能将沃尔特的那套公寓卖掉,以免发生更多的不幸。

但书罗伦时姐妹俩都不同意,来时她们已经合计过了,要利用这套公寓办一所文化宫,供聪明人和创造者使用。

汤姆逊做了许多工作,依然没有达到目的,只得怏怏不快地将公寓的钥匙交给两位老太太,然后又帮着叫来出租车。

送走两位老太太,汤姆逊揩了一下头上的汗珠,转身走进另一间房子。此刻,屋里坐着一个高大汉子,正靠在椅子上抽雪茄,一见面他就迫不及待地问:"怎么样,那房子开价多少?"

汤姆逊苦笑一下,摊开双手,无可奈何地回答:"合利,她们不肯卖!"

那个叫合利的一听,屁股下像被铁钉刺了一下,猛地弹起来,气急败坏地埋怨道:"你是怎么搞的?连两个老太都说服不了。"见汤姆逊面露不悦,想到各自的利益,这才放缓口气,说,"嗳,沃尔特肯定把账本藏在那套公寓里,可我们已经搜了三遍都没找到,万一这些账目落到检察官手里,那就糟了⋯⋯"

汤姆逊又用手帕揩揩脸,显得胸有成竹,慢慢说道:"合利,你别急,我们找不到,别人也发现不了。另外,只要我们施加压力,我敢肯定,在那吓人的地方,两老太是呆不长久的⋯⋯"

合利觉得律师的话很有道理,不由跟着笑了笑。他想起自己的保镖泰力此刻正在沃尔特公寓搜查,到时一定会给两老太一个下马威的。

沃尔特的公寓年代已久,它远离闹市区,坐落在一片小树林中,门前有一条羊肠小道,公寓因为年久失修,所以看上去有些摇摇欲坠的样子。书罗伦时姐妹俩提着包裹,找到这所古屋时,天已经很黑了。书罗伦时拿出钥匙，塞进那把看起来很新的锁，接着便推开了沉重的大门。

在黑暗中，格利时拉了一下书罗伦时的衣角，轻声说："楼上有人。"

书罗伦时有些不信，但她侧耳细听，马上也点头了，"嗯，是有人，一定是小偷！"

格利时听说是"小偷"，神情立刻变得亢奋起来，"书罗伦时，你跟着我，看我怎么收拾这个梁上君子。"

姐妹俩蹑手蹑脚地来到楼上，从锁孔里往里一瞧，不由倒吸一口冷气：一个身材矮壮，面容丑陋的男人正在房内翻着什么，淡淡的月光洒在那张凶狠的脸上，显得很是吓人。

格利时凑到书罗伦时的耳朵旁叮嘱道："脱下你的皮鞋，待我把他引出来后，你用鞋后跟狠狠地敲他！"说完，摸到一只杯子，朝楼下一扔，发出"当"的声响。

房里的丑八怪叫泰力，今天奉合利的命令，在这里搜寻沃尔特藏起来的账本，听到楼下有响声，便过来开门。刚把头伸进黑暗里，猛然间，只觉得脑袋"嗡"的一声，便"扑通"一声跌昏过去。

姐妹俩把昏死过去的泰力拖进屋里，又找出几根领带，把他捆结实，这才稍稍喘口气。书罗伦时拿起桌上的电话筒，准备向警察局报警，格利时按住她的手，说："这事不用麻烦警察，你瞧这人穿得那么好，肯定不是一般的窃者。"

书罗伦时也来了兴致，马上反问道："你想从他嘴里得到什么？"

由于碰上了一桩大案子，格利时神情异常激动，用手比划着说："我要弄清楚沃尔特是被谁杀死的！我还要弄清楚这个贼在找什么？书罗伦时，这是一桩真正的、我们曾经多次梦想的奇案，感谢上帝给了我们破案的机会，我们可以像小说里写的那样，当一回业余侦探了。"

正说着,电话铃响了,格利时拿起来一听,是汤姆逊打来的,问她们是否一切顺利,有什么事需要他帮忙?格利时不露声色地敷衍了几句,便挂了电话。姐妹俩断定屋里藏着什么秘密,就分头开始寻找起来。

沃尔特的卧室书房很大,家具豪华,地板上铺着羊毛毯,几架子书大都是惊险小说,书桌上堆满了纸张,桌上还摆着一个相架,那是三十多年前,沃尔特小学毕业时,他和格利时及书罗伦时的合影。姐妹俩费了好大劲,但一无所获,显然房间早被人仔仔细细地搜查过了。

这时,泰力渐渐苏醒过来,他见两位老太太把自己制服了,十分惊奇,不禁问道:"你们是谁?"

"沃尔特是我们的侄子。你老实说,在这里找什么?"

泰力急于想摆脱目前的处境,威胁道:"快放开我,不然,待会儿合利会找上门来的!"

格利时闻听,眼睛一亮,连忙吩咐姐姐:"书罗伦时,快记下来,这家伙是一个叫合利的人派来的。"

"好的。"书罗伦时心领神会,立刻找出纸、笔写了下来。

泰力自觉失言,心中一慌,连忙掩饰道:"我什么也没说,我只是穷,想偷些东西……"

格利时不容对方再啰唆,单刀直入地问:"你为什么要杀死沃尔特?"

泰力没有思想防备,愣了一下,不由脱口而出:"你们怎么知道的……"

格利时连忙又吩咐:"书罗伦时,快记下来,他承认自己是凶手。"

泰力越发慌张了,连忙否认:"不、不是我一个……"

"好,再记下一条,这人说他们还有一个犯罪集团,并且是在替彼格·希伦卖命。"

泰力被一连串的追问弄得昏头昏脑，他抬起头，瞪着疑惑的眼睛问："谁是彼格·希伦？我不认识他，我只替合利干活。"

两老太都会心地笑了起来，她们将从上千本惊险小说中学来的攻心术用到了现实生活中，她们初战告捷。泰力望着那两双敏锐犀利的灰眼珠，他的精神防线终于彻底垮了，不得不开始招认起来。

原来，在吉伦斯城有个犯罪集团，头头就是合利，沃尔特是他的财务总管。前段时间，沃尔特赌博输了钱，就利用职务之便，从合利的黑账本中抽出最关键的二十页，然后对主人进行敲诈。合利为了保住秘密，派人杀了沃尔特，又派人在沃尔特的住处反复搜寻，但至今一无所获。

听完泰力断断续续的交代，姐妹俩异常兴奋，她们知道，只要能找到那二十页账目，就可以把合利他们送进牢房。她们正要进一步追问下去，门"咣当"一声被打开，合利和汤姆逊走了进来。泰力久久不回，引起了他们的怀疑，就一起驱车过来看个究竟，正巧把刚才那番话都听进了耳里，所以，合利松开捆绑泰力的领带后，就命令他："干掉她们！"

汤姆逊拍了一下额头，连忙阻止道："慢，合利，她们知道的那点东西，在法庭上是告不倒你的。如果你杀了她们，一旦被人知晓，反而会把自己送上断头台的。"

合利头脑冷静下来，心里不得不佩服律师的忠告，本来嘛，杀人总是要担风险的，但他还是不放心地转身问泰力："她们在我来前是否找到纸片之类的东西？"见泰力摇头，这才转身走到两位老太面前，硬挤出一点笑容，"老太太，如果你们想活命，我希望你们忘掉过去，并且马上离开吉伦斯城，永远不再回来！"

这时，沉默不语的书罗伦时突然大胆地问："先生，你不是要和我们做一笔买卖吗？"

"买卖,什么买卖?"合利一时没反应过来。

书罗伦时不紧不慢地提醒道:"你们需要这所房子,因为里面藏着二十页账目,它会要你们命的。当然,如果我们同意律师的要求,把房子卖给你们,那么你们就可以放手去搜寻,至少可以将秘密永远关在这所房子里。"

格利时一听,着急地喊起来:"书罗伦时,我们不能和罪犯做交易!"

书罗伦时拍拍妹妹的肩膀,示意她安静,又盯住合利说:"只要你给钱,那我们就去周游世界,再不过问你们的事。"

合利不想出这笔钱,但汤姆逊在旁不断说合,劝他花钱买个太平,说得合利总算勉强答应。经过一番讨价还价,最后以1.5万元成交。

办完手续,合利看了一下手表,让泰力立刻开车把两老太送上火车,这时书罗伦时又提出一个要求:"车上太寂寞,我想从书架上取两本书,喏,就是那绿色封面的。"

合利走过去,把那两本书抽了出来,同时不住地观察书罗伦时的脸色,终于阴阴一笑:"你好狡猾啊,我也认为沃尔特会把账目缩印后藏在书里。"说着取下书的外套,撕掉封面,然后又一页一页地检查了一遍,没发现什么,只得怏怏地扔给了书罗伦时。书罗伦时看也没看,就把书扔进了大手提包内。

当晚,格利时姐妹俩被送上了火车,火车开动后,书罗伦时躺在卧铺上,舒服地伸了个懒腰,不无感慨地说:"虽然我们只在城里待了四个多小时,但那是多么刺激的时刻呀。"

格利时瞪了姐姐一眼,窝着一肚子的火,她读过的惊险小说里,没有一本结局是这样的。她停了停,才没好气地讥讽道:"把杀人凶手放走,与黑帮做买卖,这可不是业余侦探的职责。"

书罗伦时好像并不在意，从大包里取出那两本书，递给妹妹一本。格利时没有接，只是提醒道："他们已经反复检查过了，不会留下证据的，你根本就没法告他们。"

书罗伦时把书翻了几页，耐心地听完对方的唠叨，这才指着扉页的标题问："沃尔特读过这本《被偷的爱情》吗？"

"当然读过，这本书正是我送给他的。"

"那就对了，沃尔特至今还保存着，这就把他的思想暴露给我们了，至少他喜欢这本书，并且深受此书的影响。格利时，你认为这本书最绝的情节是什么？"

格利时好像预感到了什么，身子朝前凑凑，脱口而出："把珍贵的东西放在最显眼的地方，这反而最不容易被人发现。"

说这话时，书罗伦时已经从包里拿出一个相架，这就是沃尔特放在书架上的三人合影，这是书罗伦时趁合利和汤姆逊给泰利松绑时，扔进大包里的。书罗伦时忍住心跳，分析道："沃尔特并不喜欢我们，可为什么还把我们三人的合影放在最显眼处，结论只有一个……"

格利时完全醒悟过来了，她赶紧催促道："快打开相架，看看你的推理是否正确？"果然，那薄薄的缩影账本就在相片背后藏着。

火车仍在飞速向前，姐妹俩终于破了一桩大案，她们舒舒服服地睡着了。明天一到伦敦，她们就会向警察总部报告，然后送上证据，把合利他们送进国家监狱，然后去周游世界，回来后在贝克尔大街租一间房子，就住在福尔摩斯隔壁……

(原作：阿 斯；改编：周 东)
(题图：李 加)

上　钩

这天早晨，詹卡西先生坐在餐厅里一边喝着牛奶，一边有滋有味地看着当天的晨报。太太在忙着往面包上涂果酱，她见丈夫读报入了神，就问道："亲爱的，报上有什么惊人的报道吗？"

丈夫头也没抬，随口应道："哦，报上说，拉斯维加斯又发生了一起惊人的抢劫案，事主被劫17万元。歹徒如何得手，原因尚且不明……"

正在这时，女仆露西走进餐厅，打断了詹卡西的念报声："先生，太太，有个陌生人说要见你们。"

詹卡西太太嚷嚷道："这人真没教养，拜访人也不挑挑时辰。你把他打发走，就说我们没有空，别让他进来。"说着话，竟把一勺果酱塞到嘴里。

露西有点为难了,说:"我让他在外面等,可这人问我们有没有丢钱。"

"丢钱?"正在看报的詹卡西一愣,稍思片刻,就赶紧对露西说,"那就叫他进来吧。"说着丢下报纸,擦了擦嘴,站起身就往客厅走去。

詹卡西太太瞪大了双眼,对着丈夫的背后嚷道:"难道是你丢了钱,詹卡西?可你居然一声不吭,你这天杀的!"

这番诅咒,丈夫一个字也没听见,他早跑过去迎接客人了。詹卡西太太紧跟着也向客厅走去,在客厅门口收住脚,她看到那个陌生人正把一捆钞票递给詹卡西,说:"我揣摩着这是你们丢失的,因为只有像你们这样住得起别墅的人,才会有这么一大笔钱。"

詹卡西太太费劲儿地猜着:丈夫是从哪里搞到这笔钱的,为什么他要瞒着自己?啊,这太可怕了,丈夫居然对自己不忠实。说也怪,居然真有拾金不昧的人……直到陌生人告别而去,詹卡西太太这才从沉思中清醒过来。目送陌生人走远,她一屁股坐在沙发上一言不发,就等着丈夫的解释。

丈夫来到她的身边,赔着笑脸道:"对不起,亲爱的。昨天公司刚发了一笔奖金,可是我糊里糊涂给弄丢了,所以我不敢告诉你,难道这不是上帝的旨意吗?钱居然给找回来了!"说着话,丈夫小心翼翼地把一捆钱递了过来。太太收了钱,这才转怒为喜,把钱点了一遍,锁进了家里的保险柜。

大半天下来,詹卡西太太心里是充满着喜悦的,可是喜悦劲儿一过,她心里不由得又犯起了嘀咕:不对呀,有哪个公司会发这么一大笔奖金?足足一万元啊!詹卡西太太以前有点马大哈的,可这次她却出人意料地细心起来,她决定要请私家侦探给解开这道谜。

一星期后,一份报告送到了詹卡西太太手中,上面有好消息,可也有不好的消息：好消息是詹卡西先生为人循规蹈矩，没有外遇，只是找一个在警察局谋生的老同学鲍勃喝了几次酒；不好的消息是丈夫所在的公司这段时间没有发过任何奖金。

咦，这可怪了！詹卡西太太考虑再三，决定当晚要和先生摊牌。她可不愿意守着一个对妻子保守秘密的丈夫。

晚饭时分，丈夫准时回到了家。丈夫在餐桌旁坐定，詹卡西太太开始发难了："亲爱的，你能不能和我谈一谈那一万元钱，到底……"

就在这时，门铃响了，露西疾步跑过去，很快她又跑回来，说："先生，太太，那个人又来了。"

詹卡西太太一时没有回过神来："谁？是谁来了？"

露西说："就是前两天送钱来的那位。他说又给先生送钱来了。"

詹卡西太太一下子跳了起来："什么，又丢了钱，又是他捡到的？"

夫妻俩一起来到客厅，只见那陌生人笑容可掬地迎上前来说："詹卡西先生，我刚才路过你家门口，发现门旁有一只皮包。我怕别人给拾了，就自作主张给你们送来了，你瞧，天底下真有这么巧的事！"

詹卡西接过皮包，打开来，掏出一叠厚厚的钞票。太太正暗自吃惊，只听陌生人说："如果两位不介意的话，我还想送给你们一件礼物。"

夫妻俩忙抬起头来，呀，只见陌生人拿着一支精巧的小手枪对准了他们："我说，最好站着别动，先生，太太，如果不想让我开枪的话。"陌生人微笑着把一根绳子扔给呆若木鸡的詹卡西太太："太太，请你把你丈夫和这个女仆给捆起来，你做这事比你丈夫要利索得多。"

一会儿，詹卡西夫妇和露西都被捆了起来。陌生人往他们嘴里塞着布条，得意地说："对于一个没有丢钱而又问心无愧地冒领失款的人来说，这就是头等的报酬。我在拉斯维加斯干了十几回了，还没有一个人会拒绝送上门的钱的。"说着,陌生人就径自向卧室的保险柜走去,詹卡西太太这下又气又急:原来这人就是拉斯维加斯的头号窃贼,他每次先奉送一万元,好让那些昧着良心的人收下,他也乘机摸清情况,甚至与事主交上朋友,所以,当他劫走财物后,事主惧于名誉,只好来一个"歹徒如何得手,原因尚且不明"。

十分钟过去了,陌生人夹着一个小包出来,打了个手势:"再见了,上钩的鱼儿。"

"你好,上钩的鱼儿。"锁着的门突然开了,一个拿枪的人带着好几个人走了进来。陌生人呆住了。

詹卡西太太这时也认出来了,拿枪的人正是詹卡西的老同学——鲍勃!

(原作:G·亚历山大;改编:夏语谦)

(题图:箭 中)

儿时的凶器

弗朗克先生驱车回到法国南部老家时,已是黄昏时分,暴雨瀑布般下了起来,接着就是电闪雷鸣。弗朗克先生平时害怕闪电,他将车驶到老屋门口的树林下,然后呆在车里,等待雨停雷息。

弗朗克一支接一支地抽着烟,然而,老天爷一点也没有转好的迹象,弗朗克只好硬硬头皮,走出车子。

说时迟,那时快,就在他打开车门的一刹那,一道闪电迎面劈了下来,一棵树以迅雷不及掩耳之势砸了下来,接着就看见弗朗克轰然倒下……

警方来到现场,已是第二天早晨了,此时已是天空晴好,风和日丽。警方经过初步判定,死者不是自杀。但接下来,他们惊奇地发现,弗朗克先生好像并不是被闪电夺命的,因为他包括头发在内的身体完好无损,没一处有灼烧的痕迹。而且，弗朗克似乎也不是被雷电劈倒下来的枯树砸死的，树木的高度还够不着他。

那么，又是谁杀了弗朗克呢？

这个命案交给了一个叫詹姆斯的警察负责。詹姆斯发现，弗朗克体内有一根又粗又长的铁钉。正是这根又粗又长的铁钉，击中心脏，取了弗朗克的性命。铁钉钉入心脏的时间正是昨晚。

詹姆斯于是着手走访弗朗克的家人。调查表明，弗朗克并不富有，平素与他人交往不多，基本上是一个平静和蔼的人。他住在法国北部，已有二十年没回南部老家了。家人说，弗朗克对驱车回老家充满幸福感，临出发前，他还表示一定要带一袋老家的土回来。

一个如此热爱家乡热爱生活的人，又有谁深怀大恨暗下毒手呢？詹姆斯百思不得其解。不对！这里面一定有问题。

詹姆斯来到现场，决定从那枚铁钉入手。此前，他已找专门机构鉴定过，那是一枚四十年前用来盖房子的铁钉，如今早已停产。正是这枚如此粗大的铁钉，以子弹般的速度射入弗朗克先生的体内的。

詹姆斯撕开弗朗克老屋的封条，独自一人走进这座二十年无人光顾过的屋子，蓦然间他发现，就在墙角的一个旧工具箱内，盛了不少的钉子。钉子！詹姆斯如获至宝，他三步并作两步走过去，在工具箱里翻弄着，企图发现与弗朗克体内一模一样的钉子。

然而他失望了。但这给了詹姆斯一个线索：那枚钉子兴许跟老屋有关。于是他主动拜访弗朗克的老母亲，想从老人那里挖来一些信息。

弗朗克的老母亲已八十开外了，但记忆力特好，当她一看到詹姆斯出示的那枚钉子时，就立即回忆说弗朗克小时候经常玩这些东西。

凭感觉，詹姆斯认为弗朗克母亲的回忆非常重要，但他又不知道这跟案件有什么关联。

正当詹姆斯对案件的侦破处于僵持状态，老天又下起了瓢泼大雨，闪电也跟着撕破了长空——詹姆斯灵机一动，何不模拟一下现场环境？说不定可以找到灵感呢！

詹姆斯立即驱车来到凶杀现场：风雨交加，电闪雷鸣，弗朗克一打开车门，一道闪电劈了下来，一棵枯树被闪电击中，一枚又粗又大的铁钉飞了过来，弗朗克随之倒下。就在詹姆斯真的按弗朗克当时的方向与姿势倒下时，又一道闪电劈了下来，强烈的闪光照亮整个树林，詹姆斯发现，那棵枯树断裂的高度正好处于弗朗克心脏的位置。詹姆斯赶紧跑到枯树旁，他灵光一现：莫非那根铁钉穿透枯树后才进入弗朗克的体内的？

第二天，詹姆斯请来木匠将枯树刨开，木匠们惊异地发现，那棵枯树身上除了闪电留下的焦糊，浑身上下竟留有大大小小的数百枚钉子！

原来弗朗克打开车门时，一道闪电劈开了树干，留在枯树体内的铁钉在雷电的作用下飞出了树身，竟意外射中了弗朗克的心脏！

这就是说，是弗朗克用儿时的手杀死了五十年后的自己；或者说——弗朗克死在了树的报复之下。

(岳　扬)
(题图：箭　中)

意外保险的秘密

彼得堡有一家著名的保险公司，叫"火蜥蜴"，专门从事客户的意外伤害保险，多年来工作运转一直都很正常。可是，谁也没有料到，最近却接二连三地出现了几起奇怪的意外伤害事件，使该公司蒙受惨重损失。

首先是经营珠宝店的保尔在一次下火车时摔倒，胳膊严重摔伤，弯曲变形。医生认为这种伤残是无法康复的，于是火蜥蜴保险公司便按照完全残疾的标准，付给保尔4万卢布保险金。

紧接着，开小铺的米沙又意外跌倒，其受伤情况与保尔极为相似，火蜥蜴保险公司只好又按照完全残疾的标准，根据米沙当初的投保金额，付给他3万卢布的保险金。

可令人惊奇的是,被医生认定无法康复的这两位当事人,当他们得到一大笔保险金之后,却奇迹般地康复了。

医生们得到消息,惊得目瞪口呆,怎么想也想不出个所以然。而对火蜥蜴保险公司来说,付出去的保险金犹如泼出去的水,自然是不可能再收回来了。

这还不算,更大的麻烦又接踵而至。

警所助理阿辽沙在警段巡视时掉入打开的井口,他的右手和右腿受伤情况与前几例相同,他要求保险公司赔偿,根据他的投保额,保险金是20万卢布。

此事尚未了结,一个名叫施达尔克的商人又在站台上摔了一跤,他也投保了20万,医生反复查验,认为他的伤势确实很糟糕。

但是这回火蜥蜴保险公司吸取上两次的教训,没有立即支付这两个人的保险金,而是建议他们在公司医生的监督下治疗。

但保险公司的建议被这两个人拒绝了,他们跑到公司董事会大吵大闹,还拄着双拐来到大街上,前胸后背都贴着标语:"火蜥蜴"拒绝支付伤残保险金。

这一举动引起许多人的围观,连市长都被惊动了,公司声誉受到了极大的影响。

问题究竟出在哪里呢?

万般无奈之下,公司请来了大侦探万尼亚,希望他能尽快揭开这个谜底。

万尼亚是一家侦探所的探长,他的侦探生涯充满了许多有趣的传奇故事,所以有当地"福尔摩斯"的美称。

万尼亚在详细了解了有关情况之后,就断定这绝不是一般的伤害事件，而是精心安排、周密部署的犯罪活动。他决定从前两位当事人开始调查，因为这两人已获得了保险金，时过境迁，不会那么小心谨慎，容易打开突破口。

于是万尼亚便蓄起胡子，修整发型，穿上便服，来到开小铺的米沙那里。他装作很随便的样子，一边买东西，一边有意无意地与米沙闲聊。万尼亚发现，米沙的性格孤僻忧郁，而且多疑，看来一下子很难同他接近。

第二天，万尼亚又装扮成交易所的出纳稽查员，来到保尔的珠宝店，定做两只结婚戒指。保尔是个四十岁上下的人，好客善交，并且贪杯好赌，于是万尼亚便投其所好，跟他一起玩牌赌钱，两人很快成了"朋友"。

一次喝酒时，万尼亚随口说交易所为自己投了5000卢布的死亡和意外伤害保险，可以安心结婚了，不管出什么事，家人总算有了保障。万尼亚还给保尔看自己化名"沃尔卡夫"的保险单。

保尔果然上了钩，他滔滔不绝地劝说万尼亚最好在火蜥蜴投保，还夸口说："老兄，我自己在那儿投保4万卢布，结果获得全额伤残保险金。当时我的胳膊受了伤，可现在你看，全好了！你也来试试？"

万尼亚立刻装出羡慕的样子，说："为了这么多钱，哪怕就剩一只胳膊，也值。"

保尔声音立刻轻了下来："老兄，再投一份保险，说不定你也会走运的。"

万尼亚不相信似的笑了："你在开玩笑吧？"

保尔神秘地摇摇头："玩笑不玩笑，试试就知道！"

显然，万尼亚对保尔的话发生了兴趣，几天后，他带来了火蜥蜴保险公司5万卢布的保险单。

保尔问他："如果你得到5万卢布，会分给我多少？"

万尼亚耸了耸肩:"这完全由你决定。怎么样,够朋友吧?"

保尔注视着他的这位新朋友,发现万尼亚的眼睛里流露出来的,是对他的信任和一种对金钱的贪婪。

保尔点点头,说:"要想办成这件事,还得找一位太太帮忙,需要付给这位太太一万卢布的手术费,而我作为中间人,收取5000卢布。当然,这是在你得到保险金后再付。"

保尔附着万尼亚的耳朵小声说:"你到基辅省的斯梅拉小镇去,找一个叫贝尔玛的理发匠,告诉他你有事找科里茨太太,理发匠是她的女婿。我告诉你,这个女人可是神通广大,连教授都没法跟她相比。别怕,她会把你照应好的。只是你千万要保守秘密,我可是把你当朋友才告诉你的。"

万尼亚心里暗暗得意,可是表面上却不露声色,他暗暗告诫自己:事情才刚开了个头,可千万马虎不得。

不久,万尼亚来到斯梅拉小镇,通过贝尔玛理发匠终于找到了科里茨太太。这是一个45岁左右的女人,外貌姣好,性情温和,举止优雅。

万尼亚向科里茨太太提起保尔,她显得很吃惊,说不认识这个人。

万尼亚赶紧说,自己是保尔的好朋友,知道他保险的事,因为自己近来生意不景气,恳请她也帮帮自己。

出发之前,万尼亚预料到对方可能不会轻易相信自己,所以特地让保尔写了一个纸条,并留下手印。此刻,万尼亚不失时机地把保尔的纸条递了过去。

只见科里茨太太读完信叹了口气,说:"他不该这么急功近利,一件事还没办完,又来一件。唉,有什么办法呢,先在我们这儿住一阵子,等等看吧!"

不料一等就是好几个星期,科里茨太太对这件事始终一字不提。

万尼亚知道她还有顾忌,就越发装得可怜巴巴的样子,请她务必帮帮自己,并说事成之后,可以加倍酬谢。

终于有一天,科里茨太太对他说:"这么办,后天我们坐晚上7点30分的火车去基辅,你在头等车厢订个包厢,到时候我会教你怎么做。"

这只狡猾的老狐狸!万尼亚心里暗暗骂了一句。不过表面上,他却装作欣喜不已的样子,小心翼翼地问道:"请问,那我们怎么再见面呢?"

科里茨太太根本不理会他的话,只是命令:"记住,给我的那部分钱,你后天必须先带着,上了火车就给我,到时候,我会到你包厢来的。"科里茨太太说完就走了。

看来,对方不是等闲之辈。万尼亚小心翼翼地把下一步每个细节都仔仔细细推敲了一遍,又悄悄与本地警察所所长联系,请求他派两名精干的助手给予协助。

他告诉两个助手,让他们悄悄坐到自己预订的包厢隔壁,开车一刻钟后就到他的包厢来使劲敲门……

规定的时间到了,万尼亚准时去了车站,第一遍开车铃响后,走进了包厢。

果然,第二遍铃响时,科里茨太太也来了。

他们刚锁上门,第三遍铃响了,火车开动了。

万尼亚把装钱的信封交给科里茨太太,科里茨太太迅速接过,放进了手提包。

然后,科里茨太太对万尼亚说:"我现在给你做个'小手术',腿上还是胳膊上,你自己选。只是你待会儿下车后要故意摔一跤,让人家把你送到医院里去,并愿意为你做'摔伤证明'。事情就这么简单。好了,你准备吧!"

科里茨太太说完,就从提包里拿出个带蜡烛的灯座,一个装注射器的小盒子和一个装着不知什么药水的瓶子。

万尼亚心想:不对,这个老狐狸话只讲了一半,事情哪有这么简单?于是他故意装作害怕的样子,大声叫嚷:"我害怕打针,从小就怕打针……"

科里茨太太笑了,这时她脸上露出了女人惯有的那种柔情,温和地说:"傻瓜,忍一忍就过去了。两天后,你的伤口会肿起大包,可那是给医生看的,而且你放心,再怎么检查,也只能是'无法治愈、完全残疾'的结论。而只要保险金一到手,你就每天用温水洗伤口,一天两次,一次15分钟,然后做轻微的按摩,两个月后就会完全康复。"

"你的话当真?"万尼亚经手过无数个案子,可如此作案,他还是头一回碰上。

这时,外面响起了敲门声,万尼亚知道,是当地警所的那两个助手配合他行动来了,于是跳过去,赶紧开了门。

看到进来两位警察,科里茨太太的脸一下白了:"你这条毒蛇!"她像泼妇一样骂街,撕扯自己的头发,往包厢壁上撞。

警察开始搜查包厢。

科里茨太太把自己从包里拿出的东西——蜡烛灯座、注射器,还有那瓶药水,都一股脑儿推到了万尼亚的铺位上。她一脸阴冷而又坚决否认说:"对不起,这不是我的东西,是这位先生——"她指指万尼亚,"硬要塞给我的。"

但是科里茨太太的耍赖难不倒能干的万尼亚。调查持续了几个月,最后,万尼亚还是把科里茨太太,连同珠宝商保尔、小铺老板米沙以及警所助理阿辽沙、商人施达尔克送上了审判席。

原来,这确实是一个有预谋的诈骗案,科里茨太太死去的丈夫是个医生,但他比任何医生都更懂医学,他想出了用皮下注射特制药水的方法使肢体严重变形,就连教授也查不出病因。

后来,科里茨太太的丈夫得了肺结核,临死前他决定用这个办法让他的妻子和孩子们终身有生活保障。他告诫妻子,最安全的是用这种办法同唯利是图的投保人打交道。一个个扑朔迷离的案子由此而生!

一切都真相大白。探长万尼亚的名气更响了!

(编译:刘肖岩)
(题图:箭　中)

密谋·奇案
mimou qian

陷阱背后必有阴谋。阴谋之下,潜藏着人性复杂的一面。

寻玉追凶

乾隆年间，秦淮河上出了一位名噪一时的美妓。此女名唤婉玉，年方双十，琴棋书画无一不精，才色俱佳，引得各地狂蜂浪蝶纷至沓来。就连千里之外的京城，也时有王公贵族慕名而来。但婉玉不是来客必陪，她有一嗜好——喜欢收藏各种玉雕小物，对上古遗传下来的古玉物件更是情有独钟。客人要想求得一夜情缘，必先赠上一两件珍奇玉雕方可遂愿。

婉玉十六岁踏入风尘，到现在已有四年。这四年来她南下北上到过不少地方，为她神魂颠倒的富商高官自然不在少数，婉玉因此也搜罗了不少玉雕物件，其中不乏稀世珍品，但她似乎都不满意。

这日午后，婉玉正在后房抚琴自娱，有老鸨差丫环请她去见客。婉玉停止抚琴问明丫环，得知来客自称带有她所好之物，她这才起身略为装扮，随丫环下楼。

来到前厅，只见那客人相貌堂堂、气宇轩昂，看穿着打扮应是个儒商。那人见了婉玉，忙从袖中拿出一枚玉兔奉上。婉玉蹙眉一笑，接过玉兔，一番端详之后，面露不屑之色："客官这枚玉兔雕功倒是精细，只是这玉不是老玉，而是新玉。我要是没看错，此物面世不过区区十数年。看客官气度不凡，岂能不知玉器传世百年以下为新玉，百年以上才称老玉？"

那客人见婉玉见多识广才情过人，一上手就看出了此玉的粗劣处，不由暗自钦佩，面色一红，尴尬地告辞而去。

三日后，那客人竟在身着便装的地方要员的簇拥下再次前来，有人告诉老鸨：此人是当朝大官，现今的刑部尚书朱大人。

朱尚书早已听说婉玉的美名，这次借来南京巡视之机正好前来拜访。前日，他是专门拿了一块仿古玉件，来试探婉玉是否徒有虚名，哪知一试之下果然名不虚传。

老鸨不敢怠慢，小跑着亲自唤来了婉玉。婉玉礼貌地见过朱尚书，态度依然不冷不热。朱尚书也不气恼，笑问婉玉可否先到她房里说话。婉玉不忍在众人面前驳了他的面子，便引着朱尚书到了她的房间。

进了房间，朱尚书坐下，不慌不忙地从怀中拿出了一件玉雕放在桌上，说道："还请婉玉姑娘鉴赏我这件古玉，若姑娘喜爱，只管拿去。"

婉玉一瞥那玉雕，不由呆住。此物为一玉龟，大小似一马蹄，遍体晶莹透亮，柔若凝脂，体内几道血丝，隐隐泛着红光。婉玉将它小心地放在手中，边细看边抚摸，那玉龟背部正中有一微凹之处，大小正似一犬爪。

婉玉面色复杂,她将玉龟放回桌上说:"大人,您又错了,这岂止是一枚古玉?它应该叫邃古玉,传世已有上千年。邃古玉是土葬之玉,人归天后用玉陪葬,殁短者为邃,殁久者为邃古。玉器伴着主人,随着尸身的腐化,常年浸泡在血水中,玉器吸尽了人体的精华,伴着尸身慢慢养性,越久越是有灵气。邃古玉多藏于高级棺木内,尸身养玉,玉养尸身,在漫长的尸身养护下,邃古玉出土后常有隐隐血丝,并在玉体内慢慢游动,这种邃古玉又称血丝玉,是世间少有的稀世之物。"

一番话说完,为验证其说,婉玉又命丫环端来一盆清水,将血丝玉龟放于其中,满盆清水霎时变得鲜红,犹如早起的朝霞;那龟昂首摆尾四爪欲动,活灵活现栩栩如生。拿出玉龟后,水中的红光又立即不见了。

朱尚书呆坐桌旁,听得不断颔首,越发对婉玉的才识高看一眼,他惊叹道:"姑娘果然貌美才佳,我只知这玉龟很珍贵,故而求姑娘到屋内鉴赏,以躲避外人目光,却没想它在姑娘嘴里竟有这许多说道。既然如此,你可要小心收藏。"

婉玉谢过朱尚书,将玉龟放置妥当,吩咐门外侍立的丫环去告诉老鸨,今夜专陪尚书大人。朱尚书大喜过望,终于遂了心愿。

次日晨,朱尚书在婉玉的伺候下穿戴整齐,梳洗完毕,惬意地在房中等待丫环送来早餐,他想用完早餐再离去。婉玉坐在一旁,柔声细语地陪他说话,她漫不经心地问道:"昨日那玉龟,大人是从何处所得呢?"

朱尚书正想炫耀手中权势,于是傲然答道:"那是一年前一个小吏送我的。"

婉玉掩嘴轻声一笑,说道:"想您那下属也是糊涂之人,哪有送礼不送完整的东西呢?"

朱尚书一阵疑惑,婉玉解释道:"那玉龟原是两个,一大一小。大龟为龟母,小龟趴伏于大龟背上,为龟子。龟,原就寓意延寿千年,又驮一子龟,更含了子嗣兴旺,后继有人之意。您那下属只送大龟不送小龟,岂不是糊涂之人?大人若不信,可抚摸大龟背部,有一微凹之处,正是驮负小龟的地方。"说完,取出玉龟让朱尚书验证,果如其言。

朱尚书一阵难堪,为挽回颜面,他忙许诺:"这事儿好办,待我回去,定找那小吏要来小龟,改日再见姑娘时送上就是了。"

婉玉一脸欢喜,感激道:"那就多谢大人了。"

朱尚书回到京城,心里仍念着婉玉的美色,他想起小龟一事,忙唤来了那送大龟的小吏,让他去寻小龟。小吏一听却作了难,那只大龟是在京城里的"藏宝阁"花大价钱买的,买时并不知还有小龟一说。朱尚书见小吏并无小龟,想到在婉玉那儿夸下的海口没法应付,不由沉下了脸。小吏怕朱尚书动怒,连忙答应再到那家店去寻。

出了尚书府,小吏径直进了"藏宝阁",向掌柜的说明来意。掌柜的很吃惊,他也不知道还有个小龟。见他手里没有小龟,小吏急得大汗直冒,他央求掌柜的无论如何也要想办法弄到小龟,并许诺重金求购,当下就拿出了千两银票做定金。掌柜的看见银票,点头说:"这大龟原是我在豫南信阳州的一户人家求来的,待我再到那户人家中寻一寻。"

小吏大喜,约他两个月后交货,随后去给朱尚书回话了。朱尚书也很高兴,赶忙写了封书信给婉玉,信中夸耀了一番自己的权势,称两个月后就可得小龟,请姑娘安心。

两个月转眼即到,但"藏宝阁"的掌柜却踪迹全无,朱尚书几次催问小吏,小吏均无法答复。

这日,朱尚书正在府上品茶,那小吏急匆匆来拜见,称打探到"藏宝阁"掌柜的消息,小吏说那掌柜已于数日前在信阳州被官兵抓获,判了斩首，听说他曾是个江洋大盗。朱尚书一惊，忙去了刑部衙门，翻看各州府呈上来的死刑的卷宗，果然在信阳州的呈文中找到了"藏宝阁"掌柜的案子。

原来，"藏宝阁"的掌柜正是十数年前名扬天下的飞天大盗胡作非。事情蹊跷，两个多月前，河南信阳州知府接到一封奇怪的密信。信中说，十几年前曾在信阳州作案的飞天大盗胡作非，近日将重出江湖，到顾家大院做案，请知府大人伏兵擒拿。

知府将信将疑，十几年前胡作非已光顾过一次顾家大院，那次不光盗走了顾家一块祖传数代的血丝玉龟，还因为恶行暴露，杀了顾家上上下下十几条人命。现在顾家大院早已败落，只有一个风烛残年的老管家守着院子，胡作非又来这儿做什么呢？

但知府宁愿信其有不愿信其无，派了手下在顾家设埋伏。守了十几天后，一个夜晚，胡作非果然越墙而进，正当他在顾家逼迫老管家交出什么小玉龟的时候，众捕快一拥而上将其擒获。胡作非对十数年前所犯罪行供认不讳。当年，胡作非杀了顾家十几条人命后自知罪责难逃，便金盆洗手，拿出偷盗所得的宝物在京城开了家古玩店，这么多年过去了，竟没有人将他认出。若不是此次高人暗中相助将他捕获，怕他还不知要逍遥到何时呢。

朱尚书看完案情呈报，心中已明白几分。他快马送信一封给信阳州知府，问询当年顾家可还有后人存世。数日后回信来报，称当年顾家确有一幼女因在亲戚家而避免遇难，但后来不知她行踪。此女名唤婉玉。

朱尚书心中一惊，终于明白了，婉玉为了寻出凶手，不惜贱落风尘，她以嗜好玉玩为名，收罗天下玉品，目的就是想要再见玉龟。当年，胡作非在打斗中遗落了小龟，婉玉便以此为饵，借助购买玉龟之人的权势和财力,追寻小龟的下落。如此顺藤摸瓜,定会牵出隐匿于暗处的胡作非。胡作非在钱财的驱使下定会铤而走险再上顾家寻抢小龟。于是,她又写匿名信给信阳州知府,让他布兵瓮中捉鳖。

　　想到这里,朱尚书一声长叹。后来他又去寻婉玉,却听说婉玉已为自己赎身,遁入空门。

(刘辉煌)
(题图:黄全昌)

瑞府朱虱案

调包案

康熙年间,京城发生了一起案子。有一个守御所千总叫文涛的,他成亲不过一个月,就发现新娘被人调包了,于是一纸文书把岳父瑞六给告了。

接案子的是顺天府尹吴令休,他立刻传来瑞六询问,可瑞六一口咬定,新娘就是自己的女儿!

但是文涛的状子说得清清楚楚:新娘瑞小姐的两眼正中间,长了一颗朱砂痣,算命的说这颗痣叫"眉里珠",是天生的贵夫人命。不幸的是,文家和瑞家结亲后,瑞六因受鳌拜之累,下了大狱。看到瑞家败落了,文家就想悔婚，但文涛死活不肯答应，最终还是和瑞小姐结了婚。奇怪的是：瑞小姐过门时带的不是从小跟着的仆妇金花，却是一个丫环叫宝珠。更令人震惊的是：文涛发现瑞小姐的"眉里珠"是用朱笔画出来的！文涛十二岁的时候去过瑞府，见过瑞小姐一面，六年多过去，这嫁过来的新娘子模样虽没大改，但从前的满腹才情却不见了。文涛越想疑点越多，于是认定岳家玩了掉包计，嫁过来的根本不是瑞小姐！

因只有一面之词，顺天府尹吴令休也只好不了了之。

文涛闷闷不乐地回到家里，穿过花园时他随手拨开茂密的枝叶，只觉得手背被刺痛了一下，见一只朱红色的小虫子叮在手背上，他顺手甩掉虫子，身后却传来一声女子的惊叫："老爷等等！"文涛一回头，却是陪嫁过来的丫环宝珠。

宝珠袅袅婷婷跑过来，见文涛被虫咬，脸色大变，顾不得解释，抓住文涛的手，吮吸起那个流血的伤口来！

好半天，宝珠才停了下来，她抬起头，一边擦去嘴角的血迹，一边说："放了血就不会有事了，好险！"

文涛觉得甚是奇怪，苦笑着说："不就是一个小虫子嘛，你干吗这么紧张？"

宝珠摇摇头，眼眶忽然红了："老爷有所不知，我和亲娘原先都被这红虫子咬过，我侥幸活命，可我娘却中毒死了。"

有了这次接触，文涛开始注意起宝珠，这宝珠虽是个汉女丫环，却是瑞小姐从小的伴读，两人的感情很亲密。宝珠虽说相貌有些丑，却能诗能画，善解人意，把文家老老少少都伺候得很周到。不久文涛有意收她做妾，瑞小姐倒是没反对，可老夫人说自古贤妻美妾，宝珠性格没的说，就是模样不行。

朱虱案

文涛和瑞家的来往本来不多,经过上次对簿公堂的事后更不走动了,可这一天瑞家却来人禀告,说瑞小姐的继母死了,而且死状奇特,已经上报顺天府了。

文涛夫妻赶紧带着宝珠奔丧,正好碰到吴令休来办案。此刻,那老夫人躺在床上,露在外面的皮肤紫黑溃烂,看着说不出的可怕。屋子里到处是郁郁葱葱的花草,花香扑鼻。

吴令休询问老夫人发病的经过。瑞六悲伤地说:"两天前她让一种红虫子咬了,开始说是身上痛痒,后来找了郎中过来开药,谁想药还没吃完,人就不行了!"

吴令休皱紧了眉头,说:"这样的情形我见过,起因是一种叫朱虱的小虫子。这种虫子闻香就扑,你这屋里到处是香花,自然容易招虫子。可被朱虱咬伤丧命的人却极少,你夫人死得有点不同寻常。"

瑞六忽然跪下来磕头:"大人,我第一个夫人也是这样死的,我和女儿也被这虫子咬过。不知为何单单我家人爱招惹这虫子?还请大人明断啊!"

吴令休也在奇怪,这时,宝珠指着老夫人的脸一声尖叫,原来从老夫人的耳朵里爬出一只朱虱!吴令休心里一凛,隔着手帕轻轻捉住它,仔细一看,暗自心惊,这只朱虱看上去肥硕健壮,比平常的虫子大了三四倍,难怪毒性这么强烈!

吴令休想起传说中朱虱的习性,便要了一根细针,刺瞎了那只朱虱的双眼,然后把它放在了地上。那朱虱蒙头蒙脑地转了一会儿圈子,就钻进西北的墙角落里。

吴令休跑步来到隔壁房屋，一进屋又闻到扑鼻的浓香，还夹杂着微微的酒气。他紧盯着角落，很快，那只朱虮从墙角冒出了头，钻进了床角一个种满紫桂花的大木桶。

吴令休命人把紫桂花拔下来，一股腥臭味立刻扑鼻而来，只见花下埋着一只大个的死海龟，上头爬满了密密麻麻的红色朱虮，这些小虫见了光就四处爬起来，众人惊叫着纷纷闪躲。吴令休笑道："不用怕，这种虫子是不会胡乱咬人的！"

吴令休一问才知道，这间屋子主人是瑞家仆妇金花。他一转头问金花："这棵紫桂是你种的？"

这时宝珠开口说："金花喜欢养花，我记得这棵紫桂有十几年了。"

那金花像是给这阵势吓坏了，哆嗦着回答："紫桂是夫人让养的。海龟死了，我把它埋在花盆里沤烂了做花肥，我哪知道它会生虫子啊！"

这话听上去也有理，可吴令休却一声冷笑，捻起一只朱虮大声说道："这朱虮是腐烂的海物所生，养大以后本身虽有毒性，却也不能致命，尤其不会反噬主人。不过如果用酒泡过，就会变得好勇斗狠，毒性也猛烈了数倍，一旦遇上适合体质的人，就会致人惨死！你们没闻到这只朱虮上有酒气吗，是因为有人浇花时水里掺了酒！"

一旁的瑞六惊呆了，问道："那为什么朱虮只咬我夫人？"

吴令休又是一声冷笑："你们注意没有，你夫人的被子上，衣服上，甚至沐浴的大桶里，都熏了紫桂的浓香，这就是朱虮只咬她的原因了！"

瑞六在一旁听得脸色铁青，忽然扑上去抓着金花的肩膀摇晃着："你这个贱人！我先前的夫人也是你害死的，是不是？"

金花忽然尖声笑起来："是！鳌拜是害死我全家的大仇人！你跟着他也没少干坏事，你们还逼着我当奴才，平日打骂我是家常便饭，我要报仇!哈哈,可惜你和你闺女体质不合,咬不死啊!"

说到这,金花忽然转身一指瑞六,对吴令休喊着:"大人,民女有大案报官,别看他家瞒天过海,可我早就发现疑点了!就是他,他瑞六犯了欺君之罪,他家闺女……"

没等金花说完,瑞六已经扑上去,两手死死掐住她的喉咙,金花拼命挣扎,忽然甩动双手,她袖子里爬出好多朱虱,都爬到了瑞六的身上。

一直哭泣的宝珠一声惊叫,扑上去用帕子扑打那些朱虱。

见情况突变,吴令休忙令衙差阻止,可已经晚了,瑞六武将出身,手劲何等的大,金花蹬了几下脚,就伸着舌头死去了。

案中案

吴令休皱着眉头,死无对证,金花说的大案是什么?他看看一旁站立不动的瑞小姐,再看看眼睛哭得红肿的宝珠,突然喝问道:"姑娘,她又不是你亲娘,你怎么哭得如此伤心?"

丫环宝珠张口就答:"是她把我养大的啊!"

屋里的人都愣了,原来吴令休是用满语问的,情急之下,宝珠脱口而出的也是满语,说完才察觉不对,而那瑞六已经老脸煞白,跪了下去。

一旁的文涛惊得目瞪口呆,道:"这是怎么回事?"

吴令休呵呵一笑,说道:"文千总,听老夫给你讲一个故事你就明白了……"

早年,有一个姓瑞的满族贵胄之家,他们有一个独生女儿,许配给了一个门当户对的夫婿。当时满人刚刚坐稳龙廷,对汉人的一切都着迷效仿,贵族男人尤其迷恋女人的小脚。瑞家继母疼爱女儿,在仆妇的蛊惑下逼着女儿缠足。此时一家之主因为犯了事被关在大牢,等到他出狱,女儿的小脚已经裹成,女婿家也来要求成亲了。一家之主大惊失色,因为清朝开国几代帝王对裹足害人之风深恶痛绝,一再严令禁止本族妇女缠足,当今皇上更是几次下诏,满人纵容妻女缠足的,父兄要处以极刑……

文涛听出来了话外音,不由得颤抖着问:"大人的意思是,嫁给我的果然不是我的发妻?宝珠……宝珠才是?我岳父为了怕裹足的事暴露,才使人代嫁?"

吴令休笑道:"我也只是猜测,你母亲一直打算悔婚另娶,这也是你岳父担忧惧怕的由来吧。你没注意吗?宝珠眉心间有一小块疤痕,想来是为了瞒天过海,除掉那颗'眉里珠'落下的了!现在眼看自己的老父亲有了危难,做女儿的情急之下,才会暴露父女天性啊!"

此刻宝珠已是泪流满面,哽咽着说出了实情。

原来金花进瑞家,趁着瑞六下了大狱,就不断蛊惑继母为宝珠缠足。继母本来就迷恋女人的小脚,被金花一番游说就动了心,给宝珠缠了足。后来,瑞六被皇上大赦,他回到家发现此事已经覆水难收了。瑞六生怕自己罪上加罪,不敢把女儿嫁到文家去了。万般无奈之下,他想出了一个移花接木的计策。他想让女儿悄悄地远嫁外乡,又找到一个跟女儿容貌相似的远房侄女代替出嫁。代替出嫁的事,一说即成,而让宝珠悄悄远嫁外乡的事,宝珠怎么也不答应,居然以死抗争,没办法,瑞六才答应宝珠以丫环的身份陪嫁过来。

听完这一切,文涛还是半信半疑,他仔细地看着宝珠,然后问:"可你……你又为什么改变了模样?"

宝珠泪如雨下,说:"少年时匆匆一见,我已经认定你是我今生的依靠。为了不牵连父亲，我……我天天只能把自己弄成丑陋的样子，虽然你从不肯多看我一眼，可只要天天能看见你服侍你，我就是隐姓埋名做一辈子下人，也心甘情愿……"

文涛再也忍不住，拥着宝珠痛哭起来。

吴令休十分感慨，他当即把案子如实奏明了皇上，宝珠的重情守义让皇上既感动又佩服，连连称赞这位本族奇女子。这件事的始作俑者是金花和那位继母，现在两人都已经死了，而瑞六并不知情，情急之下杀死仆妇也不算重罪，于是申斥了瑞六一番，又赐给宝珠很多厚礼，让她恢复身份，做了文涛的正室夫人。

谕旨传来，一家人喜极而泣，文老夫人看宝珠给自家争足了面子，也高兴起来，张罗着要大摆筵席办婚事，宝珠做的第一件事却是拿出剪刀去剪掉裹脚布，又对着那双已经裹伤了的小脚发愁。这时，文涛在一旁动情地说："其实无论是丑陋还是美貌，和你对我这份真情比起来，那实在是微不足道啊！"

(李 谦)
(题图：黄全昌)

打狗挖坟

也说不清是哪个朝代了。大运河沿岸有个镇子叫登阳镇,镇子不大,只有两家客店。这天,有个大胖和尚来到登阳镇时,天才刚擦黑,可客店的伙计已经摘下了门前的灯笼——客人住满了。和尚摇摇头,又叹口气,在街上慢慢走着,想找一户人家投宿。

天黑下来了,大胖和尚走到一户人家前,透过门缝见里边亮着灯光,就用手拉着门环扣了几下。

"死鬼,这么晚才来,快把我急死了!"里面传出一个娇滴滴的声音,接着门"吱扭"一声开了,先是飘出一股脂粉气,然后露出一个打扮得花枝招展的女人的头来。她本来是满脸堆笑,可一见和尚马上"霜雪齐降",啐了一口:"你要干什么?"

大胖和尚赶紧深施一礼:"我是云游的僧人,只因天晚……"

"我家没男人,你找别处去吧!"那女人不等和尚把话说完,"砰"的一声把门关紧了。

大胖和尚碰了个钉子,只得转身走开。他猛一抬头,见这家对面有一株大树,足有三丈多高,一搂多粗,而且叶茂枝繁。大胖和尚点点头,自言自语地说:"好,今天就在这儿过夜吧!学一学祖先,以树为巢。"他紧紧腰带,一扭身飘然上树,双脚蹬住树杈,把随身携带的包袱、禅杖放好,又顺着一枝粗大的斜杈一倒身,嘿,挺舒服。走了一天,又累又困,他觉着眼皮发沉,困劲儿上来了。

"啪、啪、啪",就在大胖和尚似睡不睡的时候,对面三声叩门声惊动了他。他拨开树枝斜眼一看,那家门口站着一个瘦高个男人。大胖和尚心想:你也是半夜敲城门——找钉子碰,说不定一会儿你也得上树来找我,咱们就以明月为灯,长谈一夜。

谁知道刚才那女人开了门,伸出手在瘦高个脸上拧了一下,低声骂道:"死鬼……"瘦高个两下看看,然后搂着那女人进去了。

大胖和尚觉着这事儿不对劲:刚才那女人明明说家里没男人呀!再说瘦高个若真是她男人,干吗那么偷偷摸摸的?嗯,一定有事儿,我得看看去。

大胖和尚想到这儿,往下一出溜,两脚点地,悄然无声。他施展轻功,越过墙头,只见这院有三间正房,还有东西偏房,只有两间有灯亮——正房中间和东头那间。他蹑手蹑脚来到中间那间的门前,门虚掩着,他侧耳听了听,伸出一个指头把门推开一道二指宽的缝来,往里一看,迎面一张供桌,上面放着牌位、供果,一对蜡烛忽明忽暗。大胖和尚真是好眼力,看见牌位上写着"亡夫祁山之位"。噢,闹了半天,那女人是个寡妇,半夜三更往家勾引男人,一定不是好东西了!

大胖和尚又轻步挪到东头那间屋的窗下，正好窗纸上有个破洞，他凑上去一瞧，嘿，这两人喝上了。只见那女人叹了一口气，说："这几天总是眼皮跳，真怕那个事犯了。"

"怕什么？"瘦高个拈着下巴上的几根长须说，"只要不挖坟开棺，有个屁事！"

"尸首烂了，那玩艺儿也烂不了。"

"胡说什么，来，快喝。"接着就是一阵不堪入目的丑态。大胖和尚赶紧一缩脖，慢慢地退后几步，越墙出来，在树下盘腿打坐。

天蒙蒙亮时，那家大门又悄悄开了，瘦高个偷偷溜了出来，看看四下无人，放心大胆地朝东而去。他哪知道，百步之外，大胖和尚已紧紧地把他盯住了。

走到街口，迎面来了一位老者，银髯过腹，鹤发童颜，手里提着一只鸟笼，上面蒙着蓝布罩。瘦高个和老者略一点头，擦肩而过。大胖和尚连忙迎着老者打了一躬："施主，打扰了。"

老者还礼道："师父，有什么话说？"

"我一夜未眠，饥冷难当，想讨一杯热茶，不知可否？"和尚说的倒是实话。

"好说，好说。"老者是个热心人，忙把大胖和尚领到家中，给他泡了一壶浓茶，又端来一盘点心。大胖和尚也不谦让，又吃又喝，如同风卷残云一般，片刻已是碗干盘净了。

老者手捋银髯问道："师父到小镇是路过还是寻亲访友呢？"

和尚略一沉吟，说："找一友人，但不知他家住何处。"

"请问找谁？"

"祁山。"

"可是贩卖绸缎的祁山?"

"是呀!刚才和您打招呼那人好像就是。"

"不,那是万宾楼饭庄的年掌柜。"

"噢……"

"唉……"老者一声长叹,"师父来晚了!"

"怎么?"和尚佯装不知。

"他上月归天了。"

"他一向无病呀!"

"无病却有灾呀!"老者把头连摇几摇,"死得不明不白呀!"

"埋在何处?"和尚进一步探问。

"镇西柳树林。"老者说罢,连连叹气。他给大胖和尚安排了住处,自己便提起鸟笼去溜鸟了。

大胖和尚躺在床上,把昨天夜里的情形和老者的话从头想了一遍,觉得祁山肯定是被他妻子和瘦高个谋害死了。他是个见义勇为的烈性人,决心要管管这个闲事,大眼珠子一转,计上心头,心里有了底,他便蒙头大睡起来,直到天近晌午时,才揉眼坐起,穿鞋下地。一看老者还没回来,他就把一块碎银塞在枕头底下,随后出门直朝万宾楼饭庄走去。

饭庄伙计一看来了个大胖和尚,忙迎了上来:"师父,你用点儿什么?"

"问什么?"和尚一拍桌子,"好酒好菜往上端就是了!"

伙计一看大胖和尚这模样,吓得一哆嗦,"是嘞!"伙计知道,这是个不吃素的硬茬,赶紧到后边端来一壶酒和一大盘牛肉。大胖和尚站起来,一脚踏在凳子上,就开始狂饮大嚼起来,看得旁边的人直咂舌头根儿,吃饭的人再多,谁也不敢和他坐一桌。

就在这会儿,从门外进来一个人。大胖和尚冷眼一看,就知道是昨晚上和祁山老婆私会的那个瘦高个，这瘦高个就是万宾楼饭庄的掌柜，姓年名怀。伙计们一见他，偷懒的赶紧找活干，忙活的又加上一把劲儿。年怀见生意不错，十分得意，他无意中朝和尚一瞥，吓了一跳，和尚正瞪着两只大牛眼盯着他呢！

大胖和尚对着年怀上下直打量，看得他心里直发毛，不知道自己哪点儿不顺眼了。只见大胖和尚大手一挥，手里的酒杯就朝着年怀打来，和尚还大声喊道："打狗！打狗！"这声音真大，把房梁上的一只小老鼠吓得滚了下来，"咕咚"正好掉在饭庄的酒缸里。

年怀躲闪不及，小腿肚子上挨了一下，"啪"，酒杯也碎了。他回头一看，哪有什么狗呀！正要质问和尚，只听"嗖"的一声，酒壶又飞了过来，正打在小肚子上，说痛不是痛，说胀又不是胀，那个难受劲儿呀，就别提了。

年怀虽说只是个掌柜的，可在镇上也是个头面人物，哪儿受过这窝囊气呀！他用手一指大胖和尚，说："我和你这秃驴远日无怨，近日无仇，凭什么摔家伙打人，还说打狗？"

大胖和尚也不甘示弱："我看见两条狗趴在你身上乱咬，好心解救你，你怎么不知好歹？"

"狗？"年怀冷笑一声，"哪儿有狗？满嘴放屁！"

"你看，那不是狗？"大胖和尚朝年怀身后一指，年怀一回头，什么也没有。正要再吵，却见大胖和尚提着禅杖奔出了饭庄，嘴里大声喊着："畜生，往哪儿跑！"

年怀一琢磨：他是想赖我的酒钱呀。没那么便宜！他顺手抄起一根木棒，对伙计们说："快，给我追那个秃驴！"伙计们一听，放下手里的活，有的拿着菜刀，有的拿着炒勺，跟着年怀去追大胖和尚。

别看大胖和尚挺胖，跑得还真快，年怀这一伙使出吃奶的力气也追不上。只见大胖和尚跑到柳树林里的一座新坟前站住了。工夫不大,年怀带着伙计们也赶到了,一个个累得上气不接下气。年怀用袖口擦着汗问:"你……你到底想干什么?"

"看见没有?狗钻到坟里去了。"大胖和尚用手一指。

"什么?什么?"年怀小眼眨了几眨,"你少来这套,根本就没有狗。再说这坟光光溜溜的,就算有狗,它是从哪儿钻进去的?"

"你若不信,我给你挖开看看!"和尚说着,端起禅杖就要动手。

"哎,哎……"年怀赶忙阻拦,"随便挖民坟可是犯法的呀!"

"见狗不打,遗害无穷呀!"和尚推开年怀,年怀见势不妙,就趴在坟上不起来。

看热闹的人渐渐多起来了,把柳树林围了个水泄不通,大伙七嘴八舌地议论着,觉着这事有点儿奇怪。

"谁的坟呀?"

"祁山的。"

"和尚真讨厌。"

"给祁山老婆送个信儿去。"

这句话提醒了年怀,他赶紧打发一个伙计去给祁山老婆送信。

这儿呢,一个要挖,一个不让,双方争执不下。忽然听见人群里有人喊:"老爷来啦!"原来知县程文德正从这儿路过,听见吵嚷声,便吩咐落轿问个究竟。他听年怀把事情从头到尾说了一遍,觉得大胖和尚太无理了,动不动挖人家的坟,这哪儿是出家人做的事呀!知县正要责问大胖和尚,只听凄凄惨惨一声喊:"天老爷呀,俺这是遭了什么罪啦?"祁山老婆一身素衣、披头散发地跑来了,一头扑在祁山的坟上,号啕大哭。

这时候,大胖和尚不紧不慢地向程知县深施一礼,说:"大人,如果挖开坟冢看不见狗,就请割下我的头,给众人赔礼。"

程知县看大胖和尚并无半点癫狂之态,料定其中定有缘故,沉吟了一会儿,就问祁山老婆:"坟里埋的是谁?"

"奴家的丈夫。"祁山老婆抽泣着说。

"什么时候死的?"

"上月十一。"

"因何而死?"

"病死的。"

"什么病?"

"……"祁山老婆支支吾吾就是不开口。

"回大人,是头痛病。"年怀见祁山老婆吭哧了半天,连忙插上一句。

"噢……"程知县脸上露出一丝不易察觉的微笑,"祁山的病,自己老婆不知,可年怀却知;再说挖人家的坟,你死护着干什么呀?甭说,这里边的事跑不了你。"说完,程知县立刻命令衙役挖坟。

柳树林里的男男女女,都紧盯着程知县,大气儿也不敢出。不一会儿,埋得不深的棺材就显露出来,大胖和尚两膀一用力,"咔嚓"一声把棺材盖撬开了。众人一齐伸头去看,只见祁山满脸都是痛苦难忍的表情,程知县一声不吭,笑容可掬地看着大胖和尚。

大胖和尚端详了祁山一阵,指着他两边太阳穴上的膏药,对年怀说:"好狡猾的'狗'呀!你纵有千变万化,也休想骗过我的眼睛。"

程知县对大胖和尚拱拱手说:"那就请师父施展法力,把'狗'捉住吧!"

"好。"大胖和尚答应一声,"噌噌"两下把膏药揭了下来。这一下,祁山老婆吓瘫了,年怀也禁不住上下牙直打架。

原来膏药一揭，一边太阳穴上就露出一个大钉子帽来。大胖和尚也不再等程知县发话，用手指一抠、一提，好家伙，拉出两根四寸多长的大铁钉来。

"难怪是得头痛病死的了。"程知县一阵冷笑，吩咐衙役将祁山老婆和年怀押回衙去。

大胖和尚把昨晚上听得的事情从头向程知县说了一遍。程知县连连点头赞许："祁山的弟弟曾告过一状，说其兄死得不明，因无证据，未能审明。今天的事，全仗师父了。"

"哪里，哪里！"和尚微笑着摇摇头。

"师父真是高僧，法号上下？"

"云游之僧，何必留名。大人，我告辞了。"说罢，大胖和尚整整衣衫，扬长而去。

(崔　陟)
(题图：翟念卫)

告密者

春末夏初的一天傍晚,高速公路上开来一辆崭新的宝马跑车。驾车的是一位刚打完高尔夫球的年轻女人,她是大唐房地产有限公司的老总,身旁还有她的一头爱犬,亮泽的毛发,乌黑的眼睛,一看就知道是一头纯种的京巴。

忽然,车速减慢,缓缓地朝出口处驶去,不一会儿,停在了路边的一户人家门口,女老总下了车,敲了敲门。

门开了,出来一个中年男子。女老总忙说:"师傅,对不起,打搅了,我的车要加点水,请你帮个忙。"说着,递过去一张50元的钞票。

中年男子接过钱,说:"不就加点水吗,小事一桩,何必客气,你就进屋坐会儿吧。"

女老总说:"谢谢你,我还得赶路呢。"

别以为这中年男子讲得很好听,其实是个坏蛋。他叫张五,平时无恶不作,被当地人称为恶霸。现在他发现一个女人送一辆车子上门来,而且看清车上没人,这千载难逢的机会,岂能放过?于是他趁四周没人,一下闪到女老总身后,又用右手肘勾住女老总的脖子,一把将她拖进屋里,关上大门,然后又用左手抓住女老总的头发,用力向下一拽,只听"喀嚓"一声,女老总一声没吭,脖子一歪便断了气。

张五把女老总的尸体拖进里屋,又从她身上摘下金银首饰和钱包,还掏出宝马车的钥匙,然后仔细地清洗了现场,直到觉得没有任何破绽了,才驾起女老总的车,向朋友家开去。藏好了车,他又回到家中,在后院挖了个坑,把女老总的尸体埋了进去。

这一切,他都干得那么天衣无缝,但为了万无一失,还是决定出去避避风头。他收拾好行李,刚跨出院门,就看见女老总的那只京巴狗正和邻居家的小花狗在门口玩耍,如同久别重逢的好友似的玩得很开心。

张五不觉吃了一惊:啊,我怎么把这个畜生给忘了呢?不行,不能留下证据。他想到这里,一脚把小花狗踢得落荒而逃,又转身到厨房拿了块肉丢到地上。趁京巴狗低头吃肉时,他一铁锹打下去,结果了它的性命,然后把狗和女老总埋在了一起。他这才锁上门,安安心心地出外游荡去了。

女老总的失踪,一时在当地传得沸沸扬扬。三天后,当地电视台就播出了寻人启事,警方也决定正式立案侦查,并给各派出所发出了协查通报,还配发了一张女老总抱着京巴狗的照片。

时间一晃过去了几个月,居然找不到一点线索,警方对此也一筹莫展。张五在外面得到这个信息,非常高兴,决定回家看看,同时与朋友商量一下宝马车的销赃问题。

张五还没到家,他邻居家的那只小花狗产下了一窝小狗,一只只全是京巴狗。主人为有这样值钱的好狗而兴奋不已,便带着小花狗和它产下的小京巴,去派出所办理"宠物狗饲养许可证"。办证的民警看到这一窝小京巴,立即联想到几个月前发来的那张协查通报,拿来一对照,眼前的小京巴竟和照片上女老总抱着的京巴狗一模一样。民警便问:"你们的母狗在哪里配的种?"

狗的主人说:"我们没有特地给它配过种。狗么,一发情,碰上公狗就交配,就怀孕,就下崽。"

事情很明显,一定有雄性京巴狗到附近来过,但这一带没人养这种名贵的狗,就那位女老总养有一只雄性京巴狗,可她不会让狗四处乱跑。由此证明,女老总的汽车在这里停过,正好碰上小花狗,京巴狗经不住诱惑,便跳下车跟小花狗勾搭上了。那么她的车又会停在哪里呢?为了弄个水落石出,民警来到小花狗主人家里。这时,张五也回来了,他一打开门,小花狗立即冲了进去,像是寻找什么东西似的,四处乱钻乱嗅。当它来到后院那块新土旁边,嗅了一阵后就开始用爪子扒土。张五一看慌了神,正要操棍子打狗,民警来了。

民警问:"这下面埋着什么?"张五顿时脸色发白,结结巴巴地说:"没……没什么,没、没埋东西。"

"你挖开看看。"

"又没东西,挖、挖它干啥?"民警们亲自动手,果然挖出了女老总和京巴狗的尸骸。张五长叹一声,瘫倒在地,喃喃自语:"唉,真没想到,狗也会告我的密……"

(潘万隆)
(题图:魏忠善)

猎人

大清康熙四年初秋，安州爆出一条惊动全城的消息：一个外乡来的客商，悬赏一万两黄金，求购一只花熊。这花熊就是现在的熊猫，在当时也被老百姓奉为神物，轻易不可捕杀的。

那客商进城的时候派头十足，锦衣骏马，身后三个随从，赶着两头骡子，驮着四个包裹严实的箱笼。此人一到安州，就入住最好的瑞祥客栈。

当日下午，那客商在安州城东西南北四门分别张贴出四张告示，说他家有七旬老母，身患绝症，须得花熊的皮毛做褥垫，骨肉为药引。得知安州千佛山上有花熊出没，愿以万两黄金求一花熊。

消息传出，轰动安州。安州城东西南北四门住着的张、王、李、赵四位猎户，分别揭下告示，来到瑞祥客栈。

这四位猎户，在安州城可谓威名赫赫，猎杀虎豹，捕获豺狼，个个都身怀绝技。几个猎户见到那客商，说："花熊可是神兽，箭伤不了它，刀砍不进去，平常神出鬼没，难得见到行踪，要捕捉它，怕是很难。"

客商听了，微微一笑："正是因为难，才有劳各位出马呀。不管是谁，只要捉到花熊，我就相赠万两黄金，绝不食言。"

几个猎户听了，精神一振，说："你既然一片诚意，我们也应当尽力相助。我们虽没捕猎过花熊，倒也和它在山里见过几面。我们一起上山，谁先捕猎下山，你和谁交易就是了。"

客商问："你们何不一起围捕，共同为我办了这事，不是更容易些？"

李猎户道："早些年我们还是有这习惯的，但是每次分取猎物的时候，总是难得均匀，以后索性就不合作了，倒也少了许多纷争。"

客商叹道："看来这打猎和做生意是一般道理，宁可共同娶老婆，也不一起做买卖啊。"

次日，客商在瑞祥客栈摆下酒宴，并厚礼请来安州知府大人，为四位猎户壮行。

酒酣耳热的时候，客商叫随从抬出箱笼，一打开，屋子里顿时金光四射，那满满四箱笼黄金，直看得四位猎户和围观的人们，一个个目瞪口呆。

知府大人哈哈大笑，站起来，举酒敬了那客商一杯，说："天下难得如此孝心之人，真是感动天地啊。"说完，一一唤过那四位猎户的名字，嘱托他们要尽心尽力，争取早日捕获猎物，圆了客商的心愿。

当日四位猎户就各自持了家伙，上了千佛山。

从他们上山的那一刻起，安州人就翘首盼望，看到底是谁有本事第一个捕猎到花熊，赢得那万两黄金。

七天过去,这一日黄昏,有人看见李猎户驮着一头花熊远远走来。安州城顿时轰动,大家蜂拥而至,把李猎户英雄般簇拥到了客栈。那位客商接到消息,已早早站在那里相迎了。

一身伤痕的李猎户将那头花熊搁在客商跟前,一边叫来辆马车,准备搬运那万两黄金回家了。客商看了看面前的花熊,微微一笑,招手叫随从抬出那四箱笼黄金。眼看万两黄金就要有归属,人群顿时轰动起来。

李猎户一张脸笑呵呵地成了盛开的花朵,他正要将那四箱笼黄金搬到马车上,却不想被那客商一把捉住手。客商问道:"还有三位猎户呢?"

李猎户得意地笑着:"他们啊,呵呵,可能还在山上捕猎花熊吧。我走到安州城门口的时候,心里还担忧着,要是被他们谁抢了先,得了这黄金,我不是瞎忙乎了么。"

客商冷笑一声,喝道:"他们拿什么和你抢先?他们怕早已抛尸荒谷了吧!"

此话一出,李猎户的脸色大变,问:"你这是什么意思?咱们虽然一起上山,但是山大林深,谁知道他们会身在何处?莫不是你想赖账?"

客商笑了:"只怕没这么简单,这头花熊没有伤着半点皮毛,肯定是绳索套死的,由此断定,你和这花熊并无争斗,那么你身上的伤口是谁留的呢?请来安州知府大人一验便知。"

没一会儿,有人通报知府大人来了,知府差人撩开李猎户身上的衣服,一验那些伤口痕迹,有几处是很明显的刀伤,于是忙叫差役将李猎户火速带回衙门,连夜审问。

那李猎户是不经事的,知府大人一拍惊堂木,打板子的签牌还没有扔下去,他就招了。

原来李猎户在揭榜那日夜里,悄悄找到王猎户,合谋先杀掉将和他们一同上山的赵猎户和张猎户,然后平分那万两黄金。

这一天晚上,李猎户在一片林子里用火镰点燃一堆柴禾,将一只捕猎的野鸡烤得香喷喷的,然后就着烧酒,吃饱喝足,在火堆旁睡了下来。

早就藏在不远处的张猎户见李猎户睡下,心里一阵窃喜。当听见李猎户打出酣畅的呼噜时,张猎户举着刀蹑手蹑脚来到李猎户身边,刚要用劲砍下去的时候,只觉得后背被人猛地戳了一下,他低头一看,半截尖刀在自己胸口正被点点火星点耀着。所谓螳螂捕蝉,黄雀在后,张猎户被隐藏在他身后的王猎户拿刀穿了个透心凉。

第三个晚上,他们用同样的办法诱杀了赵猎户,不过这一次当诱饵的是王猎户。

这下,李猎户和王猎户没有了对手,两人开始专心致志地捕猎花熊了。他们用烧焦的鸡骨头做诱饵,下了套子,第五天的时候,花熊到手了。

两个人表面自然是兴高采烈,可是心里只思考着一个问题,那就是怎么将自己的五千两黄金变成一万两。问题的答案当然是除掉对方!

当天夜里,两人烤了些野味吃了,然后加了柴禾,将火堆燃得旺旺的,分头倒下。只一会儿工夫,两人都打起了鼾声。

李猎户打着鼾声,眼睛却没有闭上。他的一只手放在胸口上,紧紧攥着一把尖刀。

王猎户圆瞪双眼,鼾声打得比李猎户还要酣畅。他的一只手也搁在怀里,那里同样是一把锋利的尖刀……

最后,李猎户实在憋不住了,他轻盈地一个筋斗从地上翻起来,拔刀猛扑向王猎户;几乎是同时,王猎户也从地上弹起来,杀气腾腾地扑向李猎户……

不几个回合，李猎户看准机会，就像宰鸡鸭一样，在王猎户的脖子上狠狠地一抹——

那王猎户也不是吃素的，他临死前给了李猎户几刀，差点让李猎户陪他一块儿去了黄泉。

案情大白，李猎户画押认罪，被丢进大牢。围观的人们无不叹息。

退了堂，知府大人将客商请进府内，问道："凶犯已经收监，待秋后处决，你可有话要说？"

客商一个劲儿地摇头叹息："我为尽孝道，求一花熊，却不想害了四条性命，罪过啊罪过。"

知府大人忽然一拍桌子，冷笑道："这不正是你要的结果么！虽说李、赵、张、王四人是猎户，可你才是站在暗处的真正猎人！"

那位客商听了知府的话，长叹一声，双膝跪地，道："我的计谋终究未能逃脱大人神眼！不过我心愿已了，听任发落。"接着，客商便把事情的前因后果说了。

原来这个客商是贵阳人氏，父亲是做盐贩的，有一年他们带着几个挑夫，贩盐经过安州，谁料半道上遇着四个猎户打扮的强盗。父子俩和几个挑夫敌不过，眼睁睁看着那四个强盗将盐巴抢了去，客商的父亲当时就急昏了过去。两人来到安州，求那安州知府缉拿四个强盗，可是知府却说没有证据，推诿不管。客商的父亲又气又急，一病不起，还没回到贵阳老家，就死在路上了。

客商的父亲在临终时告诉客商，抢他们盐巴的那四个人，他在安州城认出来了，是安州有名的李、赵、张、王四猎户。他要客商牢记这深仇，日后一定要报。于是，客商想出这条求购花熊的计谋，让四个猎户自相残杀。

知府大人听完，仰天长叹道："你以万两黄金到安州求那花熊，确实稀奇，那花熊虽然被认为是神兽，但也不值此价。再说了，你张贴告示于安州四门，好像就知道李、赵、张、王四猎户分别住在那里。那万两黄金的诱惑，四个以猎杀为业、双手血腥的猎户如何经受得住？一旦进山，做出事情来只有你知我知，天知地知了呀。其实当年我不是不想帮你们，实在是事务繁多，顾不过来，还望你见谅。"

客商忙磕头道："在下怎么敢怪罪大人？只是大人既然已经识破了我的计谋，为何还要帮我鼓励他们上山呢？"

知府大人得意地捋着胡须，道："鹬蚌之争，总得有个结果啊。"

客商再次磕头道："我们都是猎物，大人才是真正的猎人啊！只求大人看在我报父仇的情理上，放我一马，我愿意将那万两黄金，奉送给大人。"

那日夜里，一个黑影出了安州城门，转眼间消失在夜色里。知府大人捋着胡须，下了城楼，带着家丁去了瑞祥客栈，将那四个箱笼悄悄儿带回府中……

故事如果到这里完了，也就不奇了。这第二日大早，天还没亮，就听见城外传来吆喝声，说绵州梁道台前来巡视。

城门一开，那梁道台直奔知府府邸而去，见了知府，劈头就问："我前两日接到呈报，说你府破了一大案，那凶犯为了万两黄金，连杀三人，我星夜赶来，就是想知道底里，快与我细细说来。"

知府大惊，扑通一下跪在地上，面如死灰："我昨日夜里才破了此案，大人如何这么快就知道了？"接着，知府哭丧着脸将昨日审讯情况一一说了。

道台嘿嘿一笑，道："不是说还被你扣押了四箱笼黄金么？可否让本官瞧瞧?"

黄金……黄金……咳!知府一巴掌打在自己脸上,忙叫人去他的房间将那四个箱笼抬出来。梁道台站起来,围着四个箱笼走了一圈,说道:"呈报的人说你扣押那万两黄金,企图谋私……"

知府大人磕头如捣蒜:"大人哪,我哪里敢啊,都是那可恶的家伙,怪我当日没有给他父亲缉拿那四个抢盐巴的贼人,才设下圈套陷害我呀!"

"如何陷害你了?你破了大案,待本官上奏朝廷,必定重赏!"梁道台说着,面露喜色地上前揭开箱笼,取出一个金锭,掂了掂,却感觉异样,往地上一摔,只听"哗啦"一声,那金锭碎成几块,原来是泥巴做的,那金光灿烂的,不过是涂刷了一层金粉。

道台拍案大怒:"好个贪官!竟然偷梁换柱,私藏赃银!"不由分说就把知府绑了。

当日知府被投进大牢,罪名是贪赃枉法。那年冬天第一场大雪刚到的时候,他和李猎户一起被斩首于安州菜市口。

至于那客商和"万两黄金"的真假,时至今日,在安州仍然还是个谜。

(安昌河)
(题图:黄全昌)

美丽的陷阱

年已 65 岁的百万富翁木村德太郎娶了个 29 岁如花似玉的女郎京子为妻。尽管婚后老夫少妻关系融洽,可是木村总怀疑年轻妻子对自己不忠。

一天,他请私人侦探冈部,对妻子是否有外遇进行跟踪调查。冈部经过五天秘密跟踪调查证实,京子没有任何越轨的举动。谁知老头仍不相信,要求冈部再去调查。作为自己的职业,冈部当然不好拒绝。在调查中,冈部发现京子确实是个姿色出众的美人,难怪老头不放心。可是事实终究是事实,冈部又跟踪了五天,证实京子的确是一位忠贞的女性。于是,他把调查报告交给木村。

木村对冈部的结论仍持怀疑态度,并固执地坚持请冈部"再辛苦一次"。

冈部已经厌倦了,表示不想再干这种没意义的调查,木村老头说:"我只有获得我妻子确实贞节的证据,才能放心。"那么怎样才能算获得证据呢?木村提出请冈部写一封敲诈信给妻子,接着,掏出一张纸递给冈部,只见上面写着:"我知道你和某男相好,也有证据。要想让我对你丈夫保持沉默的话,须于×日×时,到××地交款二十万元。"

冈部感到干这种无中生有的事实在荒唐,他犹豫了一会儿,终于答应了。于是,他向酒吧女招待要了信笺和信封,当着木村的面写好了信,时间填的是当月十日下午两点,地点是新宿第一百货公司的楼顶游乐场。

约定的日期到了,冈部提前半小时赶到了约会地点。等到游乐场的自鸣钟响了两下,冈部没发现京子,五分钟过去了,依然没有。

到了2点10分时,冈部一抬头,见京子出现在楼梯口,冈部愣住了,对自己前段调查结论的自信顿时彻底崩溃了。京子右手提着一个手提包,在一个鸟笼前站住,不安地向四周望着。

此刻,冈部只要回去如实地向木村报告,就可证明京子贞洁与否,就可从木村那里得到一万元赏金。他正要离开,突然想到京子的手提包里有比赏金多二十倍的金钱,只要他走过去一张口,二十万元马上就能到手。

冈部犹豫了一阵,走过去问道:"是木村京子小姐吧?"

"是的,您就是写信的那位……"京子小声说道。

"不错,约定的东西带来了吗?"

京子点点头。

"交给我吧!"

木村京子默默地打开手提包,从中拿出一个纸袋递给冈部,冈部看了一眼，迅速地塞进兜里。

冈部当晚对木村撒谎说："夫人没有去。"老头终于满意地点了点头，并向冈部支付了报酬，各自分手了。

冈部想到自己已经掌握了京子的秘密，就可以接二连三地向她诈钱，心中不免感到快慰。但当他想到一个老头和另一个还不知道其身份的男人，都能享受到京子如此娇美的女性时，心中不由升起了一股欲火，他决定要把这个美人揽入自己的怀中。

三天之后，冈部给京子打了个电话，约她在日比容公园见面。

为了提防京子报警，冈部提前到达公园后躲在假山后面的树林里。他见京子来了，又仔细观察了一阵，确认没什么异常情况后才走近京子，笑着说："您还是来了。"

"把我叫来的，不就是你吗？"京子问道。

"边走边谈吧！"冈部说着，便沿着公园的小径慢慢踱着。

京子默默地与他并肩走了一段路，转过身问："你想要什么？"

冈部特意加重语气道："我虽然想要钱，然而比这更重要的，我还想要你。"

"要我？"

"事到如今，也不必再跟那位老头子讲什么情义了，我已经把他瞒哄过去了。"

京子想了想，忽然笑了起来。

冈部问："你觉得滑稽吗？"

京子语气中带着某种嘲弄说："你刚才说的话，似乎与看过的某部电影里的道白相似，最终……"

冈部一听，脸一板，语气带点威胁说："请你不要忘记，你的秘密可掌握在我的手心里。我如果跟你丈夫说了,你就一定会回到原来的二流公寓里去的。"

京子痛快地承认道:"这倒也是的,我的命运当然在你的掌握之中。"

冈部说:"你丈夫拥有的那一大笔财产,一定会成为你的财产。可是你若惹我生了气,那这一切就会成为泡影。"

"是这样的。"京子说,"我只是希望能避免这种厄运。"

听京子这么说,冈部觉得时机已成熟,就直截了当地说:"那就痛快地说罢,我们那事儿在什么地方合适?是你带我去你喜欢地方,还是我带你到我的住处,旅馆也能凑合吧?"

"你真是个性急的家伙。"京子笑嘻嘻地说。那模样和神态,一点也不像受到恐吓的样子,更不像是一个受害者,"我看与其到旅馆,还不如到你的住处好一些,因为在你那里,碰不到熟人。"

冈部马上叫了出租车,到了自己的住处。终于他如愿以偿地把京子这个美人揽入自己的怀中。

两人分手时讲好下次约会用电话联系。京子说:"请你记住,如果是我的女管家接电话,你就要巧妙地掩饰一下。"

"怎么掩饰?"

京子说:"那女管家是受我丈夫之托来监视我的,她常常跟在我身边。凡是打给我的电话,她都一字不漏地报告给那个老头子。"

"那么,怎么做才好呢?"

京子说:"如果是她喊我接电话,会注意听我们的谈话。你就以打给我丈夫的口气说,就说让我丈夫什么时间到什么地方去会面就行了,到时候,我自然就去了。"

"明白了。"冈部觉得这办法倒不错。

京子穿好衣服，整好头发，对冈部意味深长地一笑，打开门走了出去。冈部看着她那迷人的身影渐渐远去，设想着下一次如何会面。

三天以后，冈部给京子挂电话，果然是女管家来接电话。冈部声称要找木村德太郎先生，女管家说主人还在公司，尚未回家。

冈部说："那就让他太太来接电话吧！"

不一会儿，京子来接电话了。冈部按约定的办法说："请您向先生转告，今天晚上九点，在井头公园见面。"

京子甜甜地答道："明白了，一定转告。"

夜幕降临了，冈部驾着刚买的丰田小轿车风驰电掣般地向井头公园驶去。他觉得京子好像已钟情于自己，她是绝色美人，又将是几千万财产的继承人，将来老头子死了，如能同她结婚，自己将人财双收……冈部越想越美，完全沉醉在对美好未来的憧憬中。

夜里，井头公园空荡荡的，渺无人迹，寒气袭人。冈部裹紧了身上的大衣，耐心等待着京子的到来。

现在已比约定的时间过去了半小时，冈部香烟抽了一支又一支，还不见京子的人影，冈部开始焦躁不安了。

一个小时过去了，还不见京子到来。冈部冻得发抖，只好回到车子里，又等了半个小时，还是不见京子的影儿。

冈部耐不住了，就到一个电话亭里给京子打电话。接电话的还是女管家，她说："太太已经睡了。"

"有急事，请她起来！"冈部对着话筒怒吼着。

等了很长时间，才传来了京子的声音："喂……"

"怎么搞的，为什么不来？"

"有什么事情呀？"京子那种糊涂又认真的口气，简直把冈部的肚子都要气炸了。

"你忘了今晚九点在井头公园会面的约会了吗?"

"哦,是那事呀,我已经向先生转达了,怎么……"

"你说什么?"

"我说已经转告给先生了……"

"看来你的那些事,已经不怕我向你丈夫揭露了,对吗?"

"什么事?我不明白。我觉得您是不是已经没有什么可说了吧?时间太晚了,失陪了。"京子"啪"把电话挂断了。

冈部愣了好一会儿,才百思不得其解地放下电话,懊丧地出了电话亭。

第二天清晨,冈部正要去侦探社上班,突然闯进来两个警察,把一张逮捕证递给了他说:"我们以杀人嫌疑逮捕你。"

冈部笑道:"杀人?我究竟杀了什么人?"

"木村德太郎!你干得可真利索啊!"

"胡说!"

"是不是胡说,请跟我们走一趟就明白了!"

警察把冈部带到警察署审讯室,警察开始审问:"你认识木村德太郎吧?"

"认识又怎么了?"冈部没好气地回答。

警察继续问:"昨天夜里,是你把他从家中叫出来的,又是你在井头公园把他杀死的吧?"

冈部说:"木村先生真的被人杀害了吗?"

"你不要装糊涂!"

"我并非装糊涂,如果硬说是我杀死了木村先生的话,那么请问证据何在?"

警察冷笑道:"证据当然是有的,"他慢慢拿出一个打火机,说,"看看,这是你的吧,它是在木村德太郎的尸体旁捡到的。"

冈部一看,这的确是自己的打火机,上面刻有自己的名字。但这打火机什么时候丢的,而且竟会落到木村的尸体旁边,他百思不得其解。

警察见他愣着,就指出,管公寓的人证明他在八点以前驾车出去,被害人的妻子也有证词。

冈部惊得瞪大眼睛:"京子的证词?"

警察说:"不错,是她提供了你用电话把她丈夫叫往井头公园的证词,她的女管家也证实了这一点。因此,你否定不了杀人的罪行!"

冈部只得承认说:"我确实到井头公园去过,那是为了同木村太太会面,那个电话也是为了把木村京子叫出来。"

"你既然是要叫京子出来,可为什么要她转告她的丈夫?"

冈部终于意识到自己已落入了京子设置的陷阱,那个打火机,肯定是她在自己住处偷走的。这么一想,冈部大叫起来:"这个坏女人!是木村京子杀的人,不是我!"

警察冷冷地说:"你想推脱责任,光靠嘴巴是不行的!"

"我不是推脱责任。人,一定是木村京子杀的,她为了早日取得木村德太郎先生的财产才这样干的。因为那女人有情夫,要是被木村知道了,她就得不到财产了,因此她就先把木村先生杀了。"

"你的大脑该不会有什么毛病吧?"警察冷笑道,"你难道忘了,关于京子是个贞洁忠诚的妻子的报告不正是你写的吗?"

事情到了这一步,冈部只得把写恐吓信及京子收到恐吓信后的反应和盘托出。

警察说:"京子说过她收到恐吓信的事,信中所提之事她从来就没有过,因此,她根本就没有到过约会地点。"

冈部又大叫道:"京子撒谎,她不但到过约会地点,而且还付给我二十万元。"

"有证据吗?"

冈部无言以对,因为他交给木村德太郎的报告中写的也是京子没有来。

"怎么样?"警察嘲弄地问。

冈部已乱了方寸,只是喃喃地说:"反正,我没有杀人动机……"

"你当然有杀人动机,是为了女人!为了木村京子!"

"为了木村京子?"

"是的,这里有她写的证词。本月十三日,你叫她到日比容公园去,要求她同那老头子分手和你结合,被她拒绝……"

"不对!"冈部叫道。

警察继续推理道:"你被京子拒绝后,认为只要老头子不死,木村京子就不会被你所占有,那万贯家财也就得不到……"

"事情完全不像那女人说的那样。她已经委身于我了,所谓拒绝完全是一派谎言!"

"为什么木村京子要满足你的要求?"

"因为我知道她与她野男人的事,为了堵住我的口,就和我发生了关系。"

"不是你亲自对京子的品行进行了调查,并且还写了她除了木村德太郎外别无男人的报告吗?"

"尽管这样,她还是真有。拜托你们无论如何好好调查一下,那野男人的事搞清楚了,杀人案也就水落石出了。"

两个警察只得默认了冈部的要求。

三天后的早晨,冈部又被带进了审讯室。警察说:"调查清楚了。"

听警察说"调查清楚",冈部以为警察一定调查到京子有情夫,她有情夫,就说明她有杀人动机,这样他冈部就可得救了。谁知警察告诉他,经调查证实,木村京子没有情夫,完全是一个贞洁忠诚的女子!

此刻,恐怖和绝望笼罩了冈部的心。所有的道路都被他自己堵死。他终于完全明白,自己从一开始就落入了木村京子的陷阱:京子一开始就知道那封恐吓信是一个骗局,是丈夫玩的把戏,因此也知道自己是受她丈夫之托。所以,她明明没有别的男人,却又装出有的样子。结果真正受骗的不是木村京子,而是自己。至于领受那二十万元,把京子叫到公寓并与之发生关系,以及第三次约会,完全是自己做的蠢事,都被这女人利用了。

这下冈部彻底完了,就是跳进河里也洗不清,纵使浑身是嘴,也辩不明白了,他一下瘫倒在地……

(原作:西村京太郎;改编:学 知)
(题图:姜建中)

雷登荷尔街之谜

伦敦的雷登荷尔街上,有一栋有着两百多年历史的老房子,房东叫布雷德。据说房子原来的主人本来一直是做手套生意的,布雷德接手这栋房子后,把楼下一层改成了香烟铺,楼上一层则用来出租。

布雷德是一个安分守己的老实人,整天忙忙碌碌,热情待客,和楼上租用房间的客户关系也搞得相当不错。可是现在,老实人布雷德碰到了一件非常奇怪的事。

事情要从两年前说起。有一天,一个自称梅西达的人来找他,要求租住二楼的房子,由于当时楼上已被一对年轻的法国夫妇租下了,布雷德不能答应他的要求。但梅西达不肯走,他说他非常喜欢这里的环境,他愿意等那对夫妻搬走。并且,他连楼上房间看也没有去看,就硬要先付给布雷德一个月的房租,作为定金。上个月,年轻的法国夫妇回马赛去了，梅西达竟然兴奋得手舞足蹈。这两年来，他几乎每个月都要跑过来看一次，现在终于等到了这一天。可令布雷德百思不得其解的是，梅西达费了这么大的劲才租到这套房子，却并不在这儿住下来，只是每星期来两三次，拿走他的信件——他是一个邮票商，租下这房子后，仅仅把它当作做生意的联络处，所以房子里什么家具也没有。布雷德很疑惑：梅西达看上去又风趣又有教养，但行踪却如此诡秘，是什么意思呢？

探长杰恩特也对梅西达产生了怀疑。这天，他来到布雷德的香烟铺，向他详细询问了有关梅西达的情况，然后便要求布雷德带他去看看梅西达租住的房间。

布雷德说："很抱歉，他租房时和我有过约定，他可以更换楼上的门锁，所以我没有他现在的房门钥匙。"

探长一听，挺遗憾地耸耸肩："那么，只能等我办好搜查手续再来了。"

探长走了以后，布雷德心里越想越不对劲。这天晚上，梅西达没来，布雷德便悄悄搬来一张梯子，架在二楼后阳台旁。随后他踏着梯子爬上阳台，摸到窗框，用起子撬开窗栓，将整个窗户往上拉起，一翻身，人就进了屋里。

布雷德没有开灯，他拧亮随身带着的手电，在空荡荡的屋子里，左看右看，可是除了落满灰尘的地板和天花板，除了壁纸剥落的墙壁，什么新的发现也没有。"看来梅西达不过是一个古怪的人而已。"布雷德自言自语道。

第二天，梅西达又像往常一样出现了，上楼之前，还在布雷德那里买了一包雪茄烟，似乎很随意地问了一声："这几天有没有人找我？"

布雷德忍不住老老实实地向他讲了杰恩特探长来过的事，当然，他不好意思讲自己昨晚爬梯进房想窥探他秘密的举动，只是看着梅西达那笑眯眯的脸,说:"你不像是干坏事的家伙,这一点我敢肯定。"

梅西达感激地点点头,说道:"谢谢你对我的信任,很抱歉我没有告诉你事情的真相。你不知道,我酷爱邮票,我一直认为集邮是一件严肃而有意义的事。两年前的一天下午,我在图书馆里查阅资料,偶尔从1841年的一张报纸上,看到这样一则广告……"

梅西达说着,从口袋里取出一张纸片,布雷德接过去一看,只见上面写着:"一位年轻的小姐想用使用过的邮票装饰房间墙壁,她的朋友已经给她送来了一万六千张,但是还不够。因此,希望大家能将那些毫无价值的小纸片赠送给这位可爱的小姐,以帮助她完成这个奇妙的构想。愿意提供者,请直接与小姐本人联系。地址:雷登荷尔街,手套商巴德小姐。"

布雷德看了半天,不明白这究竟是怎么回事。梅西达说:"我当时看到这则消息,就想,这是很久以前的事了,这位可爱的小姐早已去世,这个房间也可能早已变了样,甚至整个房子都可能不存在了,但我还是抱着一线希望想找找看,没想到最后竟然真的找到了这里。啊,这真是上帝保佑,那些当时毫无价值的小纸片,到了现在不就成了珍贵的红便士和蓝便士邮票了吗?它们至少能值五十万英镑哩!布雷德先生,我现在只取走了其中的一小部分,我把这个秘密告诉你,是因为你是个大好人。现在,房间里至少还有两万张邮票,那是属于你的。"梅西达说到这里,从口袋里取出房间钥匙,放在柜台上,"我在乡下买了一块地,以后靠着写作的收入,能过上无忧无虑的生活,我已经很满足了。有机会我会再来看你的,再见,布雷德先生。"

梅西达没有上楼就告辞了。布雷德沉浸在巨大的兴奋之中,怪不得自己昨晚在梅西达房间里什么都没看到,原来秘密都在墙上。他简直不能接受这个事实：他将要拥有一笔巨大的财富了。他只得用不停地去接待买烟的顾客这种方法，来放松放松自己紧张兴奋的心情。

铺子关门前十分钟，杰恩特探长来，这次他带来了搜查令。布雷德对他说："不必了，我有钥匙，梅西达下午来过。"于是，他把梅西达所讲的话原原本本地重述了一遍。

没想到杰恩特探长听了他的话直摇头："可怜的布雷德，你上了他的当，让他逃跑了！"

布雷德大吃一惊："这是为什么？"

杰恩特探长说："你不知道，这个梅西达在外面向所有的邮票商大肆宣扬有关当年那位年轻小姐征集邮票的事，出示这则广告，随后便向他们出售号称就是从这个房间墙上撕下来的邮票。可实际上，这些邮票并不是从你现在租给他的楼上房间墙上取下来的真邮票，而是他从伦敦的邮票商那里用低价买来的低档的便士邮票，经过加工，然后冒充成所谓的珍贵的红便士邮票，以高价卖给别人。这家伙就用如此卑劣的手段来骗取钱财。"

布雷德似乎没有听懂杰恩特探长的话，疑惑地问道："我还是不明白，梅西达为什么要出售赝品？他明明对我说，墙上还有两万张邮票。"

杰恩特探长反问道："你亲眼看到了吗？"布雷德摇摇头。

杰恩特探长说："你瞧，这正是梅西达的圈套。你以为梅西达换锁的原因是什么？你可能会认为，他是为了让人相信里面有一大笔财产。但是你为什么不换个角度想想，他是不想让人知道里面其实什么也没有啊。他只不过是借用这个广告欺诈一批邮票商而已。"杰恩特探长这番话，把布雷德的梦想顿时变成了泡影。

"也许我们可以假设，"杰恩特探长沉思着说，"那些邮票在好多年以前就被撕掉了，梅西达发现墙上一无所有，但仍不死心，于是利用这件事大肆进行欺诈……走，我们一起去看看，到底是不是这样。"

于是，两个人便上楼，打开门，走进房间。杰恩特探长一边撕墙上那已经半剥落的壁纸，一边对布雷德说："当梅西达发现房间里空无一物……"话音未落，不可思议的情形出现了，杰恩特探长"啊"地惊呼一声，张口结舌说不出话来。

壁纸下确实有邮票，而且排列得非常整齐，非常美观。可以想见，那位别出心裁的可爱的小姐当年的室内装饰确实无与伦比。可惜的是，她将贴在墙上的一张张邮票，仔细地涂上了颜色，而且涂得非常均匀，于是这些原本非常珍贵的邮票，在她的精心描绘下，真的变成了广告中说的一样，是"毫无价值的小纸片"了。

不过有一点是肯定的，梅西达再狡猾，最终却逃不过法律的惩罚。

(改编：彭立成)
(题图：姜建忠)

奇怪的征婚启事

小镇上有一座美丽的庄园,庄园主叫尼娜,是一个年轻的寡妇,她丈夫彼得在三年前的一次战争中不幸阵亡,后来追求尼娜的人不计其数,但她始终不为所动。

但不知为什么,这天尼娜突然在报纸上为自己登了一则征婚启事,而且条件非常奇特,就是应征者的相貌必须和彼得一样,所以彼得生前的照片也随启事一起登在了报纸上。

刚开始大家不理解,守寡三年的尼娜怎么会突然改变了态度,看了启事以后才恍然大悟,她的这一举动仍然饱含着对彼得深深的怀念呀!但遗憾的是,征婚启事刊出以后,来应征的人不少,但没有一个能让尼娜满意。

这天，有个流浪汉拿着报纸也找上门来，说是来应征的。尼娜闻声出来一看，眼睛立刻发亮了：他那栗色的鬈发，带鹰钩的鼻子，甚至额头上三道细蚯蚓似的皱纹，实在与彼得太像了。"哦，我的彼得，我不是在做梦吧？"尼娜情不自禁地迎了上去。

那流浪汉却很有礼貌地回答道："请别激动，夫人，我的名字叫汉斯，我只是一个流浪汉。我想……我想来应征，可以吗？"

尼娜这才回过神来，激动得连连点头，即刻吩咐仆人带汉斯去梳洗更衣。等汉斯重新再出来的时候，尼娜越发觉得这个汉斯就是彼得的翻版，于是毫不犹豫地就把他留了下来。

尼娜要嫁给流浪汉汉斯的消息，轰动了整个小镇。婚礼举行得非常隆重，新郎汉斯的出现令所有宾客目瞪口呆，他们熟悉彼得，可眼前的这个汉斯简直与彼得相差无几。那些当初追求过尼娜的人，更是在心里嫉妒得要命，眼睁睁地看着这个流浪汉仅凭着一副酷似彼得的模样，就如此轻而易举地得到了尼娜和她那美丽的庄园。

婚后，尼娜和汉斯如胶似漆，形影相随，人们都说，新婚的尼娜夫妇甚至比过去尼娜和彼得做夫妻时还要恩爱。

日子一晃就过去了差不多有一年。这天，汉斯和尼娜正要出门去参加一个朋友的化妆舞会，突然有个陌生女人不知从哪里冲出来，气咻咻地朝汉斯嚷道："你还认识我吗？你这个没良心的家伙，你在这里过得很快乐是吧？你怎么可以把我忘了？"

"您说什么？太太，"汉斯惊讶地看着眼前这个陌生女人，"可我并不认识您呀！"

"哼！"陌生女人喊了起来，"你别在我面前装蒜，既然你忘了我们彼此的约定，那就对不起了，你等着，我会让你后悔的！"

汉斯一脸茫然,还没来得及问清楚是怎么回事,那陌生女人就愤然离去了。汉斯觉得很奇怪,问尼娜:"她是谁,总不会平白无故来找我啊?"

尼娜一撇嘴:"谁知道,咱别理她就是了。"

但汉斯却显得心事重重,舞会开到一半,他就拉着尼娜提前回来了。

果然,事情没这么简单!两天后,汉斯收到了法院传票,那个陌生女人到法院起诉他,说他犯有重婚罪。陌生女人在法庭上陈述说,她叫艾丽丝,她才是汉斯真正的妻子。他们夫妻俩原来住在百里之外的另一个小镇上,因为日子过得十分拮据,有一次,汉斯偶然在报纸上看到尼娜的征婚启事,惊喜地发现自己跟彼得长得十分相像,和艾丽丝商量后,就决定假扮成单身流浪汉去应征,先和尼娜结婚,然后伺机将她除掉,再重新和艾丽丝结婚,这样他们就能完全把尼娜的庄园占为己有。可没想到汉斯如愿娶上尼娜后,却渐渐把艾丽丝丢到了脑后,而且现在艾丽丝找上门来,他居然还故意装作不认识,这叫艾丽丝怎肯善罢甘休?她实在气不过,索性将汉斯告上法庭。哼,我过不上好日子,你也别想过!

面对艾丽丝的起诉,汉斯显得非常镇静。"哈哈,故事倒是编得挺精彩,"汉斯不无嘲讽地扫了她一眼,"可惜的是,我可不具备你丈夫那样的高智商啊!"汉斯向法官申辩道,自己从小是个孤儿,四处流浪,在娶尼娜之前从未婚娶,根本不认识这个叫"艾丽丝"的女人,更无从谈什么"重婚"了。

但汉斯话音刚落,艾丽丝就冷笑着反击他道:"你还要继续装下去吗?好,那我就奉陪到底!"艾丽丝向法庭出示了她当初与汉斯缔结婚约的证书,同时还有一份经当地警方确认的关于汉斯的身份证明,里面详细记载着包括汉斯的血型、指纹等在内的各项指标。艾丽丝强烈要求法庭马上进行验证核对,她相信汉斯很快就会在这些铁的证据面前认输。

可出乎艾丽丝意料的是,最终的验证结果表明,测试的每个证据都与汉斯不符,艾丽丝彻底败诉,反而因诬陷罪被判入狱。

汉斯胜诉回家,喜气洋洋地与尼娜举杯庆贺,两个人安闲地坐在庄园的葡萄架下喝着香槟,直到夜深了,还觉得没有尽兴。

就在这时候,一声清脆的枪响把他们吓了一大跳,只见一个蒙面凶犯"呼"地突然从他们眼前蹿过,直往庄园深处跑去,一面跑一面还扬着手里的枪,威胁他们说:"听着,不许向警方透露我的半点行踪,否则,我手里这家伙可不长眼睛!"

汉斯和尼娜惊得目瞪口呆:这是怎么啦?为什么老有事情来缠着我们呢?

凶犯前脚刚走,警察后脚就赶到了,他们向汉斯夫妇出示了身份证件,声称正在追捕一名逃犯,请他俩配合缉拿。还没等汉斯夫妇俩反应过来,警察就带着警犬在庄园里展开了严密的地毯式搜捕。

很快,警犬将最终目标锁定在庄园深处的一个香蕉园里,警官当即下令就地挖掘。汉斯一听就着急地跑上去阻止说:"对不起,先生,眼看这些香蕉就可以收摘了,怎么经得起你们这么挖掘?再说了,只一会儿的工夫,那家伙怎么可能会钻到我庄园的地底下去,这不是太荒唐了吗?"

警官严肃地对汉斯说:"先生,我们的警犬是受过严格训练的,难道你要我们对它提供的线索置之不理吗?"

汉斯只得退让在一边,警察们便飞快地动起手来。

随着土坑越挖越深,汉斯突然神色大变,冷汗不停地从他的脸上往下掉,只一转眼的工夫,警察就发现他在悄悄地移动着脚步。

"汉斯先生，难道你不想知道最后的结果吗？无论如何，请协助我们追查到底吧！"警察一句话，就阻断了汉斯的退路。

这时，土坑里露出了一只长长的木箱，警察掀开箱盖，一股腐臭难闻的气味立刻扑鼻而来——里面是一具已经开始腐烂的男性尸体。

"汉斯先生，你不会不知道这是谁吧？"警察问。

"不知道，我不知道，"汉斯哆嗦着，大声喊道，"这不是我干的！"

"彼得先生，该是你说真话的时候了！"随着一声话音落地，刚才还是逃犯的蒙面男子，不知从哪里突然钻了出来，炯炯的目光直逼向彼得和尼娜，"要不把这个案子揭开，木箱里真正的汉斯是永远也不会闭眼的！"

这个蒙面逃犯正是警局里大名鼎鼎的探长杰克，而现在与尼娜结婚的"汉斯"，其实正是尼娜的前夫彼得。彼得当年根本没有在战争中阵亡，而是在参战不久就偷偷逃回了家乡。因为害怕当局追查，多年来他一直隐藏在庄园的地下密室中，过着不见阳光的生活，只有在晚上才敢出来透透气。为了摆脱这种困境，彼得为尼娜精心策划了这次奇特的征婚，目的就是想不露声色地为自己寻找替死鬼。当所谓的流浪汉汉斯掉进这个圈套之后，就在举行婚礼的当天晚上，彼得和尼娜就一起干掉了他，然后用早已准备好的木箱把他装进去，埋在了香蕉园里。从此，彼得堂而皇之地成了尼娜的新丈夫汉斯。他们本以为一切都干得天衣无缝，可是没想到汉斯也不是什么真正的流浪汉，他也是心怀鬼胎来应征的，所以后来当汉斯的妻子艾丽丝找上门来，并对彼得提起上诉时，他们曾一度陷入恐慌，所幸当时一切都有惊无险，他们轻易就胜诉了。

杰克探长对此事的怀疑是从尼娜的征婚开始的，他总觉得尼娜提出这样的征婚条件有点蹊跷。后来通过对彼得当年服兵役的情况调查，他得知在战场上并没有发现过彼得的遗体,怀疑就更深了。他特地去参加尼娜与汉斯的婚礼,目的就是为了对汉斯的身份进行考察,因为当时没有足够的证据,杰克探长曾一度放弃了自己的假设。但这次艾丽丝的意外出现,他又重新把这个案子的侦破提上了议事日程,虽然艾丽丝败诉了,但无形中却给他增强了破案的信心。一个大胆的推断在杰克探长的脑海中逐渐形成,于是他亲自策划了这场追捕逃犯的戏,以迅雷不及掩耳之势闯入庄园,挖掘出惊天秘密,一举揭穿了彼得的真面目。

(臬 子)
(题图:安玉民)

梅园生死劫

蒙面怪客

一九四八年十月的最后一天,浓重的夜色笼罩着上海。市西区一条宽阔的林阴路拐角处的镂空高墙内,有一座颇具江南风味的花园,当中耸立着一幢石砌的堡垒式洋房,花园四周,全是一株株以供观赏的梅树。熟悉上海风情的人都知道,此处产业叫梅园,这里便是赫赫有名的号称"丝绸航运大王"冯秉祥的公馆。

今天晚上,梅园不像往日灯火辉煌,却显得异常安静。原来,今晚金融巨头金昌诚在国际饭店为女儿举行婚宴,冯家的人大多去吃喜酒了。冯秉祥推说身体不适,没有去,此刻正坐在卧室的丝绒沙发上,看着《市林西报》。

这位实业家五十多岁,身材不高,面容清癯,然而他那鹰隼似的双眼却熠熠有神。凭着这双眼睛,他在三十年前瞅准了时机,在上海创办了一批工厂,经营丝绸业,成为国内外颇有影响的产业巨头。

今天，他的眼神却显得忧郁黯淡，无精打采地放下报纸，燃起一支吕宋雪茄，把头靠在沙发背垫上。此刻，他正想利用这难得的静夜，把近来日益烦恼忧虑的心绪清理一下。现在，综合报上的那些消息得出的结论是：国民党兵败如山倒，共产党接管政权势在必行。眼下，有些要人都在暗渡陈仓，"曲径通幽"了，而他姓冯的这一大摊子该怎么办？思虑的焦点是：走，还是留？

虽说，他在抗战时期暗中支援过苏北的新四军，也曾利用自己的金钱和影响，救过共产党的几位要人。两个月前，有个自称扬州商会派来的人，居然给他捎来了陈毅司令员的口信，明示了共产党对他冯秉祥的政策。但是，他并不希望共产党取得政权。他是美国哈佛大学的高材生，年轻时读过《资本论》，知道共产革命的最终目标就是消灭私有制，他本人正是革命的对象。既然如此，留，又有什么希望？

大前天，他以前的亲家金昌诚突然来看他。寒暄一番之后，金昌诚谈到当前的形势，极力怂恿他抽走现金，转移资产，去南洋一带合作开办银行和工厂。精谙世道的冯秉祥意识到，这是金昌诚在觊觎他的资产，打他的主意。对此，他本可婉言拒绝，但他深知金昌诚在南京有很硬的后台，手下还有十多个流氓打手，所以，当金昌诚亲口向他提出合作要求时，他就不能不苦心思忖了……

此刻，他的眉心拧成了疙瘩，从沙发上站起来，反剪着双手，烦躁地在卧室内来回踱步。

就在这时，突然有一辆黑色的"福特"牌轿车"嘎"的一声停在梅园铁门前。车门开后，三个戴着墨镜、身穿军装的汉子钻出汽车。一个夹着公文皮包的人走到门柱旁，抬起手，按了一下门铃。接着门里传出一阵猛犬的吠声。冯家保镖二贵，赶忙拉开门上那一尺见方的瞭望窗，用尖利的眼神扫了一下门外的三个人，冷冷地问："哪里来的？"

那个夹着公文包的人说："警备司令部，有要事面见冯先生。"说着递进一份蓝色封面的身份证。

二贵仔细地审视了证件后，还给对方，喝住了猛犬，把沉重的铁门拉开一人宽的缝道。等三人进来后，又将铁门关上，带着他们向堡垒式的洋房走去。

"哪里来的？"随着一声喝问，一个敞着玄色短袄，腰插短枪，光头、圆脸、络腮胡子的彪形大汉，出现在洋房门廊的台阶上。他是冯秉祥的贴身保镖张金彪。

二贵说："警备司令部的，有要事面见老爷。"

张金彪心中暗想：这么晚了，院里只剩下几个人，还是防着点好。便说："请诸位稍候，让我进去通报一下。"

哪知，他刚转身，突然寒光一闪，一枚钢镖插进他的后背。他惨叫一声，倒在地上。二贵惊得刚要掏枪，又寒光一闪，另一枚钢镖也插进了他的胸间，他一声惨叫，倒在血泊里。这时，三个人抽出手枪，跳上台阶，冲进廊门。

张金彪挣扎着，颤抖着手拔出了腰间的短枪，使出最后一点力气，朝着花园上空扣动了扳机，"砰！"清脆、响亮的枪声划破了宁静的夜空。

正在踱步的冯秉祥，听到枪声，大吃一惊，紧接着外面已传来了猛烈的撞门声。冯秉祥慌忙朝里间走去。他家有一间应急用的密室，那门是由一寸多厚的钢板制成，里面有一条直通警察局的电话线。冯秉祥急步走到墙边，一揿密室的暗钮，那墙便徐徐分开，露出钢门。他刚迈步进门，突然从密室里走出一个持枪的蒙面人。这个蒙面人举着手枪，对准冯秉祥，低声命令："快去把门打开！"

在手枪的威逼下，冯秉祥只好转身，走到外间，把门打开，那三个人一下拥了进来。

夹公文皮包的人，晃了一下手枪说："请冯先生跟我们走一趟！"

冯秉祥毕竟是经过风雨、见过世面的人，他很快从惊恐中醒悟过来。现在，他已经明白了眼下发生了什么事情。他想，去吃喜酒的人就要回来，一定要拖住他们。于是，他定了定神，用一种平静而客气的语调说："诸位请坐，有什么了不得的事非要我走一趟？难道就不能在这里商量？"

谁知，他的话音刚落，两个人走上前，用钢钳般的大手夹住了他的双臂，用毛巾塞住他的嘴巴，蒙上眼睛，连拖带拽，把他塞进福特汽车，"呼"的一声，飞驰而去……

死尸传信

就在冯秉祥被匪徒绑走那当儿，他的儿子冯振华在参加国际饭店金家的婚宴后，没有当即回梅园，却驱车去了东亚饭店。原来这位公子哥儿在这里租了一套上等房间，经常与他的情妇张宛宜幽会。张宛宜是他妹妹冯佩华高中时的同学，是一位俊秀而又温顺的姑娘。冯振华推门进来，见身穿睡衣的张宛宜越发妩媚动人，他扑过去，搂着她的纤腰，尽情地吻起来。

就在这时，只听"笃笃笃"传来轻轻的敲门声，冯振华不高兴地问："谁？"

"我，大少爷！"

他听出这是他家方管家的声音，不禁吃了一惊，心想，肯定家里发生了什么重大的事情，不然，这位胆小谨慎的管家，绝不会冒失地闯到这里来的。他急忙拉开了门,只见方管家神色紧张,颤颤抖抖地说:"大,大……"

冯振华大声问:"什么事?"

"老爷被绑架了!"

冯振华一听,真好比晴天霹雳,被震得目瞪口呆。他也顾不得和张宛宜打个招呼,就跟着管家慌慌张张走出了饭店。

当他来到梅园的大门口,只见那里停着一排警车和摩托。荷枪实弹的军警,身穿便服的侦探,封锁了路口和大门。一群记者被挡在大门口,气氛十分紧张。

冯振华一下车,急匆匆地走进客厅,只见全家人都像木头似的坐在那里。

起身迎接他的是警察局稽查处的何处长。看得出,他也焦虑不安。不过,他毕竟是吃了二十多年警察饭的警察油子,善于控制自己,他安慰着说:"大少爷,别着急,我们正在竭尽全力地搜捕绑匪,我想,用不了多久,就可以破案。"

此时的冯振华心乱如麻,随口说了一句:"那就拜托你了",便颓然坐了下来。

第二天清晨,大街小巷到处回响着报童的叫卖声:"请看《申江日报》了!头号新闻!头号新闻!'丝绸航运大王'冯秉祥昨夜被绑架!"

这天,酒楼、茶社、舞厅、交易所……人们都在谈论这条头号新闻。紧接着是股票市场股票暴跌,警备司令部司令引咎辞职……南京当局受到了极大的震动,明令新上任的警备司令立即破案。

在冯秉祥家里,更是惶惶不可终日。这天已是深夜时分,冯家的客厅里还是灯火通明,家中的女眷、私人秘书、管家全都焦急不安地围坐在电话机旁,而神色憔悴的冯振华,呆呆地站在窗前,看着窗外。两天来,他派人四出打听,至今没有听到父亲的消息。他知道绑匪为的是钱,迟早会同他来联系。然而,这样焦灼不安的等待,使他感到日子难熬啊!

当落地座钟响了十二下时,茶几上的电话突然"嘀铃铃"响了起来。

冯振华猛地转身,大步走到电话机旁,一下抓起话筒。此刻,客厅里所有的目光都集中在小小的话筒上。

话筒里传出了一个男人的粗野声音:"我要冯大少爷听电话!"

"我就是。你是……"

"老子是谁,你就别管了,现在有位先生要向大少爷面交老太爷的亲笔信。"

"哪里会面?"

"苏州河三角地码头二号仓库。要快,要赶在警察的前面,这帮蠢驴在监听呢!警告你,你若要和警察局勾勾搭搭,就准备给你老子收尸!"说完,对方"啪"地挂断了电话。

"快!快!"冯振华一放电话,就心急火燎地招呼管家,让他去叫汽车夫。不一会儿,他带着保镖,急匆匆地钻进汽车,赶往苏州河三角地码头。

冯振华的轿车飞一般地赶到二号仓库门前,那儿漆黑一片,码头上空无一人。轿车一停下,冯振华在保镖的簇拥下,来到仓库门边,疑惑地盯着那巨大铁门上的"2"字,不敢上前。一个保镖上前一推,发现大门是虚掩着的。他轻轻一推,门"吱嘎"一声,裂了一条缝,里面冲出一股叫人心悸的冷气。保镖打了一个寒战,又使劲一推,门开了。他用手电往里一照,吓得连连倒退几步。原来,手电光下出现一具僵直的尸体。死者是个老人,他的眼睛朝天瞪着,那双瘦骨嶙峋的手合放在胸间,手下面压着一封信。

这个老头是被绑匪撕了的"肉票"。绑匪的规矩是:他们开价你能照付,就放人回家;只能支付一半,可以领回尸体,他们奉送一口薄皮棺材;一文不付的,就连尸体也领不回。这个老头因为家属无力支付赎款才被绑匪弄死的,因为他愿为冯家送信,绑匪才给他留了个全尸。

一个保镖壮着胆,从死人手下抽出信,交给了冯振华,那信封上写着冯振华的名字。

在手电光的照明下,冯振华双手打战,拆开了信。

振华儿:

见信后速设法筹集六十万美金,以便派人来赎。

父字

×月×日

他刚看完信,门外传来一阵车声和脚步声,随着一群警察拥进了仓库。果然,不出绑匪所料,警察在窃听电话以后赶来约定地点,只是他们晚到了一步。

带队的吴警长一见冯振华就急切地问:"冯少爷,绑匪呢?"

"你问我,我去问谁?"冯振华把信往口袋里一塞,冷冷地说,"此事你们别再插手了!"说完,转身离开了仓库,钻进汽车走了。

一筹莫展

接到父亲的信后,冯振华为筹集六十万美金而四处奔走。虽说冯家流动资金没有多少美元,可是有大量的固定资产可以抵押,又有数量可观的黄金储备。然而，他没有料到，所有的银行都说没有那么多的美元，拒绝兑换。他似乎感到其中有鬼，但又无法弄清谁在捣鬼。

冯振华垂头丧气地回到家里，往沙发上一躺，长叹一声，又陷入苦思中，他搜肠刮肚也想不出如何弄到这笔美金，真是一筹莫展。正在他十分焦急不安的时候，忽然，他乱麻般的心里一亮，便快步上楼，敲开了妹妹冯佩华的房门。

冯秉祥的女儿冯佩华，是个文静而秀丽的姑娘，她聪明、持重，虽说是父亲的掌上明珠，但毫无富家小姐的做派。

自从父亲出事后，她也愁死了。

此刻，她紧锁眉头，默默地坐在卧室的窗前，就像一尊玉琢雕像，可心里却像火在燃烧。她在为父亲的命运担心、忧愁，然而一个姑娘家，除了担心忧愁，也是一筹莫展。

她见哥哥进来，忙急切地问："哥，美金换来了没有？"

冯振华摇摇头，说："只换了二十万。那些和我们有关系的银行，都不肯兑换美金给我们。哼，我看是有人巴不得我们冯家垮台！"

"你就不能再去想想办法？"

"现在唯一可以试试的，就是去找金昌诚了，妹妹，劳你一次驾。"

冯佩华一听，脸色沉了下来："我不去！"

"不管怎么说，以前你和他儿子订过婚约。"冯振华凑到妹妹的耳边，用哀求的口吻说，"好妹妹，我们不能对爸爸见死不救。对于你的婚事，爸爸是对不起你，可是你也应该体谅爸爸，当时爸爸能得罪他们吗？他这样做也是迫不得已，现在你的未婚夫已死于车祸，对你也是一种解脱啊！"

冯佩华一下把脸埋进自己的双手，她无法控制自己，委屈的泪水不断从指缝里渗出,为了救父亲,她只得往金昌诚家走去。

金昌诚的公馆十分气派,周围有一道三米高的围墙围着一个几十亩大的花园,西洋式花栏铁门上装着中国式的铜兽环。走进大门,是一个很大的圆形荷花池,池的中间立着一座裸体西洋少女大理石雕像,微笑的少女,抱着一个意大利式的水瓶,可她的四周则放着四个虎视眈眈的麒麟。绕过水池,前面是一幢二层楼的哥特式洋房,在那古门柱上却又别出心裁地雕了两条盘柱昂首、张牙舞爪的苍龙。这种半中半洋、不伦不类的装饰,倒也衬托出这位金融巨头的为人和权势。

金昌诚是个相貌粗俗、身体结实的半百老头,那张有着少许浅麻子的脸上经常挂着骄矜的笑容,他可称得上是个有财有势的风云人物。这时,他正在自己的卧室里,半躺在沙发上闭目养神。

冯佩华被金家佣人引到金昌诚的卧室前,她心里像揣着几只兔子一样,缓步推门进房。轻缓的脚步声惊动了金昌诚,他睁眼一看是冯佩华,欣喜地坐起来问:"啊,是佩华啊!什么风把你吹来的?快请坐!"

冯佩华坐下后,一时不知该怎么开口,直到金昌诚催问后,才胆怯地开了口:"父亲来信说,绑匪要我们付六十万美元,才能放人。我哥哥只凑了二十万美元,还差四十万想从您这儿借,他愿意把一家丝绸厂作抵押。"

"那倒用不着,我马上叫人去想办法。"

金昌诚如此爽快,倒大大出乎冯佩华意料。她正感到疑惑,猛然发现金昌诚的两眼盯着自己旗袍开叉的腿部,脸上升起一种可怕的淫笑。她顿时又羞又怕,手足无措。

金昌诚本是个老色鬼,经常玩弄和摧残手下的女职员。刚才他根本无心听冯佩华说话,而是不怀好意地打量她。他对冯佩华垂涎已久,只是碍于自己的身份和冯秉祥的社会地位,才不敢下手。如今冯秉祥被绑票,他还有什么顾忌呢? 想到这里,他慢慢地站了起来,把脸凑向她:"佩华,我可是看在你的面子上,你总得谢谢我才成呀!"

"您……"冯佩华惊恐地站起,颤抖地朝门口退去。然而金昌诚像饿狼扑羊似的朝她扑去,猛地把她按倒在长沙发上……

冯佩华呼叫着、挣扎着、反抗着……在这紧张时刻,只听"啪"的一声,一只拖鞋狠狠地砸在金昌诚的背上。他回头一看,是自己那惹不得、碰不起的老婆,吓得赶快直起身子。

"你这条老狗……"他老婆一边破口大骂金昌诚,一边又朝冯佩华啐了一口,"骚货!"

冯佩华捧着脸,又羞又恨地冲出了金家花园。她脸色苍白,满含怨恨,漫无目的地沿着大街向前走着,她不知道到底该往哪儿走。

"小姐,您叫冯佩华吗?"冯佩华突然听到有人叫她,不由一惊,一抬头,见一位面目清秀、梳着长辫的卖花姑娘,挎着花篮,拦在她的面前。

冯佩华点点头,奇怪地看着姑娘,心想:她是谁? 她怎么知道我的名字? 卖花姑娘又开口说:"有个人想见见您。"

"谁?"

"李剑青。"

冯佩华一听"李剑青"三个字,怔住了。她简直不敢相信自己的耳朵,以为自己是在做梦。

卖花姑娘说:"他要我告诉您,今晚七点他在海燕咖啡馆等您,有事相商。他还希望您对谁也别说。我叫小玉,今后还会来找您。"说完,朝她嫣然一笑,飘然而去。

冯佩华目送着远远而去的卖花姑娘，嘴里不断喃喃自语："李剑青，李剑青……"

往事依依

说到这位李剑青，他与冯家有着很深的渊源。他的父亲李保龙曾是冯秉祥的贴身保镖。一九三二年二月三日，日本特务企图暗杀冯秉祥，由于李保龙的机智勇敢，救了冯秉祥，而自己却伤重而死。

冯秉祥感激涕零，收留了李保龙的九岁独生子李剑青，让他与儿子冯振华一起读书，还让他习武。冯秉祥培养李剑青，目的是要使他成为自己的心腹。李剑青渐渐长大成人，不仅相貌出众，而且有一手百发百中的好枪法，成为一个能文会武的小伙子。六年前冯秉祥派李剑青去扬州收一笔钱，又让他把这笔款子交给一位姓傅的先生，后来，他才知道那位傅先生是新四军的干部。

可是，也就是那次从扬州回来的当天晚上，发生了一件极不愉快的事。李剑青来到冯秉祥的卧室，冯秉祥不在，他正要退出来，却被三姨太叫住。

三姨太是冯秉祥的宠妾，长得白净妩媚，这时她身穿粉红色睡衣，倚在沙发上，言语挑逗地对李剑青说："剑青，你知道吗，你这次去扬州，我真替你担心，你是在和共产党打交道。"说罢，她起身，用身体把门挡住，同时，猛地拉开胸襟，露出雪白丰满的胸脯。

李剑青怔住了，骇得不知所措。他用一种近乎哀求的口吻说："姨娘，你不能这样，你对不起大伯。快让我出去……"

"一个老头子，凭什么可以占有我的青春，他对得起我吗？"

三姨太边说边步步向他进逼。他一再哀求,三姨太毫不理会,她把李剑青逼到了墙角边。他没奈何,一下拔出腰间的手枪,对准自己的太阳穴:"姨娘,你要不放我出去,我就死在这里。"

"滚!你这个没有胆识的奴才!"三姨太骂了一句,终于放他走了。

李剑青从冯秉祥卧室出来,心里又烦又闷,来到花园里呼吸新鲜空气,不想遇到了冯佩华。他俩虽说有主仆之别,然而因从小在一起,倒也有说有笑,十分随便。眼下两人碰上了,便一边在花园里散步,一边谈心。他们哪里知道,那个三姨太却在暗中瞪着一双燃着妒火的眼睛,牢牢地盯着他们。

就在这天晚上,三姨太在冯秉祥的面前恣意污蔑李剑青勾搭冯佩华以及如何干出越轨的行为等等。冯秉祥是非常喜欢这个小伙子的,可是,他的女儿怎么能嫁给保镖的儿子?如成事实,岂不有损冯家的门第?

第二天,冯秉祥把李剑青叫到面前,关心地说:"剑青,你已经不小了,也该成家了。我替你物色了一位小家碧玉,相貌不错。如果你愿意的话,我可以把顺昌路那套房子送给你,等你大学毕业,我再为你安排一个好差事。这样,你在九泉之下的父亲也就放心了。"

李剑青马上明白这种关心的原因。他已经听到了有关他和冯佩华之间的传闻,再加上他和三姨太的那件事,他决心离开冯家。于是,他淡淡一笑:"谢谢大伯的关心。现在我不想结婚,我准备到外地去经商。"

冯秉祥沉吟了一会儿,说:"也好!男子汉大丈夫应该到社会上去闯一番事业!"

当天晚上,李剑青整理好行装,准备在天亮之前悄悄地离开冯家。夜很静,他睡不着。凄凉的月光把室内照得惨白,这一切给他增添了淡淡的惆怅。现在,他突然发现,冯佩华的身影已经占据了他的心间。

应该承认,她是一位讨人喜欢的姑娘。他早从她那眼神里看出,她对他抱有好感。可是,他总是提醒自己,她是冯府的小姐,你是焦大的儿子,应该用理智克制自己的感情,不能想入非非。

忽然,"笃笃笃!"轻轻的敲门声把他从沉思中惊醒,他忙问:"谁?"

"我!"

他听出是冯佩华的声音,犹豫了一会儿,还是把门打开了。

"剑青……"她欲言又止。

"什么事?"

"听说你要离开?"

"是的。你怎么……"

"我要跟你一起去……"

他心里猛地一震,面对着这种真挚的感情,他有点不知所措。沉默了一会儿,他冷静地说:"不行,我要到一个很远很远的地方去。"

"就是到天涯海角,我也跟你去。"冯佩华坚定地说着,动情地扑到他的怀里,抓住他的衣角,"我喜欢你……"

李剑青怔住了。这是他有生以来第一次体会到女性的柔情,这种柔情就像汹涌的波涛,猛烈地冲击着他。他有些支持不住了。

"不!不能这样!"他以极大的毅力,慢慢地把她推开。

冯佩华含着眼泪说:"你讨厌我吗?"

"不!你应该明白,我是焦大的儿子。"

"不,你说的不是真话,不是真话……我要跟你一起走……"她呜咽着,把他搂得更紧了。

就在这时,"嘭"的一声,门被推开了,他们吃惊地松开了手。

随着手电光进来的是怒容满面的冯秉祥和洋洋得意的三姨太。冯秉祥脸上的肌肉不停地痉挛着,他朝着冯佩华咆哮起来:"你给我滚!"

冯佩华捧着脸,羞愤地奔了出去。

李剑青反而变得平静。他觉得,男子汉大丈夫决不能让一个钟情于己的女人受到委屈,他承担了全部责任:"大伯,这都是我的不是!"

"啪!"李剑青的脸上重重挨了一记耳光。

李剑青转过身,一声不响地拿起行装,走出屋外,出了梅园大门。

久别重逢

李剑青离开上海,到了扬州,经傅先生介绍,去苏北参加了新四军,一晃就是六年过去了。十天前,他接受领导的调遣,从解放区到上海执行一项任务。就在他打算回解放区时,发生了冯秉祥被绑架事件。

在冯秉祥被绑架的第二天一早,李剑青在一家小客店里,看到报上登的冯秉祥被绑架的消息,当他看到报道的结束语:"据警方认为,当前共产党为了应付战争,极需资金,这起绑票案与共产党地下分子有关……"时,猛地在桌上擂了一拳,愤愤地骂了一句:"卑鄙、无耻!"

他骂声未绝,忽然响起了一阵轻轻的敲门声,接着进来一位打扮入时的年轻妇女。那妇女笑盈盈地朝着他点点头说:"没想到吧?"

李剑青一看,认出来人是扬州傅先生的女儿傅梦霞。

原来,中共地下党上海市委已察觉到冯秉祥被绑架的背后,隐藏着复杂的政治阴谋。市委知道李剑青在冯家生活过八年,情况熟悉,就决定留下他,并把营救冯秉祥的任务交给他,同时派傅梦霞作为市委的联络员与他保持联系。

这时,傅梦霞从手提包里拿出一支F2美式手枪交给李剑青,说:"现在市委想知道你的设想。"

李剑青接过手枪,放进内衣袋里,说:"从消息报道中看,冯秉祥是在自己的卧室里被绑架的,据我所知,他的卧室里有一间密室。照理说,他听见保镖报警的枪声,应该躲进密室,可是……"

"你怀疑他家有绑匪的内线?"傅梦霞反应很快,打断他的话头。

"是的。"李剑青说,"我想从这条内线着手,顺藤摸瓜。"

傅梦霞点点头:"市委让我转告你,要竭尽全力援救,首先要保证冯先生的安全。"

李剑青说:"据我分析,这次绑票八成是浦东帮干的,而舆论界却认为是警备司令部方面干的,警察局压力很大。那些官僚买办趁机想侵占冯氏财产,可能会勾结警察局,置冯先生于死地。"

傅梦霞用信任的眼光看着他:"不过,我相信你一定能完成任务的。组织上派林飞虎做你的助手,他对黑社会的情况非常熟悉。一会儿他就来。"

她刚说完,门口传来了一长两短的敲门声。傅梦霞起身开门,门口出现一位头戴礼帽,身穿短衫,粗犷魁伟的大汉。他,就是林飞虎。

再说在傅梦霞的安排下,小玉扮成卖花姑娘,约冯佩华在海燕咖啡馆同李剑青会面。

海燕咖啡馆坐落在一条幽静的马路上,里面除了大厅,还有几个单间雅座。李剑青在雅座里刚坐下,看见一位文静的女人出现在门口,他一眼就认出她就是六年不见的冯佩华。"佩华,你来了。请坐!"

冯佩华瞥了他一眼,默默地在一旁坐下。"你的变化真大,我差点认不出了。"李剑青说。

"你也一样。"

"你父亲的事我都知道了，今天请你来，想和你商量一下，看看我能帮你做点什么。"

"你不怨恨他？"

"过去的事就让它过去吧！今天，我是代表许许多多关心他命运的人来的。"

冯佩华抬起眼睛，惊异地看着他，她没有想到，还有许许多多的人，在关心父亲的命运。

"这些人没有忘记你父亲曾做过的好事。"

"我父亲对不起你。"

"我也对不起你……"

听到这话，冯佩华咬着嘴唇，把脸偏向一边，强忍住泪水："这几年你在哪里？"

"一个很远很远的地方。"李剑青不想涉及这个问题，马上把话题一转，说道："我想了解一下，你父亲被绑架那天，为什么没去参加金家的婚宴，事先有哪些人知道？我怀疑你们家里有内奸。"

李剑青的怀疑使冯佩华吃惊。当她认真地听完了他那缜密的分析，十分信服。是的，家里肯定有内奸。

"你暂时不要去惊动他们，不然会危及你父亲的安全。另外，希望你能随时把情况通知我。小玉会来找你的。"

就在李剑青和冯佩华交谈的时候，一个又瘦又黑、三十出头的男人走进了咖啡馆的雅座。这个人叫陈金福，是警察局的侦探头目，今天，他闲来无事，便到咖啡馆来闲逛。他探头往雅座一望，一眼就认出了李剑青就是上司通令要抓的新四军的李科长。他顿时喜得暗叫一声,嘿！今天老子走运了！于是，他故意一摇二摆地走到李剑青面前，嘿嘿笑道：

"李科长,久违了!"

李剑青抬头一看,顿时一怔。

绑匪通牒

陈金福在发现李剑青时,本想立即退出去打电话给警察局,但当他发现一旁坐着的冯佩华,立即改变了主意。这个特务是个见钱不要命的角色,他觉得在此乱世之秋,钱是最好的东西,什么忠于党国,都是骗人的,有钱才是实惠。因此,他决定抓住这难得的机会,敲敲姓冯的小姐,发一笔财。

于是,他走到李剑青面前,阴笑着说:"嘿嘿,想不到李先生在这里和冯小姐幽会呢!李先生,还记得我吗?"

李剑青也认出了曾经当过新四军俘虏的陈金福,但他不动声色地说:"对不起,你认错人了,我不认识你。"

陈金福立即沉下脸,从怀里掏出了"蓝派司",往桌上一甩,说:"那就请李先生跟我到警察局走一趟!"

李剑青泰然地说:"可以。"

冯佩华倒着急地叫起来:"剑青!你……"

陈金福见冯佩华着急起来,便转向她,嘻嘻一笑说:"说实话吧,要是我把李先生带走,可以拿到一千块银洋。不过,看在冯小姐的面上,事情总可以商量。"

冯佩华一听,立即脱下无名指上一只钻戒,放在桌上。

陈金福掂量着钻戒,说:"这位李科长只值一只钻戒?"

冯佩华又脱下金表,递给陈金福。

"对不起，打搅你们了。"陈金福把钻戒和金表装进口袋，站起来，嬉皮笑脸地鞠了一躬，转身走了。

等陈金福走远，冯佩华一把抓住李剑青的手，激动地说："剑青，我早已料到你是那边的人。你快离开上海吧！"

"不，我要等你父亲脱险之后才能离开。"

冯佩华当然希望他能留下，可是，她又为他的安危担心："那太危险了。"

李剑青充满了自信说："没关系，我有办法对付他们。"

冯佩华"嗯"了一声，一头靠到了李剑青的怀里。一会儿，李剑青悄声关照冯佩华，叫她回去注意动向，及时和他联系。冯佩华点点头，依依不舍地和李剑青分手后，回家了。

几天后，冯佩华通过小玉向李剑青报告了一个出乎意料的情况。

原来几天来，冯振华为了筹划六十万美元而到处奔波，晚上又睡不好，常常被恶梦惊醒。这天，他从外边回家，已经是晚上七时。他一进房间就倒在沙发上，不一会儿，昏昏沉沉地睡着了。忽然车夫阿兴悄悄进来，轻声告诉他张小姐那里来请。

一听张宛宜来请，冯振华站起身，对着镜子整了一下领带，拢了拢散乱的头发，就由阿兴开了汽车，很快到了张宛宜的住处。

张宛宜一见冯振华，立即扑向他的怀抱："振华，我有要紧事跟你说。"她边说边从枕头底下拿出一封信。

冯振华接过信，那信已被张宛宜启封，他抽出一看，上面写着：

冯先生：
请你派人携款于本月二十日夜和我们会面。

地点：周家渡，小阿弟酒楼。

信上还写明了联络暗号。

冯振华奇怪地问："这是谁送来的呢？"

"不知道。今天下午我出去买香水，回来洗澡时在浴缸边沿的皂盒里发现了这封信。"

冯振华"唉"地叹了一声，无力地倒在沙发上。

"你怎么啦？"

"后天就是二十日，可是至今还差四十万呢！"

"你就不能向亲家去借点？"

"哼！金大麻子在背后捣鬼，他和一帮子混蛋串通一气，想置老爷子于死地。"

张宛宜又着急又同情地看着他，不知说啥好。

就在这时，门口响起敲门声。

冯振华开了门，见是他家的方管家，便问："什么事？"

方管家脸上露出兴奋的笑容说："刚才金家老爷派人来找我，说他愿意借给我们四十万美元，叫我们明天晚上去取款。"

一听金昌诚肯借钱，冯振华感到半信半疑，因为妹妹前天去借过，他分文不给，现在居然送上门来。

方管家见冯振华不相信，着急地说："大少爷，我什么时候骗过你了？"

"那好，我马上回去。"

李剑青听说金昌诚竟然主动借钱给冯家，感到大为蹊跷。他想，老奸巨猾的金昌诚，早想置冯秉祥于死地，怎么会借钱给冯振华呢？他很不放心，决定和林飞虎一起前往周家渡，以便见机行事。

血染酒楼

周家渡是座城乡交界处的集镇,日落黄昏时,这座小古镇愈显得灰暗阴沉。小阿弟酒楼是座开面很大的二层中式酒楼,坐落在古镇中心。

这天下午六时许,李剑青身穿长衫,头戴礼帽,来到小阿弟酒楼隔壁的茶馆二楼,选了个临窗座位坐下,一边品茶,一边观察四周动静。

混在人群中的林飞虎,走到酒楼门前,发现一个身强力壮的卖烟小贩,老是偷眼瞟着进酒楼的人。再向前走了几步,又发现一个石库门里探出个脑袋。林飞虎一眼就认出是警察局侦探头目陈金福。他赶紧闪身进了隔壁茶馆,走到李剑青面前,把看到的一切悄悄地告诉他,然后咧嘴一笑说:"看来,等会儿有好戏看了。"

李剑青听了顿时眉头紧锁,他刚想说什么,只见一辆轿车在酒楼不远处的背阴处停下了。汽车里坐着的正是冯振华,但他没有下车。下车的是他的两个保镖,其中一个提了一只大黑包,朝小阿弟酒楼走来。就在这时,躲在石库门里的陈金福和几个便衣侦探也尾随而来。

李剑青一看这阵势,感到情况严重,如果此时绑匪来取钱,一定会落入侦探的网里。绑匪被擒,冯秉祥必遭绑匪杀害。怎么办?他刚想鸣枪报警,好让绑匪暂缓会面,谁知就在这时,一个戴鸭舌帽的汉子出现在酒楼面前,他四下张望了一下,走进了酒楼。李剑青暗叫一声:糟了!他刚想起身,猛抬头发现对面一幢民房的老虎天窗里,灯一下灭了,然而窗帘却拉开了一道缝。

李剑青不由心里一动:那是暗探?还是绑匪后缓?要是后者,兴许还能化险为夷。他略一思忖,和林飞虎耳语几句,便起身走出茶馆,绕到那幢有老虎窗房子的后面,又看到暗角处有黑影晃动,他明白了几分,便立即朝后街镇外走去。

再说那个戴鸭舌帽的汉子正是来与冯家接头的绑匪,他走进酒楼,便上楼进入后间的雅座。冯家保镖见他进来,忙起身相迎,戴鸭舌帽的汉子问:"先生,有海货吗?"

"有。"

"是海参还是干贝?"

"海参。"保镖把装钱的皮包一晃,说:"我们是不见人,不交货。"

汉子一听,狡诈地一笑,说:"收到货,才放人,这是我们的规矩。"

他们正说着,"砰"的一声,门被踢开,陈金福持着枪,带着两个侦探,闯了进来。

那汉子见来势不妙,一脚踢翻桌子,展开一场混战,但终因寡不敌众,被三个侦探按倒在地,戴上了手铐,架了出去。他们刚到酒楼门口,突然"砰"的一声,从对面老虎天窗里射来一枪,那汉子的脑袋向后一仰,沉重地倒在地上。鲜血溅了两个侦探一身,他们掉头一看,一发子弹已打穿了汉子的脑门。

随着一声尖啸的警笛声,军警从四面八方拥来,包围了酒楼对面那幢有老虎天窗的房子。这时只见一个黑影从房后的晒台上飞身而下,敏捷地闪进一条小巷,直朝镇北郊外奔去。

荒墓斗匪

这个黑影就是绑匪的二头目朱定山。原来,正如李剑青所猜测的,绑架冯秉祥果然是浦东帮干的。

浦东帮绑匪头目叫奚根生。此人早年留学过日本,日伪时在日本人组织的大道政府内担任过秘书长，后来由于内部倾轧，被迫弃职回家，同海匪朱定山结为把兄弟，又收罗一些土匪，组成一个绑匪集团，出没在上海滩上。

那天，冯秉祥被绑架到匪窝，关在一座破祠堂里。第二天夜晚，身穿长衫、戴着眼镜，看上去像乡间教书先生的奚根生，来到祠堂，操着浓重的浦东口音说："冯先生，委屈你了。"说着一阵哈哈大笑，递给冯秉祥一支美丽牌香烟，然后收住笑声说："老蒋在大陆气数已尽，共产党来了不会让我们干这种买卖。我们这些穷哥儿们再不弄趟大买卖，到时候离开大陆，连张黑市飞机票都买不起。冯先生，请你包涵。"接着便开价六十万美元，并且不让还价。冯秉祥为了保命，只得写信给儿子冯振华，并限定二十日夜在周家渡接头交款。

奚根生怕出意外，在派出联络员之后，又让二头目朱定山亲自出马，暗中援助。刚才当朱定山看到同伙被侦探擒获，他怕同伙供出他们的据点和活动方式，便当机立断，枪杀了同伙灭口。

朱定山枪杀同伙之后，很快就窜到镇郊一片荒墓中，他坐下喘息了一会儿，便站了起来，刚迈步要走，突然感到一支冰凉的硬家伙顶住他的后腰，接着传来一声喝斥："举起手，别动！"

朱定山吃了一惊，慢慢举起双手。就在这一霎间，他大叫一声，一个后翻，用腾空的双脚踢飞身后的手枪，又轻轻地落在地上。

他借着月光，看清对方是个戴着礼帽、穿着长衫的年轻人。这人就是跟踪而来的李剑青。

朱定山见面前是个年轻的文弱书生，心中暗想：这小子今天是来找死的。于是发出一阵令人毛骨悚然的狞笑。接着，又狂叫一声，叉开五指，对准李剑青的颈部，叉了过去。李剑青身子一偏，顺势来了个鸳鸳拐子腿，把朱定山踢翻在地。

朱定山翻身起来，吃惊地盯视着李剑青，这时他才发现，对方是个不可轻视的对手。他瞪着眼，慢慢把手伸到腿下，"嗖"的一声，抽出一把雪亮的匕首，来了几下花架子，他想在气势上先压倒对方。接着，他一个弓步，直刺过去。而李剑青左闪右挡，没几下，看准了对方的一个破绽，来了一招海底擒龙，一把扭住朱定山的胳膊，手下一使劲，朱定山手臂被反扭了过来。他还想挣扎，腿弯上又挨了一脚，"扑"地跪倒在地，被按得不能动弹。这时，他回过脸，惊愕地问："你是哪一路的好汉？"

李剑青冷笑了一声，轻蔑地看着朱定山，说："你别问哪一路好汉，我是为冯秉祥特来找你谈判的。"

朱定山立即说："好说，好说！"

这真叫不打不相识。经过这么一打，朱定山立即和李剑青在荒墓中谈判起来。

智擒密探

再说冯振华在警匪混战中，由保镖护着赶紧驱车离开周家渡，回到家里。他一夜未睡，直到凌晨，冯家的客厅里还亮着灯火。冯振华背着手，来回在客厅里踱着。昨夜由于警察局插了手，父亲没有赎回。此刻，他痛恨的不是绑匪，而是警察局。因为，他曾花了两万元，同警察局长达成了协议：在父亲脱险之前，警方不得对绑匪采取行动，以免危及父亲的安全。现在，他们拿到钱，居然又破坏协议。这怎么不使他痛恨呢？！

冯佩华也一夜未睡，天亮后，她坐在卧室里等着父亲的消息。她的耳边不时响起李剑青的声音。

"你哥哥把事情看得太简单了,警察局可能已经被金昌诚收买,他们会借刀杀人……"

李剑青的这种判断,现在已被证实了,这使她在敬佩之余,又产生了爱慕之情。自从李剑青的出现,她的生命中好像充满了一种活力,只是眼下这形势……

"卖花,卖花……"

忽然,她听见窗外传来了小玉那银铃般的声音。她急忙推开窗户,朝窗外望去,看见了小玉正抬着头张望。冯佩华匆匆下楼,走出梅园,同小玉见了面。小玉转告她,李剑青上午九时在中山公园等她。

冯佩华准时赶到中山公园,见到了李剑青。这时天下着蒙蒙细雨,李剑青和冯佩华合撑着一把雨伞,走在满是落叶的小径上。

"你真是未卜先知。"冯佩华首先打破了沉寂。

对于这种赞扬,李剑青只是微微一笑,然后平静地说:"我已经和绑匪取得了联系。"

"昨天你也去了?"

李剑青点点头。接着,他告诉她,昨晚生擒了朱定山,然后同这个绑匪二头目进行了一场谈判,朱定山同意由他亲自送款,赎出她的父亲。他朝她看了一眼,说:"你看,这样好吗?"

冯佩华一听这话,顿时沉默了。她心里十分矛盾:她想救出父亲,又怕李剑青遇到危险。

"怎么,你不相信我?"

冯佩华摇摇头,急忙说:"我相信你。可是……"

他已经看出她的矛盾心理,便说:"你别为我担心。不过,在和绑匪见面之前，首先要剪断警察局在你们家的内线。"

说到内线，她也一直在想着这问题，昨天的事情说明家里有警察局的内线。可是，这内线是谁呢？

李剑青见她沉思不语，便说："你能帮我忙吗？"

"我？"

"对。这件事只有你能办到。"

冯佩华感觉出他的话里充满着信任，这种信任对她来说，比什么都珍贵。她悄声地问："怎么办？"

于是，李剑青把他想如何剪断内线的计划讲了一遍。她听了感到有些担心，怕自己不能胜任这个角色。

"你害怕吗？"

冯佩华沉吟了一会儿，才微微一笑，说："你不是说，有许许多多的人都在关心我父亲的命运吗？这是为了自己的父亲，我还怕什么！"

李剑青高兴地说："那就好。"

这时，冯佩华发现，李剑青替她打着雨伞，而自己的半边身子却淋在雨里，便不好意思地说："你看你……"然后顺势把李剑青一拽，紧紧地靠在他身旁。

他俩又倾心地谈了一会儿，才分了手。

第二天中午，陈金福带着幸福的憧憬来到了新桥饭店，他得意极了。今天上午他接到冯佩华的电话，说那天被他拿去的钻戒和金表，是她的纪念品，她愿意用三倍的价钱赎回，并约他今天中午在新桥饭店会面。这样的好事他怎能不干呢？他还庆幸自己没有把钻戒和金表卖掉。现在他按时来到会面的地点。

当陈金福兴冲冲地走进新桥饭店的雅座时，起身迎接他的不是冯佩华，而是摘下墨镜的李剑青。

陈金福诧异地问："那冯小姐呢？"

"我就是受她的委托，来赎钻戒和金表的。请坐吧！"

陈金福犹豫了一会儿，他想，现在中午人多，又在闹市中心，对方只一个人，不敢拿他怎么样，于是便坐了下来。

这时，堂倌已把酒菜放在桌上，李剑青把手一伸，说："来，我们边吃边谈。"

陈金福板着脸说："还是谈完正经事再吃吧！"

李剑青摸出两根金条，放在桌上。陈金福看了一眼金条说："两根不行，要是再拿两根出来，才能换回钻戒和金表。"

"给你。"李剑青爽快地又摸出两根金条，往桌上一扔。

陈金福拿起金条，掂了掂，验明了是真货，才把钻戒和金表掏了出来。

李剑青收下钻戒和金表，拿起筷子，说："请！"

当陈金福拿起筷子，刚要夹菜，突然飞来一只苍蝇。他用筷子赶了几下，没赶走，恼火地说："妈的，这年头真反常，天很冷了，还有苍蝇！"

李剑青看着微微一笑，一抬手，用手中的筷子把飞转的苍蝇夹住，扔在地上。

陈金福吃惊地说："好功夫！"

李剑青微微一笑说："要是和我来硬的，你还没掏枪，你的眼珠就上了筷尖，这叫二龙戏珠。"

陈金福两眼紧张地看着李剑青手中的筷尖，换上笑脸，说："兄弟怎敢动武。干这份苦差事，无非是为了几个钱嘛！"

李剑青举起酒杯："那好，来，为我们的买卖成功，干杯！"

就在陈金福和李剑青碰杯的时候，"咔嚓"一声，门口亮了一下闪光灯,接着,戴着墨镜的林飞虎,端着照相机走了进来,身后还跟着一个年轻人。年轻人用装有消声器的手枪对准了陈金福,轻声喝道:"别动,把手举起来!"

陈金福吓得面如土色,战战兢兢地举起了双手,年轻人立即上来卸下他腰间的手枪。林飞虎把照相机往桌上一放,坐了下来。

李剑青拍了拍照相机,轻蔑地说:"陈先生,你和新四军李科长觥筹交错的热情劲儿,已经装在里面,你说该怎么办?"

陈金福立即把四根金条掏出,放在桌上。

李剑青冷笑一声,说:"这本来就不是你的。"

"那你要我怎么办?"

"要你说出警察局在冯家的内线。"

"我……我不知道……"陈金福慌忙地说。

"真不知道?"

李剑青见他不说,霍地站起身,说:"好吧,等着我们把照片寄给警察局,让你们的王处长来处置你吧!"

这句话击中了陈金福的要害,他急忙拉住李剑青的衣袖,哭丧着脸说:"李先生……我,我说……"

揭露内奸

李剑青从陈金福口中听到一个熟悉的名字,这倒使他大感意外。

这人叫杨泾明,是冯振华在中学和大学里的要好同学。他靠冯家的推荐,在《申江日报》谋到个记者的饭碗。冯振华是个桥牌迷,常常邀杨泾明来家打桥牌,所以成了冯家的常客。他利用在冯家厮混的机会,乘机勾搭上三姨太。对他来说,和三姨太私通,不但肉体上能得到满足,而且,经济上还可以得到补贴。

这天夜晚,一辆三轮车停在一条新式弄堂的弄口。从车上下来一个二十七八岁的男人,他就是杨泾明,接着下车的是冯秉祥的三姨太。他挽着她的胳膊,走进弄堂,往他们租了的房间走去。

他俩上了二楼,进入卧室,突然,三姨太发现窗前有个人影,惊得尖叫起来。

"谁?"杨泾明壮壮胆,喝问一声。

这时,那人影手一伸,"嗒"的一声,灯亮了。接着,那人说:"你中学时代的同学李剑青,不认识了?实在抱歉,今天我是不请自来。"他说着,彬彬有礼地向杨泾明点了点头。

杨泾明一见李剑青突然出现,感到事情不妙,强作镇静地挤出笑脸:"你看,我都认不出了。坐,坐,老同学嘛!"

三姨太惊魂始定,站在床边一动不动,眼里含着怨恨的光芒瞪着李剑青。

李剑青平静地对杨泾明说:"我进这屋里,你感到奇怪吗?"

"是有点奇怪。"

"进这个房间,我想总不见得要比进冯家的密室难吧!"

杨泾明一惊,惶恐不安地说:"我不懂你的意思。"

李剑青微笑了一下,说:"我记得泾明兄在学校里就善于编故事,今天我来,想讲个故事给你听听。"

杨泾明的声音发颤地干笑笑:"你讲的故事,我一定会感兴趣。"

李剑青不急不慢地讲了起来:

"有一天下午,一位冯家的常客在他们花厅里打桥牌,大约三点钟的时候，他说身体不舒服，由别人代打。他离开花厅，并没有回家，而是溜进了三姨太的房间，藏在大壁橱里。晚上，冯家老小除冯秉祥外都去参加金家的婚宴了，三姨太悄悄地把他领进了冯秉祥的密室。这个人进了密室后，从抽屉里拿出一支白朗宁手枪。一个小时后，当冯秉祥听到枪声，打开密室的门，想躲进去的时候，他蒙着面，用手枪对准了冯秉祥，逼他退出密室，于是，一伙人闯进来，把冯秉祥绑走了……泾明兄，你猜这个人是谁？"

杨泾明假笑了一阵，说："你大概看福尔摩斯的侦探小说看多了！"说罢，慌忙从枕头下抽出一把白朗宁手枪，对准李剑青。

这时，一直在旁冷眼看着的三姨太叫了起来："蠢货！子弹还能留给你？"

"还是姨娘精明。"李剑青说着，从口袋里摸出一把子弹，放在桌上。

杨泾明猛地把手枪砸了过去，同时扑向李剑青。李剑青一抬手，接住手枪，用脚轻轻一拨，"扑通"一声，扑过来的杨泾明被绊倒在地。

三姨太看着情夫受辱，神经质地叫了起来："我现在告诉你，那天佩华要跟你逃走，是我向老头子报的信。你今天可以报复了，杀吧，杀吧！老头子打了你耳光，你还想救他，你这个奴性十足的家伙！"

李剑青气得脸色铁青，一巴掌猛地拍在桌上："你给我住嘴！"然后把目光移向杨泾明，说，"如果你能说实话，我可以给你留一条活路。"

杨泾明看到自己不是李剑青的对手，便换了一副态度，说："凡是我知道的，我一定说。"

"你是怎样和绑匪一起策划这次绑票的？"

"我没有和他们一起策划。他们有什么事想让我去办，就写信给我。上次冯家和绑匪在小阿弟饭店碰头，就是他们写信给我，由我买通东亚饭店的仆役，把一封由我写的会面地点的信，送到张宛宜的客房里。代价是：事成之后，给我二万元。"

"你和警察局以及金昌诚有什么关系？"

杨泾明怔住了："我……"

李剑青见杨泾明支吾不语，便说："是不是还要我再讲一个故事？"

"用不着，用不着。"杨泾明马上接下去说，"金昌诚派人和我联系，让我随时把绑匪的情况告诉他。就在我们会面的时候，突然闯进了一群侦探，他们逮捕了我们。稽查处的王处长亲自审讯了我，也要我把从绑匪那里得到的消息随时向他们报告，还指定陈金福和我联系……"

"绑匪给你的指示信呢？"

"都交给金昌诚了，他给了我三万元钱，要我把情报先交给他，再由他决定哪些可以报告警察局。看来，他们和警察局有些矛盾，他们更急于置冯秉祥于死地……"

李剑青沉思了一会儿，又把目光移向三姨太，平静地说："姨娘，大伯有对不起你的地方，可是，你这样做是有罪的。你被别人利用了……你走吧！"

三姨太脸红了，但她仍没忘记她的情夫，指指杨泾明，问："他呢？"

李剑青皱起眉头，想了想，说："他也可以走，不过，你们必须马上离开上海。"

杨泾明一迭声地说："离开，我们马上离开……"边说边和三姨太简单收拾了一下行装，匆匆地走出了门。

不料杨泾明一出门，突然听到一阵震人心肺的警车声呼啸而来。杨泾明立即露出狡黠的笑容，一拉三姨太："快，快！姓李的是共产党！"说着拉开喉咙大喊起来："抓……"

奉城被困

没等他喊出声,三姨太一把捂住了他的嘴,求道:"泾明,剑青是个好人,我们不能昧着良心干这种事!"

"良心?"他冷笑着说,"现在良心值几个钱……看,都怪你,警车跑了!"

原来,那警车只是路过这儿,这时早已飞驰而去。杨泾明只好悻悻地朝前走去。

当他们走到一条昏暗的小街时,杨泾明突然伸出胳膊,紧紧勒住了三姨太的脖子。以前,三姨太是他的玩物,现在却成了累赘,而且有可能危及自身的安全,因此,他决定除掉她。

三姨太遭到突然袭击,意识到杨泾明要干什么,她想呼救,却已喊不出声来;她拼命挣扎,却怎么也挣不脱。就在她濒临死亡的一刻,突然枪声一响,一发子弹打穿了杨泾明的脑袋。

三姨太软绵绵地瘫坐在地,她睁眼看见树后一个黑影闪了一下,离开了。她马上明白,那是李剑青的人,他们在保护她,她感激得情不自禁地淌下了眼泪。

那个消失的黑影是林飞虎。他一直暗中跟随着他们,就在杨泾明下毒手的一刹那,他以干净利落的一枪,结果了这个凶恶的内奸。

李剑青他们拔掉了安插在冯家内部的钉子后,立即前往奉城与绑匪接头。

这天,日落黄昏时,打扮成商人模样的李剑青和一身随从打扮的林飞虎来到原先与朱定山约好的会面地点——奉城。

奉城有一条南街,街上有一条深巷,巷里有一家非常清静雅致的客店,叫"八间头"。

七点整,李剑青、林飞虎和绑匪二头目朱定山在八间头见面了。

朱定山抱拳客套几句后,便开门见山地问道:"李先生的货呢?"

"都在这里。"李剑青指着林飞虎身边的皮包说。接着又问,"冯先生人呢?"

"马上就到。"

林飞虎把皮包往桌上一放,拉开拉链,包里露出一捆捆美钞。

朱定山眼看着这鼓鼓囊囊的皮包,不禁喜上心头。正在他得意之时,外面突然响起了一阵枪声。跟着一个绑匪紧张地跑进来报告:"二哥,前面的弟兄和警察接火了。"

"慌什么!"朱定山说着掉过头,瞪着李剑青说,"李先生,你看,事情这么巧,你们前脚刚到,那帮警察蠢猪后脚就跟上了。哈哈哈!"

"要是怀疑我们设圈套,干吗我们还拿这六十万美元来?"李剑青先发制人,又朝林飞虎丢了一个眼色。

林飞虎立刻拉上皮包上的拉链,拎起皮包,对朱定山说:"你要不相信,咱们改日再谈!"

"李先生,别误会,别误会。快跟我走!"

李剑青和林飞虎立即跟着朱定山从后门走了出去。

他们在后街上没走多远,迎面出现了一群警察。他们又绕道来到前街,迎面又射来一排枪弹。现在才清楚,他们已经被层层包围。于是,他们一面开枪狙击,一面退进一家酒楼,上了二楼,居高临下地对付着警察。此刻楼上楼下全都坐满了客人,一听枪声,里面就大哭小叫地乱成一团。楼外的警察在稽查处王成处长指挥下,凭着各种地形和障碍物,朝着酒楼开枪,顿时枪声、哭声闹成一团。

那么，警察局怎么知道朱定山和李剑青见面的时间和地点的呢？

原来，杨泾明的死，使王成感到莫大的震怒和意外，断了这条内线，等于蒙住了他的眼睛。经过盘查，知道是陈金福把内线的秘密泄露给共产党的。狡猾的王成知道，一条受伤的狗会比平时更凶猛，因此他没有处置陈金福，而是叫他戴罪立功，探明李剑青的行踪。

陈金福除了感激王成外，又急于要报复，他连续几天寻找李剑青的踪迹，终于探到今晚他在这里与绑匪会面，于是马上报告王成，带领警察来奉城。

这时，王成忽然下达"停止射击"的命令，他要抓活的。他明白，只要抓住这些人，剩下的绑匪就必然要"撕票"。他对身边的陈金福说："叫他们投降，给他们考虑十分钟的时间。"

陈金福立即扯着嗓子，大声地喊起来："快投降吧，给你们考虑十分钟的时间，不然只有死路一条！"酒楼内人们听到了外面的喊话，顿时变得安静起来。

李剑青却在沉思着脱身之策，他觉得他和林飞虎不能单独脱身，因为这样会被绑匪误认为是他们真的设了圈套。就在这时，倚在窗边的朱定山指指窗口，说："咱们就从这东窗跳下去，你们一起跳！"

"好吧！咱们在哪里再会面？"李剑青问。

朱定山想了想，说："娘娘桥。"说罢，就要往下跳。

李剑青一拦："慢，"又对林飞虎说，"先给我一万小票面的美元。"

林飞虎从皮包中取出一捆小票面美钞，递给李剑青。李剑青接过美元，拆开纸带，走到东窗前，迅速朝外观察了一下，猛地撒出美元，嘴里叫一声"跳"，便和林飞虎、朱定山纵身跳出窗口。

东窗下，是一片平房的屋顶，当他们落在屋顶时，美钞还在天空中飞舞。警察和侦探一见天落美钞,就一拥而上地争抢起来。

这下可把王成气坏啦!他气急败坏地拔出手枪,"砰砰砰"朝天连放了几枪,大声嘶叫:"住手,住手!不许捡!"可是警察、侦探哪听他的。此时只有陈金福没捡,他发现冲出包围的李剑青和林飞虎,便紧紧追赶上去。李剑青发现追来的陈金福,突然回身一枪,只见陈金福摇晃了一下身子,直挺挺地倒在地上。

等警察、侦探拾完美钞,李剑青、林飞虎和酒楼里的绑匪已不知去向,王成气得脸色铁青,顿脚直叫。

风云莫测

当李剑青和林飞虎来到娘娘桥的时候,已经是凌晨了。月光下,他们看见桥下停着一艘乌篷船,船头上晃着几个人影。这时传来问话:"是李先生吗?"

李剑青听出是朱定山的声音,立即应了一声:"是的。"

朱定山立即走过跳板,走到桥头,抱拳一拱,说:"李先生真是胆略过人的英雄。"

"不敢当。"朱定山客套几句后,说,"我大哥想会会你们,不过,得委屈你们一下,蒙上眼睛。"

李剑青毫不在乎地说:"一切听便。"

于是,他们登上乌篷船,两个绑匪立即掏出两块黑布,替他们蒙上了眼睛。

船开了两个多小时,他们上了岸,又被引进一个院子。眼睛上的黑布被揭下。李剑青一看,只见自己正对面的一张太师椅上坐着一个四十上下、非常斯文的汉子。

这时那坐着的人彬彬有礼地站了起来,斯文地说:"鄙人姓奚,名根生。二位先生驾到,兄弟有失远迎,抱歉,抱歉!"

李剑青也客气地说:"哪里,哪里。"

"请,请。"奚根生把他们让到一张八仙桌旁坐下,又示意上茶。

谈判开始了。李剑青把手一伸,林飞虎马上把黑皮包往桌上一放。李剑青说:"今天我带来了六十万美钞,只是中途遇到军警,迫不得已用了一万元买路,你们的朱先生可以作证。"

林飞虎拉开拉链,取出一捆美钞:"请你们点一下。"

"用不着了。"奚根生说着,把脸转向一个绑匪,"请冯先生。"

不一会儿,蒙着眼睛的冯秉祥被两个绑匪带了进来。奚根生亲自替冯秉祥揭下黑布,歉意地说:"近来冯先生受苦了,兄弟实在是照顾不周。"

冯秉祥懵住了,他简直不敢相信自己的眼睛,站在面前的竟会是李剑青。

李剑青一见面容苍白的冯秉祥,忙说:"大伯,我是剑青,今天是来接你回去的。"

冯秉祥看着李剑青,只是蠕动了一下嘴唇,混浊的眼里闪动着泪花。

奚根生吩咐道:"摆酒,今天我一是为李先生洗尘,二是为冯先生压惊。"

房间里点起了一盏汽灯,炽白的灯光把屋里照得通明。没多一会儿,八仙桌上摆满了酒菜。

奚根生亲自给冯秉祥、李剑青和林飞虎斟酒,又给自己和朱定山斟满后,举起杯子:"来,为冯先生安然而归,为结识李先生这样一位英雄,干杯!"

然而,就在奚根生高兴的时候,一个绑匪匆匆走进来,在他耳边悄悄说了几句,奚根生微微一怔,起身说:"诸位请随意吃,兄弟去一下就来。"

李剑青和林飞虎看着神情异样的奚根生走出门外,心里感到蹊跷。

在令人窒息的气氛中,奚根生终于走了进来,并招呼说:"端火盆。"

两个绑匪立即端来一只烧着木炭的大火盆,只见奚根生一抬手,那个刚才和他耳语的绑匪,立即从黑皮包里拿出一捆美钞,扔进火盆,不消十分钟,四十万美钞很快就化成了灰烬。

奚根生"嘿嘿"干笑了两声:"冯先生,令郎太不守信义了吧!"

冯秉祥从对方的干笑里看到了毛骨悚然的杀机。他感到手脚发麻,全身透凉。

奚根生把脸转向李剑青,问:"六十万美钞中有四十万是伪钞,李先生是不是知道? 你看,现在怎么办?"

形势如此突变,李剑青大为震惊,他只得说:"我们诚心来接冯先生,事先不知道那四十万美钞是假的。请奚先生多多包涵,并宽限数日,我们尽快再奉上四十万美元。"

朱定山眼露凶光地说:"哼! 我们已经赔上了一个弟兄,冯振华这小子又要了这样一个花招,如今四十万只够给冯先生买一口上等的楠木棺材了!"

冯秉祥用发颤的声音问:"你说吧,要多少钱?"

朱定山凶狠地说:"再六十万!"

奚根生似乎显示出宽宏大度:"算了吧,我们也别乱涨价了,再补四十万吧!"

冯秉祥露出一种乞怜的神色："剑青,你回去对振华说,叫他尽快把钱凑齐,只要我能出去,钱是能赚回来的。"

李剑青安慰说："大伯,你好好保重,我一定尽快把你接回去。"

奚根生慢条斯理地说："请李先生转告冯大少爷,我们对冯先生已经破了规矩,凡事可一而不可再……"

奚根生的话还没有说完,朱定山凶相毕露地瞪着眼睛,"嗖"的一声,一把明晃晃的尖刀猛地插到桌上。

李剑青把手一拱,冷静地说："先生的话我们一定转告。"

奚根生一听,站了起来："拜托了!时间不早了,兄弟不能久陪。送客!"

白鸽飞翔

李剑青从绑匪那儿回到上海,在沿江杨家渡一带贫民区的一幢房子里住下了。他站在老虎天窗前,望着远方的天空,心情十分抑郁,由于自己低估了对手,才使自己面临着如此巨大的困难。

"嘭"的一声,坐在他身后的林飞虎,一拳砸在桌子上,愤愤地说："我们冒着风险去救他的老子,这小子却叫我们去送假钞票,而且事先连个招呼也不打。"

李剑青长长吁了口气："冯振华不会拿老子的生命去同绑匪开玩笑。他不一定知道美钞是假的。"

"那么,究竟是怎么回事?"

"眼下有一种可能:金昌诚一面把弄来的假钞票借给冯振华,一面又把假钞票的消息捅出去,目的是惹怒绑匪,借刀杀人,这一招多么阴险毒辣!"

林飞虎点点头,同意李剑青的分析。不过,他还有一个问题难以解答,于是又提出来:"绑匪是在我们会面后不久,才得到假钞票的消息。这耳目是谁?那儿没电话,又是怎么报的信?"

"问得好!"李剑青望着窗外说,"我们先要找到那个耳目。"

突然,他的眼睛注视着天空中飞翔的鸽子。嗡嗡的鸽哨声,猛地使他产生联想。他急忙转身,拿出纸笔,一面写信,一面对林飞虎说:"老林,你马上派人把这封信交给冯佩华,让她了解一下这些情况。"

林飞虎看过信,用敬佩的眼光看了李剑青一下,便马上走了出去。

一直等到天黑,林飞虎才带了冯佩华进来。

冯佩华一见李剑青便先解释说:"听我哥哥说,从金昌诚那里借的四十万美钞是犹太人兑给他的,那个犹太人已回美国去了,不可能把这件事透露出去。"

"那么还有谁知道美钞是假的?"

"张宛宜。听哥哥说,他是在你们和绑匪会面的那天早上才听她说的。"

"那天早上,他们在哪里?"

"张宛宜家。张宛宜说,是她哥哥在喂鸽子时告诉她的。"

李剑青一听,突然把拳头往手心上一击,神秘地对她一笑,说:"佩华,看来又得请你帮忙了。"

冯佩华不解地看着他,不知他又想到了什么好主意。

李剑青分析了情况,然后又提出了下一步打算。林飞虎和冯佩华听了,紧蹙的眉心逐渐舒展开来。

这一天,冯佩华带着李剑青来到了张宛宜家里,走到三楼,就听到阳台上"咕、咕"的鸽子叫声。

李剑青趁着冯佩华和张宛宜在谈话,悄悄来到阳台上,只见鸽棚里关着一灰一白两只鸽子,估计这就是她哥哥张晋宜喂养的。

凑巧,张晋宜不在家。李剑青迅速打开鸽棚门,提出两只鸽子,悄悄奔到门口。这时暗中跟随而来的林飞虎,手里拎着冯家的鸽笼,里面关着好几只鸽子,走了过来。李剑青把两只毛色一样的鸽子来了个掉包,然后把冯家的这一灰一白两只鸽子关进了张晋宜的鸽棚里。他们又谈了一会儿,便从张家告辞出来。

当张晋宜回到家里的时候已是傍晚时分。他想起还没喂鸽子,便直奔阳台。

这个张晋宜,生活放荡,爱钱好嫖。一个月之前,经人介绍认识了绑匪奚根生和朱定山,上了贼船,并接受了绑匪头目的指使,充当绑架冯秉祥的耳目。在此之前,一天,他无意中发现杨泾明和冯秉祥的三姨太在外面私会,于是以此要挟杨泾明当了他在冯家的内线。他养的几只鸽子是绑匪交给他的,要他用鸽子和朱定山他们联系。冯秉祥绑票事成之后,他可以得到一万美元的报酬。

冯秉祥被绑架后,他已经放出两只信鸽:一只是通知绑匪,冯家已筹划到六十万美元;一只报告绑匪,其中四十万是假钞。然而在这同时,张晋宜暗中又为金昌诚收买,指使他借刀杀人,欲置冯秉祥于死地。张晋宜为了实施自己的计划,他喂完了鸽子,写了一张纸条:

阿根:
　　近来警察局对冯家监视甚严。据可靠消息,冯家也难以凑足六十万美元。我看,还是撕票为好。

晋宜

接着，他把写好的条子绑在信鸽的腿上，把它放了出去。他一直望着信鸽在天上消失之后，才回到屋里。他断定奚根生还要考虑一下才能给他答复。为了散心解闷，他决定去"百乐门"找那个叫徐蓉蓉的舞女。

他走到弄口，看见一辆黄包车停在那里，就跳上车，喊了声："百乐门！"

这时，天色昏暗下来，又下起了蒙蒙细雨。车夫放下车帘，拉着车向前跑去。张晋宜闭起双眼，随着车子的摇摇晃晃，脸上露出微微笑意，当车夫喊了一声"到了"，他才睁开眼。掀开车帘，突然一把明晃晃的钢刀对准了他的胸口。他做梦也没想到，黄包车竟把他拉到了黄浦江边。接着，他又被几个人堵上嘴，拉到一艘被搁在草滩上废弃的驳船里。

早就等在那儿的李剑青见被押进船舱的张晋宜，指了指旁边的椅子："坐下吧！"

惊魂未定的张晋宜，斜睨了李剑青一眼，他猜不透这是哪一方面的人。

"请张先生看一样东西。"李剑青说着，递给对方一张纸条。

张晋宜一看纸条，大吃一惊，这是他傍晚写的绑在信鸽腿上的纸条，怎么会落到他们的手中？"我……我不明白这是什么意思……"

"要是我没有记错的话，张先生的大号就叫晋宜。你怎么不明白？"

张晋宜心里非常明白，如果他承认纸条是自己写的，绝不会有什么好结果。他愣怔地站在那里，不吭一声。

站在一边的林飞虎说："把他装进麻袋沉到江里喂王八！"说罢，像老鹰抓小鸡似的抓住张晋宜的领子，要把他装进麻袋。

他吓懵了，一挣扎，"扑通"跪倒在地："我……我明白……"

"明白就好。你现在写一张条子,说冯家已经凑足了四十万美金,是真货。要奚根生在明天晚上带着冯先生在三林塘的海神庙和我们会面。"李剑青说罢,递过了纸笔。

"可以,可以!"张晋宜立即趴在椅子上,写了起来。

天亮以后,林飞虎把张晋宜写的这张条子,绑在那只从鸽棚里换来的信鸽腿上。他一松手,鸽子扑楞楞地飞向布满朝霞的天空……

最后较量

在淡淡的月光映照下,一条小路像银色的缎带向前延伸。路的一边是田野,一边是河塘,河塘里长着密密匝匝的芦苇。路的尽头是一座小庙,这就是李剑青和绑匪会面的海神庙。在离海神庙不远处的芦苇丛中,有一条小船,李剑青、林飞虎和两个年轻人驾着轻舟,潜藏在这芦苇丛里,他们已经埋伏了三个小时了。

此时,他们看到从小路上来了三个绑匪,带头的是朱定山,却不见冯秉祥。他们走到海神庙前,左右张望了一下,走了进去。

李剑青和林飞虎立即上岸走进庙门,只见供台上燃着几根粗大的红烛,把庙堂照得通明。

朱定山和两个绑匪站在神像下,其中一个绑匪手里托着鸽笼,他们见李剑青和林飞虎进来,傲慢地拱拱手,说:"二位辛苦了。现货带来了没有?"

"带来了。冯先生呢?"李剑青指指林飞虎手里的皮包,沉着地问。

"只要收到货,我把鸽子一放,冯先生在半小时之内就能送到。"

"噢!"李剑青转身向林飞虎取包时,朝他递了一个眼色,然后把皮包递给朱定山。

就在双方接包的一刹那,李剑青猛地抓住对方的手腕,用力反扭过来,同时抽出手枪,抵住朱定山的后腰。说时迟,那时快,林飞虎也一抬手,一把钢刀插进了托鸽笼的绑匪胸间,另一个绑匪还没回过神来,也被林飞虎一拳打倒在地,迅速地被卸下身上的手枪。

这突然的袭击,一下使朱定山懵住了。他稍微镇定一下,露出狞笑说:"李先生,你要是一开枪,那边听见了,可是要撕票的。"

"咔嚓"一声,李剑青卸下弹夹,又随手把手枪往身后一抛,挽起袖管,说:"来吧,咱不动枪!"

朱定山定了定神,运了一会儿气功,突然直扑李剑青。另一个绑匪也冲向林飞虎。

经过几分钟的格斗,那个随从绑匪首先被林飞虎击倒在地,口吐鲜血而死。朱定山已领教过李剑青的功夫,眼下又出现了两对一的局面,他的精神防线已被击溃,勉强招架了几下,迅速把手伸向了腿部,"嗖"的一声,一道寒光飞向李剑青。李剑青一伸手,接住了飞来的钢刀。朱定山在绝望中垂死挣扎,刚要掏枪,这时李剑青手腕一抖,飞出钢刀,随着一声惨叫,钢刀已插进了朱定山的脑门。

李剑青吐了口气,走了过去,拿起鸽笼,把笼门打开,受惊的鸽子扑楞楞飞出了庙门。李剑青和林飞虎立即离开了古庙。

突然,一支由吉普车和摩托车组成的车队,朝海神庙飞驶而来,坐在吉普车上的是警察局的王成。

原来昨天晚上,被李剑青他们关在船舱里的张晋宜,钻出舷窗,跳进江里,泅水逃了出来,向他报告了绑匪的行动。

吉普车箭一般地冲到海神庙前停了下来,王成立即下达命令:"向庙里冲!"

一阵乱枪后,警察们蜂拥进了古庙。王成跟着走进古庙,只见里面躺着三具尸体,他心里一沉,便又下达了"向庙外搜索"的命令。

再说那绑匪头目奚根生见到了放回的鸽子,便带着几个绑匪押着冯秉祥向古庙走来,当他们刚走到河塘边,突然听见乱枪声,他警觉地停了下来,一挥手:"撤!"

就在这时,芦苇里响起一阵枪声。奚根生和几个绑匪还没弄清是怎么回事,就捂着胸口,摇摇晃晃地倒了下去。夹在中间的冯秉祥吓懵了,腿一软,倒在路沟里。忽然,有人把他搀扶起来,"大伯,大伯"地在耳边呼唤他。他定睛一看,意外地喊着:"剑青……"

原来,李剑青和林飞虎离开了古庙,就潜伏在芦苇丛里,等奚根生他们押着冯秉祥路过河塘时,便来个出其不意,抢下了冯秉祥。

等王成听到枪响,带着警察搜索到河塘小路时,只见到六七具绑匪的尸体。他找了一遍,没有找到冯秉祥,便又朝江边追去。

到了江边,他们看见江心有一条小船正朝对江驶去。王成问在江边抓鱼的一个渔民,渔民告诉他,有个穿西装的人就在那条小船上。他立即下令朝小船开枪。警察都给弄懵了,他们是来打绑匪、救冯秉祥的,怎么现在却下令朝冯先生开枪呢?

枪声中,传来一个男人的叫声:"别开枪,我是冯秉祥,我已经得救了!"

王成见警察们愣着,疯狂地吼叫着:"开枪,开枪!"

小船被密集的枪弹打得在江心中团团旋转。

当小船被拖到江边时,王成看见船舱的积水里泡着三具尸体,其中一具穿着西装的死尸,脸已被枪弹打得模糊难认了。他也顾不得细看,低声地对副官说:"把冯先生的遗体包起来。"

王成一回来,就被召到警备司令部。他走进办公室,看见司令、局长以及市党部的一位官员笑脸相迎。

"成兄干得不错!"

"是党国的英才!"

"要是共产党把冯秉祥救出去,我们会失去人心!"

警备司令转动着一双混浊的眼睛:"王成兄,为了党国的声誉,我们要求你作出一点小小的牺牲。明天你将离开稽查处,因为你没有保全冯先生的生命。请不要在意,这不过是一场戏。你虽然丢了乌纱帽,可是在经济上可以得到补偿。"

就在这时,办公桌上的电话铃响了,警备司令拎起话筒:"什么?"他的脸上顿时显出不安,慢慢地放下话筒,颓然地说,"冯秉祥到家了!"说罢,走出了办公室,其他人也陆续走了出去,房间里只剩下了王成一人。

扬帆远去

早晨六时,冯秉祥穿着睡衣从浴室里出来,向客厅走去,他心里像一片翻腾的江水,说什么也不能平静。要不是李剑青让他把衣服从被打死的奚根生身上换下来,又把奚根生和两具绑匪尸体装到小船上,再让人化装成渔民指路,吸引警察的火力,而让他躲在芦苇荡里,他早不在人间了。

家人都聚集在客厅里,冯秉祥走进客厅,冯振华、冯佩华和三姨太都茫然地看着他,他也无话可说地看着大家。大家都像做了一场恶梦。他望着两眼注满泪水的女儿冯佩华,心情十分不安。

这时，一个男仆走进来："老爷，外面来了一群记者，他们要求会见老爷。"

冯秉祥对儿子说："振华，我身体不适，你去告诉他们，无可奉告！"

此刻，冯佩华正想着李剑青，也许他已离开上海了。她后悔当初没有勇气向他提出，跟他一起去解放区，她对这个家庭没有什么留恋，可是，她又害怕遭到他的拒绝。理智告诉她：他怎么可能爱上一个资产阶级家庭的姑娘呢？

她正想着，冯秉祥来到她的身边，深情地说："佩华，爸爸看得出，你现在还是喜欢剑青，我也喜欢他。不过，爸爸认为他比你要高得多……你应该记住他对我们家的恩情，不要再折磨自己了……"

一听这话，泪水再也止不住地从冯佩华的眼眶里流了下来，她一转身，回到了自己的卧室，扑倒在床上，"呜呜呜"地哭了起来。

"卖花呀，卖鲜花呀……"小玉那银铃般的声音从窗外传来，她急忙翻身站起，擦去了眼泪，跑出家门……

星河灿烂的深夜，江岸边泊着一条大篷船。

李剑青披着星光，抱着双膝，坐在船头上沉思默想。船舱里不断传出林飞虎和几个年轻人的说笑声。这次，凡是和李剑青一起参加行动的人，全部撤往解放区。傅梦霞因受到敌人的注意，也随船同行。

一阵踩船板的声音，把李剑青从沉思中拽回。他转脸一看，是傅梦霞。

"怎么还不开船？"李剑青有点不耐烦地问。

"等人。"傅梦霞说着，在他的身旁坐下。

李剑青问："等谁？"

傅梦霞望着他笑而不答。过了一会儿，她说："我发现你好像有心事！"

李剑青摇摇头，也不答话。傅梦霞微微一笑："你在爱情方面不像一个堂堂的男子汉。"

李剑青惊讶地看着她。他被她的坦率弄得不知所措。

"今天我要批评你,你太狠心了!你看不出吗?佩华爱你,她想和你一起去解放区!"

李剑青听她说这话,苦苦一笑,把视线移到开阔的江面上:"我怎么看不出?!"

"你不爱她?"

他摇摇头,半晌,才深沉地说:"这个问题我考虑过。可是我觉得,如果我把她带走,会被冯家认为,我是为了她,才去救援她的父亲,这样,就会损害我们党的威信。"

"如果党组织决定把她带走,你会反对吗?"

李剑青腼腆地一笑:"那怎么会呢!可是现在谈这个问题,为时……"

傅梦霞打断他的话头:"为时不晚!我可以告诉你一个秘密。"

"什么秘密?"

"我在不久前已经布置一位同志和她联系,她说,她不愿再呆在上海,也不愿再生活在这样一个家庭里。她说要……"傅梦霞说到这里,故意停顿了一下。

李剑青急切地问:"她要什么?"

"要离开上海。"

"去哪儿?"

"到你去的地方!"

"这……"

这时,岸上亮了两下手电光,随着,夜幕中一前一后走来两个人:

走在前面的是卖花姑娘小玉,跟在后面的是冯佩华。

当她俩跳上船头的时候,李剑青不由愣住了,他没想到,今晚等的竟会是她!

傅梦霞眨眨眼,问李剑青:"怎么,不欢迎她?"

李剑青"嘿嘿"笑着,握住冯佩华的手:"欢迎你去解放区!"

"剑青!"冯佩华亲昵地叫了一声,扑向他怀里。

林飞虎和几个年轻小伙已钻出船舱,站在一边,窃窃地笑着。小玉离开大篷船,消失在夜幕中。

星空下,烟波江上,一条大篷船扬帆远去……

(晓野 大为)
(题图:雨 立)

铁证·悬案
tiezheng xuanan

凶手的身份仍悬而未决，对人心的拷问也远未结束。

偶数

城野光夫是日本一家著名公司调查科的副科长,他虽毕业于一所名牌大学,但由于生性孤僻,不善与他人交际,所以尽管在这个位子上坐了多年,却一直没有得到晋升的机会。

眼看着马上就进入不惑之年了,与自己一起进公司的同事都比自己晋升得快,城野光夫心里很着急。城野光夫的顶头上司叫黑原键一,城野光夫能不能晋升,关键就在这个人手里。但黑原键一对城野光夫一直很冷淡,因为他不欢喜下属这种孤僻的性格,又碍于城野光夫在公司供职多年,所以就一直把他放在原来的位置上。

城野光夫认为,只有黑原键一不在公司,自己才能走上升官的道路,因此,他恨透了黑原键一。他开始考虑用什么办法使黑原键一栽跟头。只要黑原键一下来,那么他这个全公司资格最老的副科长晋升就是眼面前的事了。

城野光夫不知想过多少遍,黑原键一突然死于疾病或交通事故,但是黑原键一的身体好得出奇,近两三年从来没缺过勤,指望出交通事故,那纯粹是异想天开。

最近,城野光夫忽然听说黑原键一有个情妇,高兴得不禁一阵心跳。那个女人原来是酒馆的女招待,年纪约二十六七岁,黑原键一给她在郊外租了一套公寓。城野光夫经过周密细致的调查,发现黑原键一每周都到那女人的公寓里去一至二次,每次都是晚上九点进去,呆两个小时左右,十一点多钟出来。城野光夫想利用这件事使黑原键一栽跟头。但光有个情妇还不行,大家会认为像他这样收入可观的人,寻花问柳不足为奇,这只能使他一时难堪,而城野光夫的目的是要把黑原键一拉下马。

向黑原键一的妻子告密也没有什么意思,顶多闹点家庭纠纷,城野光夫只能图精神上一时痛快,并不能改变他自己目前的状况。

这一天,城野光夫随手打开报纸,突然眼睛一亮。报上登了这么条消息:一个女人被害,她的情夫是某公司的一个科长,被当作杀人嫌疑犯,公司为了保全面子,不得不把这个科长开除。同样的道理,如果把黑原键一那个情妇杀死,那么,黑原键一被认为是杀人嫌疑犯的话——一流的大公司出了这么件丑闻,报纸一定会大登而特登,而公司为了挽回影响,必然会强迫黑原键一退职……

城野光夫拿定了主意。

那天,城野光夫到那女人的公寓是晚上7点40分,途中,他换了三次出租车,他在车里很少开口,尽量不给司机留下印象。幸好,那时公寓走廊上一个人也没有,城野光夫便用戴着手套的手轻轻敲响了311号房门,那女人就住在这间房间里。

门缝里露出了半张脸,这就是城野光夫曾偷偷地看过多次的黑原键一的情妇。城野光夫把大衣脱了,微微一鞠躬。

"您是哪一位?"女人问。

"啊!我是部长先生公司的。"城野光夫在说这话的时候,故意让女人看一看他别在胸前的公司徽章,"是这么回事,我是给部长先生捎口信的。我叫山田。"这位部长先生不用说指的就是黑原键一,同时城野光夫也暗示了自己是黑原键一的部下。

"啊!是这样。"那女人感到有点纳闷:以前键一可是从来也没有托人捎过口信。真奇怪!但门却开大了,"请到里边来吧",那女人羞涩地说。

"对不起。"城野光夫殷勤而又迅速地走进屋里。一进门,城野光夫双膝跪下,又是微微一鞠躬,说道:"我是经常得到部长照顾的山田。"山田这个姓,全国到处都有。

城野光夫稳重的举止,一点儿也没有引起那个女人的疑心。"请稍等一下。"她身穿时髦的毛衣和裙子,起身去厨房烧水沏茶,回来时端着茶具,把一个茶壶,两个茶碗摆在了桌子上。"这么远来,实在太辛苦您了。"她一边说,一边往茶壶里倒开水,白色的水蒸气漫过了她的脸庞。"请喝一杯粗茶。"

这茶碗可能是专门招待客人用的,非常高档,白底上面画着南画风格的兰花,旁边有一行汉诗。城野光夫脱下手套,端起茶碗,"咕噜"喝了一口茶,他发现,茶壶的花纹同茶碗一样。

那女人双手捧起茶碗,也慢慢地呷了一口茶。她看城野光夫不说话,感到非常奇怪,用惊讶的目光看着他。

其实,城野光夫正在等待下手的机会。这时候,已经八点半了,距离黑原键一九点来到,只差半个小时了。城野光夫斜视那女人注视他的眼光,心里有些紧张,他一边说着不着边际的闲话,一边窥探动手的机会。

机会终于来了。女人的茶碗可能进了脏东西,她稍微皱了下眉头,为了把茶倒掉,她站起身来准备去厨房。就在她拿起茶碗转身之际,城野光夫扑了上去,用带来的绳子在她的脖子上绕了三圈,把她勒死了。

女人倒在地上,终于断了气。城野光夫感到自己干得很漂亮,因为在下手之前,他没有忘记戴手套。他小心翼翼地把缠在那女人脖子上的绳子解开,塞进自己衣服口袋。留下这类东西,无疑会给人留下线索。然后他把抽屉翻得乱七八糟,这可以给人造成被抢劫的错觉。他又把自己坐过的坐垫收起来,要是让人看出来过客人,那就糟了。还有两个茶碗和茶壶,这些东西不处理掉,也会留下后患。城野光夫把自己用的那只茶碗也塞进口袋,因为这个茶碗上面有自己的指纹,并沾着自己的唾液,危险!女人的茶碗仍然摆在那里,可以让人以为是她自己在喝茶,倒也无妨。

不到三分钟,城野光夫处理完了这些事。然后他急急忙忙披上大衣,离开了311号房间。幸好,走廊上还是一个人也没有。这时候,离九点钟还有二十分钟。

城野光夫走出公寓后,对面马路正巧驶过来一辆出租车,城野光夫一举手,车子就在他面前停下来了,司机把门打开,城野光夫默不作声地上了车,顺手把门带上了。"去城里。"他在司机身后简短地说了几个字。他打算先去市内繁华街道,为"不在现场"而做准备,将来好说"这一个来小时,我正在街上散步来着。"

他在吸第一支烟时,左膝被口袋里的东西碰了一下,那是从那女人屋里带出来的茶碗。对了,必须赶紧把这玩意儿处理掉。城野想把它扔到黑暗的路边,可转念一想:不行,这里离公寓太近,有危险,只得暂时作罢。再说从车窗里往外扔东西，也会引起司机的怀疑。

正在此时，汽车的车前灯照在了一座桥上。这里有条河！"停下！"城野光夫当机立断，叫司机把车子停在桥边。

"我想下去解个手。"城野光夫开门下车了。四周漆黑，隐隐约约可以看见两岸稀稀疏疏的灯火。城野光夫站的地方正巧没有灯。他面向河床，解开了裤子的门扣。出租车就停在他的背后。城野光夫瞟了一眼正在车里等候的司机，然后慢慢地从口袋里掏出茶碗，扔进了黑暗的河里。他是个心细的人，扔碗的同时，没忘记把口袋里那根作案的绳子也一起扔了出去，让它同河水一起漂走。好了，证据被消灭了，他心里的石头落了地。

这以后，事情的发展就跟城野光夫推想的一样，那女人被杀二十分钟后，也就是九点整，黑原键一走进了311号房间，发现女人的尸体大吃一惊，赶紧逃回家里。他一夜没有合眼，怕这个案子中对被害人一方的调查，会给自己和家庭带来麻烦，可是想来想去自己又脱不了干系，于是第二天一大早，只好硬着头皮去搜查本部报案。

其实，警察已经调查到了黑原键一的存在。因为那天晚上，那女人非常要好的邻居大嫂，在十点左右去敲她的门，偶尔往里一瞅，发现她已经被害身亡，于是便立刻报警。搜查本部正想传讯黑原键一，他倒先来了。搜查本部认为：被害者的房间被翻得乱七八糟，但没有被盗的痕迹，显而易见杀人的不是强盗，而是故意做的伪装；黑原键一到第二天才来报案，这又不能不说是一个疑点。搜查本部推测：黑原键一和情人之间的感情发生龃龉，一气之下把她勒死了。

各报纸就这一事件大登而特登。终于，公司的告示牌上发表了黑原键一的休职通知。紧接着，一周后，城野光夫副职转正，升任科长。他欣喜若狂，没想到事情的发展比他预料的还要顺利。

又经过一周后，黑原键一被释放了。因为搜查本部没有掌握到确凿的证据对他起诉。案子暂时搁了起来，黑原键一在公司里落了个不重要的闲差。城野光夫高唱胜利的凯歌：活该！我受了这么长时间的罪，这下该轮到你了。他甚至想对他说："你就这样窝窝囊囊蹲到退休为止吧！"

这一天，城野光夫下班走到公司大门口，一个不认识的男子微笑着把他喊住了："对不起，您是城野光夫先生吗？"

"我就是城野光夫。您是？"

"我叫小山。"

"小山？"

"也许您忘记了，忘了那也是当然的。占用您十分钟时间，我想跟您谈谈有关贵公司的黑原键一先生。"

"什么？黑原键一？"城野光夫心里一惊。

那个叫小山的年轻人把他领到一家客人不太多的咖啡馆里，在他的对面坐下，依然是笑嘻嘻的，城野光夫却越来越觉得可怕。这个人到底要讲黑原键一的什么事情呢？

只听小山说："先说说您能想起来的事吧。刚才我提到过黑原键一先生，实际上，在黑原键一事件发生的那天晚上，在被害人住的公寓前面，一个客人乘过我的车。"

"啊！你就是开车的司机？"城野光夫脱口而出。刚一张口，他心想：这下可完了，这不就等于告诉对方，在公寓前面坐车的就是他自己吗？城野光夫顿时感到天旋地转，他尽力想把刚才的失言掩盖起来，"那天晚上？我记得是发生事件前两天的事。"

小山依然一脸微笑，但他肯定地说："城野光夫先生，您不会不记得，车到桥边,您想小解,让我把车停下——进城路上,只有这一座桥!"

城野光夫此时只觉得浑身冰凉,他心一横,说:"那又怎么样呢?"

"不,是这样的。"小山说,"您在桥上小解的时候,我坐在驾驶室里抽烟等着您。一天到晚,在繁华嘈杂的街上跑来跑去,那会儿把车停在桥边,眺望着昏暗的河床,真是别有一番情趣。我的眼前映出了您的背影,您虽说是小解,却从口袋里鬼鬼祟祟地掏出一样东西。借着远处的灯光,虽然不太清楚,却还能看见。"

城野光夫顿时觉得一股冷气直钻自己的脊梁。

小山说,城野光夫做的一切都没能逃过他的眼睛。他说,当时,他只觉得城野光夫这个人举止怪谲。城野光夫进城下车以后,小山往前开了不到一百米,又上来一位乘客,这位客人要去的地方,正好是城野光夫来的路。小山调转车头往回走时,正巧看见城野光夫在叫别的出租车。小山觉得奇怪:既然这样,那为什么要换车呢,想到他刚才又偷偷摸摸往河里扔什么东西,于是就起了好奇心。正好,后来这位乘客坐了很短的路就下车了,于是小山便开着空车赶紧回到那座桥上,把车停在河边。当司机的一般都带着手电筒,他按亮手电筒,搜索周围。想不到那河水格外的浅,而且清澈明亮,一眼就能望到底——一个崭新的茶碗躺在那里。幸亏这里全是沙子,茶碗并没有摔碎。

说到这里,小山郑重其事地从口袋里取出一个用鹅黄色布包着的小包裹,把它放在桌子上。城野光夫瞪圆了眼睛,紧盯着小山的手。小山仔细地将布包打开,宛如电影的特写镜头一样,黄色的布揭开后,露出一个白底上画着兰花、题着汉诗的茶碗。

城野光夫眼看着白色的茶碗似乎渐渐地由白变黑。他猛地抬了抬眼皮,周围的一切都变成黑的了,司机的声音也渐渐地远去——他失去知觉，吓昏了过去。

事情已经明摆在那儿，于是案子又重新报到搜查本部。可能有人要问，小山为什么会把这个案子同城野光夫联系起来，并且到公司来找他呢？

原来，自从311号房间出过那个案子以后，这套公寓一直租不出去。所以房租一降再降，价钱非常便宜。小山工资低，贪房租便宜，就搬了进去。他老婆一想起这里出过人命案，心里就发毛，但因为穷，也没办法，只好在这里住下来。管理人员便把那个被害女人的日常用具都送给了他们，用具里有四个茶碗，还有一个相同花纹的茶壶，就是被害女人那晚招待城野光夫用过的那套。

妻子问小山："怎么少了一个茶碗？"

小山说："给的时候就给了四个茶碗，一个茶壶。"

妻子又说："这套茶具还很新，一定是最近买的，如果是成套的话，那应该是五个茶碗才对。"

小山这才知道：西式茶具，比如喝咖啡用的杯子，都是偶数；而日式的茶碗，绝大多数都是奇数，三个、五个或者是七个为一组。小山脑子一热，突然想起那天晚上曾经拉过的乘客。那人说是在桥上小解，却鬼鬼祟祟地从口袋里掏出一样东西，扔到河里去。会不会就是这只碗呢？为了消灭证据，他把自己用过的碗扔到河里？

小山平时经常违反交通规则，提起警察就谈虎色变，如果现在贸然报案，万一只是自己想象，岂不贻笑大方？所以他决定自己先把情况了解个清楚再说。首先，应该先把那只茶碗找到。于是小山就到那条河里去捞，可是怎么捞也没捞着。看来茶碗这个突破口是没有指望了，回过头来再找那个坐过车的人吧。正巧报纸上登过被害女人的情夫是

××公司的。小山想：案犯会不会是与这个公司有关的人呢？于是他就在公司上下班时间，在大门口连着守了五六天，终于把城野光夫给找到了。然后，小山夫妻俩又绞尽脑汁，最后想到了演戏。自己手里不是有同样的茶碗吗，利用它来做道具，演一出戏试探一下。可是万万没想到，一对话，城野光夫立刻就招架不住了。

就是从一套茶具的奇数或偶数问题入手，引出了整桩杀人案的真相大白。生活小常识，在特定背景下，就是显得如此重要！

(原作：松本清张；改编：章吾一)

(题图：姜建忠)

天网无形

屈打成招

清康熙年间,离山东东昌县十里远,有个村子叫牌坊村。村子不大,只有七八户人家,其中有一户的主人名叫刘贵,常年在广东做小买卖,只留下妻子孙凤仙一人在家。那孙凤仙长得颇有姿色,因耐不住寂寞,就偷偷和别人鬼混。

这天,刘贵半夜三更赶回家,喊了半天也不见妻子开门,急得又是踹又是拍的。门好不容易打开了,他发现妻子神色慌张,顿时就起了疑心,急忙跑进屋里,发现后窗开着,窗台上还有两个脚印,就转身逼问。杨凤仙性格泼辣,根本不是省油的灯,不但不肯认错,还扑上来大哭大闹,往刘贵的脸上抓了几条血痕。刘贵恼羞成怒,就狠狠地扇了她几巴掌,把她打倒在地,然后头也不回地摔门而去。

刘贵有个姐姐在县城,当夜他便到了姐姐家,气得又灌了不少酒,然后盖上被子就呼呼大睡。第二天中午,他还没起床,几名捕快就破门而入,"当啷"一声把一串铁链子套在他的脖子上。

刘贵哪见过这阵势?他吓得面如灰土,问道:"官爷,请问小人所犯何罪?"

为首的捕头板着脸说:"别装蒜了,走,到大堂上去交代清楚!"不容他再分辩,就三下五除二把他拖到了县衙。

原来刘贵有个邻居叫牛三,今天一早到刘贵家去借米,刚推开大门,就被眼前的情形惊呆了,只见孙凤仙倒在地上,面容狰狞恐怖,分明已死去多时。牛三魂都吓飞了,大呼小叫,喊醒了全村的人。牛三说:"昨天夜里刘贵回来了,也不知因为何事,他们两口子在屋子里又吵又打,没想竟惹出人命官司来,那刘贵肯定是毒死了人后畏罪逃跑了!"大家七嘴八舌地说了一通,就赶紧派人报了官。

刘贵被带至衙门大堂,县令一拍惊堂木,厉声问道:"刘贵,你为何要毒死自己的妻子?"

刘贵跪在地上磕头不止,流着泪说:"老爷,小的冤枉啊,我何曾毒死自己的妻子?请老爷明断!"

县令大声喝道:"大胆刁民,还敢抵赖!邻居牛三昨夜分明听到你夫妻两人在屋里吵吵闹闹,这事不是你干的又是谁干的?"

刘贵不得已就把妻子红杏出墙的事当堂讲了,最后说:"不信老爷可以派人去查一查,后窗台上还有两个脚印。"

县令就派捕头骑一匹快马前去取证,不一会儿,捕快回来交差道:"回老爷,那窗台干干净净,不曾有什么脚印。"

刘贵一听,心想肯定是昨夜自己走后,那贱人打扫了窗台,不禁连连摇头叫苦。

县令一见刘贵的神色，更断定是他杀人无疑，便令人对他施加各种酷刑，把他折磨得死去活来。刘贵打熬不住，只得胡乱招了，说自己喜新厌旧，用带回的老鼠药毒死了妻子，并在供词上签字画了押。

这个案子虽有许多疑点，但孙凤仙的爹娘痛失爱女，又觉得刘贵在公堂上丢了他们的丑，对他恨之入骨，就使了些银两给县令，欲置刘贵于死地。那县令本是商贾出身，花了几千两银子，才捐得一官半职，到任后自然要想办法捞钱，岂有见财不收的道理？便不再细查，把刘贵打入了死牢。

人赃俱在

不久，这个案子上报至济南府复审。济南府知府名叫周至诚，为官清正廉明，也颇善断案。他看刘贵不像个杀人犯，就一遍遍认真地查阅案卷，觉得其中有很多不能自圆其说的地方：比如，那东昌县也有卖老鼠药的，刘贵为何要千里迢迢自广东购回？再者，如果真是他杀的人，为何不远走高飞或躲进山林里，却跑到姐姐家去坐以待毙……于是，他就对刘贵说："这个案子有些不明，你不要害怕，把事情的经过大胆说清楚，本官替你作主。"刘贵知道是遇上了"包青天"，就全部推翻了原来的口供，把自己的冤情一五一十地说了。

周大人决定亲自来断这个案子。他来到东昌县，先弹劾了县令，再把捕快、仵作、证人牛三等召集到一起，反复问了很多问题，又一起去察看案发现场，细心收集各种线索。据仵作报告，那孙凤仙死后浑身乌紫，七窍流血，确是中毒的症状，毒药是下在她喝的鸡蛋汤里的，可她家的院墙很高,门窗也都非常结实,凶手是怎样进的屋,又是如何作的案呢……周大人推断,那凶手可能与孙凤仙很熟,于是就把她的邻居和亲朋传来审问,可一连忙碌了好多天,最后又不得不一一排除。一时间,案子陷入了僵局。

周大人无可奈何,只好带了随从打道回府,整日苦思冥想,茶饭不香。

这天夜晚,周大人再一次拿起收集来的证物细细察看,突然,他发现那个盛汤的瓦盆上有个小孔,用手指一弹,声音十分沉闷。他把瓦盆小心敲破,一下子就发现了问题!原来,那瓦盆表面上看不出和别的盆有什么不一样,里面却有很大的区别。它的底部虽然很厚,却是空心的,为了增加它的重量和硬度,又被巧妙地安上了几根铁棍。周大人传来仵作,一查验,那空心瓦片里果然还残留有不少剧烈毒药!

真是踏破铁鞋无觅处,得来全不费工夫。周大人不禁仰天大笑:"哈哈,好个狡猾的狐狸!"

那瓦盆是一个姓王的窑匠做的,周大人派人马上把他抓了起来。

王窑匠开始还嘴硬,一见到证物吓得脸色苍白,不待众衙役的棍棒落下便老实招供。原来,他做生意贷了刘贵夫妇五十两银子,一直没能还上,眼见利息越滚越多,心里十分着急,就决定毒死刘贵夫妇。他想过很多办法都觉得不妥,知道弄不好全盘皆输。一次,他不小心把一团干草做进了瓦盆坯里,最后烧出来时盆底出现了一个大洞。受此启发,他想出了一个毒主意,设计出了一个空心的瓦盆,只留下一针鼻大的小孔通往盆底,然后灌满毒药,再用白蜡封上卖给孙凤仙,好等刘贵回来将他们一网打尽,不想只毒死了孙凤仙一人。他还没来得及做第二个空底瓦盆,就被周大人发现了秘密。

"唉,"王窑匠自知死罪难逃,长长地叹了一口气,"今生的债务算是彻底免掉了，只有等到来世再偿还了！"由于王窑匠认罪伏法，证物俱在，整个案子便就此了结。

周大人破了案子，不仅受到当地老百姓的赞扬，也得到了上司的赏识。由于他办事谨慎，勤政爱民，后来又升迁为江苏巡抚。这个案子，也渐渐地被人们遗忘了。

峰回路转

时间一晃就过去了五年。这年夏天，周大人因事路过苏州，到寒山寺游玩。寺里的方丈十分仰慕他的为人，不但拿出香茗与他品尝，还亲自陪同他观赏寺里的风景。他们不知不觉来到后山的一座院子里，院子中央吊着一口大铜钟。

两人正兴趣盎然地谈古论今，突然，那口大钟自个儿嗡嗡地响了起来，震得旁边树上的花朵沙沙地往下落。

周大人很是惊奇，问道："这钟也不见有人撞它，为何却自个儿响了起来？"

方丈笑道："周大人有所不知，此钟乃前朝所铸，一共有两口，并称'阴阳钟'。阳钟在前山，只要它一撞响，这口阴钟就嗡嗡地回应。"

周大人一下子来了兴趣，叹道："真是奇妙！"

方丈说："这两口钟系同一模具浇铸，里面的纹路也一模一样，故能产生共振。在前朝，很多寺院都铸有这样的铜钟，若佛门弟子犯了淫戒，就会被扣在这口钟里。阳钟一撞，他就会被震得眼珠脱落，周身乌紫，七窍流血而亡，真是残忍至极！"

周大人在一旁听了，也不觉连连摇头。

回到衙门,寒山寺的钟声还不停地萦绕在周大人的耳边。说者无心,听者有意,他总觉五年前东昌县的那个案子有些问题。那孙凤仙的死状竟和方丈说的如出一辙,眼珠子也是脱落的。难道她不是被毒死的?转念一想,不可能呀,凶手自己都承认了,案子也结了。他翻开《洗冤集录》,查遍所有中毒的症状,死者的眼珠都是暴突的,并无脱落一说……看到这里,周大人不觉倒抽了一口凉气,五年前那个案子很可能是误判!这该如何是好?如果再到东昌县去查,自己的前程肯定会受影响,如果不去,心中便一辈子不得安宁。

经过一番激烈的思想斗争,周大人毅然决定再次来到东昌县。他带了一位富有经验的仵作,令人撬开孙凤仙的棺材。仵作双手涂抹了一层蜡油,认真地验看了她的尸骨,最后禀告周大人说:"大人,她的骨头全是白色的,由此推断,她不是中毒而死。"

周大人捻着胡须,沉思良久。他打听到附近有一座牌坊寺,就脱下官服,假扮作一位香客前去探访。

真相大白

不久,周大人就发现寺里也有两口一模一样的大钟,一口挂在院子里,另一口落满了灰尘,扣在一间偏殿的泥地上。寺里有一位老住持和三四个年轻和尚。他想,那钟至少有三四百斤重,没有一番力气是不能把它掀起来的。他经过仔细观察,最后把怀疑目标锁定在两个高大威猛的和尚身上,并借着和住持攀谈的机会,打听到了他们一个叫静空,一个叫静觉。

周大人到寺门口一挥手,十几个捕快就冲进了寺里,他们一拥而上,把静空和静觉死死地按在地上。周大人问住持:"你们这两口钟是从哪里来的,为何只挂了一口?"

住持说:"回大人,它们留在本寺怕有几百年了,那口钟一直都放在偏殿里的,不知是何原因,也从没有人去动过它。"

周大人说:"静空、静觉,有人告你们偷了东西,本官要惩罚你们,把你们放进那钟里关上一天。"

静觉听了,一点都不害怕,一天不吃不喝对他来说并无大碍。可静空一听,却吓得浑身发抖,连连求饶。周大人突然变了脸色,猛喝一声:"大胆静空,老实交代,五年前你是如何害死孙凤仙的?"

静空一怔,痴痴地看着周大人,知道中计,一下子瘫坐在地。周大人说:"天网恢恢,疏而不漏,你现在可有话要讲?"

静空叹道:"命中该有此劫,终究还是不能挣脱!"

据静空交代,五年前他和孙凤仙勾搭成奸,一天夜晚,他们正在一起亲热,不想刘贵回来敲门,吓得他大惊失色,赶忙从后窗逃跑了。可他没有跑远,就躲在不远处的树丛里。刘贵前脚刚走,他后脚就折了回去。孙凤仙做了鸡蛋汤准备和他一起享用,他说:"我们一不做二不休,干脆远走高飞吧!"于是两人汤也顾不得喝,就匆匆来到牌坊寺。静空去收拾行李,她躲在偏殿里等他。不知怎的,孙凤仙不小心弄出了一些声响,住持正好出来解手,听到声音以为是有人在偷东西,就喊静空去捉。静空怕住持发现了孙凤仙,就先跑进偏殿里,掀开大钟让她钻了进去。老住持拿来油灯查看,没发现什么可疑之处,便放心地走了。

此时天已麻麻亮,恰是撞早钟的时间。几声钟声过后,静空掀开铜钟一看,吓得魂不守舍,那孙凤仙血流满面,已一命归西了!他觉得发生此事,自己就是跳进黄河里也洗不清,何不把它栽赃到刘贵的头上?

于是就趁着大雾,把她的尸体用袋子悄悄地扛了回去……

住持在一旁听了,气得横眉怒目,狠狠地盯着静空。静空悔恨地说:"师傅,我不该犯了淫戒,更不该错上加错,嫁祸于人啊!"

整个案子总算真相大白。周大人令人打了静空一百大棍,判了他流放之罪,又修了一封文书向刑部如实禀告了案情,请求依律惩处自己。不久,这件事情传到了皇上那里,他觉得周大人人才难得,不但赦免了他,还赏赐给他一方上好的端砚。

(叶 强)
(题图:黄全昌)

竞选背后的阴谋

威尔斯是安城市的知名律师,最近正在和一个叫艾略特的侦探小说作家竞争这个城市的市长,为了争取更多的选票,他对自己的一切行动都特别检点。两个月前,他曾经背着妻子在外面结识了一个叫萨曼莎的脱衣舞女,并且还在市郊一个僻静小镇上为她买了一套住房,所以现在每次和萨曼莎幽会,威尔斯总是仔细地给自己装扮一番,戴上大墨镜,粘上小胡子,怕被别人认出来。但随着竞选日益激烈,威尔斯还是感到再和萨曼莎交往下去,是一件非常危险的事。

这天,威尔斯悄悄来到小镇和萨曼莎幽会。激情过后,床头柜上的小闹钟急促地响了起来,威尔斯睁眼一看,时针正好指在自己惯常设定的9点30分上。威尔斯抚着萨曼莎漂亮又有点幽怨的脸蛋,像是安慰又像是许诺道:"宝贝,再忍一段时间,现在艾略特的民意测验支持率已经逼近我了,我不得不防着点儿,等我做市长了,一定正式娶你,让你也名正言顺地做一个市长太太……现在嘛,我还得回到我妻子身边去,毕竟在选民眼里,我可是一个爱情专一的人哪!"说罢,威尔斯穿衣下床,然后和萨曼莎以一个长吻告别。

在离萨曼莎小屋150米开外的地方,有一家名为"鲨鱼"的超市。威尔斯那辆车号为"654321"的福特车就停在鲨鱼超市的停车场。当威尔斯走近自己的福特车,刚用钥匙开了车门准备上车时,他突然听到旁边一辆才停下的宝马车里,有人伸出头来招呼自己:"威尔斯先生,是你吗?你怎么长胡子了?"

威尔斯顺着声音一瞧,原来招呼他的正是他的竞选对手艾略特。此刻,威尔斯有心想答应艾略特一声,一想不对,自己绝对不能开口,否则艾略特一旦传出去今天在这里遇见过自己,那么妻子听到后一定会起疑心的,因为自己对妻子说今天晚点回家,是要在办公室里赶写一份竞选演说词。于是,威尔斯装作没听见,坐上自己的福特车,像离了弦的箭一样,驶离了现场。

这事转眼过去了一个星期,其间威尔斯几次遇见艾略特,可是艾略特都没提那晚的事。威尔斯就想:一定是艾略特当时以为认错人了。这样的结果,无疑是最理想的,威尔斯总算把心放了下来。

可是就在第八天上午,市警察局的毛姆警长却不请自来地走进了威尔斯的办公室。"威尔斯先生,"毛姆警长直奔主题,"八天前,也就是七月十九日晚上9点45分左右,你是不是在市郊鲨鱼超市停车场里遇见过艾略特先生?"

威尔斯心里一惊,不过表面上显得很镇静,他装模作样地翻了翻工作记录本,眨眨眼说:"警长先生,那天晚上我在办公室里写一份竞选演说词,一直写到将近10点,然后就回了家,我可没在什么鲨鱼超市停车场遇见过艾略特先生。怎么了,出什么事了吗?"

毛姆警长沉吟道:"现在还不好说。威尔斯先生,毕竟过去好些天了,如果你以后记起了与那晚有关联的什么事,请你务必在第一时间告诉我,好吗?"

威尔斯点点头:"当然,警长先生!"

可是,尽管毛姆警长认为"现在还不好说",但消息灵通人士还是把这不好说的事给捅上了媒体。原来,八天前的七月十九日那晚,在离鲨鱼超市10公里的地方发生了一起凶杀案:一位叫杰克逊的六旬老人被人掐死在自家客厅里。警方尸检证实,杰克逊是七月十九日晚上9点30分到10点这个时间段被人掐死的。而老人的一个邻居反映,在9点40分左右,有一个高个的中年男人在老人家门口出现过。按照这个邻居描述的相貌特征画出来的犯罪嫌疑人的模拟像,正好是艾略特相貌的"翻版"。可艾略特自称自己那晚到市郊去看望一个朋友回家,当时因为口渴,停车在鲨鱼超市买矿泉水,正好遇见威尔斯,而且还主动招呼过对方。艾略特求威尔斯为他作证,从而证明他根本不具备杀人的作案时间。

这一来,所有媒体都争相采访起了威尔斯,他们一个共同的问题是:"威尔斯先生,现在艾略特先生的命运几乎已掌握在您的手里。您会不会因为艾略特先生是您的竞选对手,而在作证时有所保留呢?"

威尔斯每次听罢这样的提问,总是掷地有声道:"您这样的问题对我来讲是一种人格侮辱。撇开竞选市长不说,我至少还是律师吧?作为一名律师,作伪证的后果,我比您更清楚……"其实,威尔斯每次这样振振有词的时候,心里也是有愧的,不过他给自己找了个体面的台阶:我如实作证的话,警方一定要调查我去市郊干什么,那样的话岂不使萨曼莎名誉扫地?由于威尔斯的这个态度,艾略特的支持率一落千丈,有些媒体甚至已经把威尔斯称之为"未来的市长"了。

还有三天就要正式投票了。这天上午,威尔斯正在妻子的陪伴下在商场为自己选购宣誓就职时穿的西服,突然,毛姆警长把他召到了警局。毛姆警长身边坐着萨曼莎,威尔斯还没来得及开口,萨曼莎就抢先道:"威尔斯,请你原谅,我把什么都告诉警长了,因为你这样作伪证,对艾略特来讲实在太不公平。而且你这种不顾法律道德的做法,也令我害怕……"

"你……你说什么?"威尔斯突然哈哈大笑起来。这时,毛姆警长插嘴道:"威尔斯先生,萨曼莎小姐透露的事实真让我震惊,开始我也不相信她说的是真的,可是她已经录下了你打给她的所有电话,所以你还是说实话的好。而且……"毛姆警长又向威尔斯展示了一张摄于七月十九日晚上9点45分前后的照片,那上面的背景正是鲨鱼超市停车场,威尔斯车牌号为"654321"的福特车和艾略特的宝马车同时出现在这张照片上。毛姆警长说,这是小镇上的一位摄影爱好者提供的,他向警方解释说,之所以直到今天才提供这张照片,是因为不关心政治的他,刚刚才从报上看到关于这个案子的报道。

于是,竞选市长的形势一下子发生了剧变,威尔斯不但市长梦彻底破灭了,而且司法部律师委员会也开始介入调查他作伪证的事。威尔斯终于意识到自己可能落入了某种圈套,他不服气地对毛姆警长说:"我承认我是作了伪证,但我敢肯定,艾略特也一定不是什么光明磊落的人。那桩凶杀案的凶手不是至今还没有找到吗?可是至少有目击者证实,案发前一个长得很像艾略特的人在现场出现过。所以我提请你们注意，千万别像我一样被别人牵着鼻子走……"

毛姆警长听后不置可否。其实作为警长，他心里也早就注意到了这一点，可是现在艾略特有了不在现场的证据，在唯一的嫌疑人被排除，且现场又没有留下犯罪痕迹的情况下，要想找到那个凶手并不是件容易的事。

但事情的发展往往又出人意料。这天是以绝对多数当选市长的艾略特宣誓就职的日子，毛姆警长作为嘉宾也应邀出席仪式，可就在艾略特准备发表就职演说的前一刻，毛姆警长突然收到一封来自邮局的退信，正是那个被谋杀的杰克逊老人被杀前一天写给艾略特的，只不过由于老人忘了贴邮票，才被邮局退回，并直接送到了毛姆警长手里。

信是这样写的：

尊敬的艾略特先生：

我是您忠实的读者。我三个月前给您写的那封信不知您收到了没有？这里，请允许我把我的情况再告知如下：我有一个肢体残疾的儿子，我一直鼓励他要坚强地面对生活，可不幸的是我自己又患上了绝症，病痛折磨得我痛不欲生。我不怕死亡，我希望早点结束生命，但我担心的是我死后儿子会怎么看我，他会不会因为'一贯坚强'的父亲也自杀了而失去活下去的勇气？

在这种情况下，我想最好的办法无疑是我死于'意外'，这样非但我逃避病痛的软弱行为将被掩盖，而且还可以为儿子留下一笔保险赔款。所以我就想到了您！我希望您能抽空做件好事：想办法杀了我。反正我的疾病不容许我活多久了。当然，我也不会让您白干的，我的遗嘱中有这么一条：愿将本人三分之一的财产，赠与曾用优秀小说为本人不幸生活带来快乐的作家艾略特先生。这是一笔四万元左右的报酬!

艾略特先生,我看过您不少作品,我知道您在谋杀方面绝对是个天才,您一定能做得天衣无缝。看在我是您忠实读者的分儿上,请您抽空找个机会尽快杀了我吧!

永远崇敬您的杰克逊

事情是再清楚不过了。毛姆警长看完信,立即让主持仪式的大法官中止了艾略特的新市长就职宣誓。艾略特怒气冲冲地质问毛姆警长为什么,可是当他接过那封信,刚瞥了一眼,脸色就一下子变得惨白。原来,当收到杰克逊的第一封信后,艾略特就觉得这是件可以利用的事,于是他便针对威尔斯好色的弱点,物色萨曼莎去勾引对方;作案前,他买通了杰克逊家的邻居,为"目击"他的存在作伪证;随后他从萨曼莎那里得知威尔斯照例9点45分要离开,便算好时间掐死杰克逊,随后驾车赶到鲨鱼超市停车场,去"邂逅"威尔斯;最后,艾略特还买通了小镇上的一个摄影爱好者,以便为自己奠定最后的胜局。可谁知智者千虑必有一失,艾略特做梦也想不到,等不及的杰克逊会给他寄出第二封求死的信,并且还偏偏忘了贴邮票!

世界上的许多事情真是又巧又不巧啊!结案后,接受媒体采访的毛姆警长这样说道:"权力在一些人眼里永远是可爱的,法律并不禁止人们争取权力,但获得它的途径必须正当合法。作为一个选民,我希望重新开始的下一轮选举,能在公正和没有阴谋的情况下进行……"

(吕新建)
(题图:箭　中)

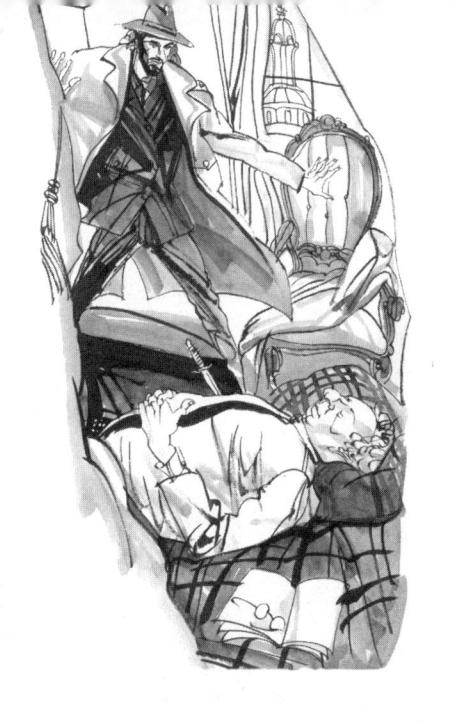

电话那头的凶案

已经是晚上9点钟了，柯克大侦探才刚刚收拾好桌上的案卷，正要离开办公室，电话铃响了，拿起来一听，是他的西班牙朋友费加博士打来的。

博士这几天正来此地出席一个国际人类基因研讨会，原本明天上午要宣读科研论文的，可今天下午一个名叫黑山四郎的人却突然找上门来，非要他以100万美元的价格出让他的科研成果，否则就将采取进一步行动。博士对这种明目张胆的威胁气愤不已，可自己又想不出个对付的办法，于是便找柯克大侦探求救。

柯克当然义不容辞，立即要博士给他描述一下这位黑山四郎先生的相貌特点。谁知博士才说到一半，柯克就听到话筒里传来按门铃的声音，博士连忙给柯克打招呼："对不起，请稍等一下，好像有人来了。"

柯克职业性地扫了一眼墙上的挂钟，这时是9点15分，他继续握着话筒，耐心地等着博士回来继续介绍。可是足足等了15分钟，始终没有听到博士的声音。这是怎么回事？难道是博士只顾接待客人，把自己给忘了？就在柯克感到十分蹊跷的时候，对方把电话给挂断了。

柯克觉得不对劲，他马上通过电话局查到博士下榻的大酒店房间电话，立即挂过去，电话很快接通了，可是却没有人来接。柯克预感到事情不妙，冲出办公室，驾车直奔大酒店。

博士的房门没有上锁，柯克进门一看，博士已经倒在地上断了气，一把尖刀刺透了他的左胸。博士的旅行皮箱被打开了，里面被翻得一塌糊涂。

柯克想到要做的第一件事是检查电话机。只见话筒很正常地搁在电话机上，是博士自己放上去的，还是罪犯在杀害博士以后发现话筒扔在一边而放上去的呢？如果是罪犯放上去的，那么至少罪犯在9点15分到9点30分之间没有离开过这个房间。

但是，有一件事使柯克费解，因为他发现电话机上湿漉漉一片。这是为什么呢？柯克立刻报了警。

警方根据柯克提供的线索，首先一一排查酒店旅客，结果发现9楼910房内住着的旅客，虽然身份证上的名字叫平岛纠夫，但是他的相貌与博士在电话里所描述的黑山四郎先生极其相像。警察单刀直入地问他："9时15分至9时30分那段时间里，你在哪里？"

平岛纠夫回答："我在自己房间里呀！"

警察追着问："什么人可以证明？"

平岛纠夫嘴一撇："用不着什么人证明，你们不信的话可以去问问电话局，我正巧在这个时间里打过两个电话，一个打给我母亲，一个打给我的朋友。"

与电话局一核实，果然像平岛纠夫说的，而且这两个电话都是他在自己客房里打的。这就是说，在这段时间里，平岛纠夫不可能呆在13楼博士房间里，平岛纠夫有完全不在现场的证明。

难道还有另外一个人杀害博士，然后挂上那个电话？柯克盯着湿漉漉的电话机沉思起来。几分钟之后，他笑了，转而肯定地对平岛纠夫说："你这种小花招瞒得了别人，可休想瞒过我。你就是黑山四郎，你就是杀害博士的凶手！"

平岛纠夫脸涨得通红，嚷嚷起来："你凭什么这么武断？"

"别演戏啦！"柯克说，"你没法逃脱罪责。9点15分你敲开博士的房门向他索取论文，计划不成之后你就对他下了黑手，并窃走了他的论文稿。此时你发现电话筒还没有挂上，于是就耍了个花招，把冰箱里的冰块拿出来，搁在话筒和电话机之间，当冰块全部融化后，话筒就可以自然地落下来，挂回电话机上。为了应付日后警方的侦查，你悄悄潜回客房之后还故意给你母亲和朋友打电话，以提供不在现场的证据……"

黑山四郎脸上的肌肉不由自主地痉挛起来。此时，柯克的两道眼光犹如两把利剑，直直地射在平岛纠夫的脸上，"你以为这样做就神不知鬼不觉了？可正是这个湿漉漉的电话机，泄露了你的全部秘密。怎么，难道你还能有其他的解释？"

黑山四郎傻眼了，再也没有了招架的功夫。

（郑开慧）

（题图：安玉民）

死者的叫声

很久以前，在美国南部一个叫瑞特巴热的小镇上，发生了一件怪事，扰得居民们惶惶不得安宁。

事情是这样的，这个镇上有位最富有和最受人尊敬的绅士夏特威斯先生，突然失踪。一个星期六的早晨，夏特威斯先生背了两袋钱，骑马到十五英里外的县城去办事，不料两小时后，他的马回来了，却不见他本人，也不见马背上驮着的两个口袋。只见那马浑身是泥，胸口带伤，一颗手枪子弹射穿了它的胸膛。这头可怜的畜牲却没有当场死掉，真是万幸！

这件不寻常的事，简直像块巨石投进水里，激起了轩然大波。老年妇女向上帝祷告，祝愿善良的夏先生平安归来；夏先生的侄儿彭黎和一大群朋友，都感到惊愕万分。等到星期天早晨，还不见夏先生回来时，大家都不约而同地会集到他家里，商量去找他的事。

夏先生的侄儿彭黎大声疾呼，主张马上去找，并且说凡是他叔父的真正朋友，都不应该再等下去或保持沉默，而应跟他一起去寻找夏先生的尸体。他的话引起了人们的反感。因为这个彭黎虽然是夏先生的侄儿，却是个酗酒、赌博、好斗的浪荡子。人们根本不信他的，而把目光一齐转向了尚未发言的老查理和坡先生。

这两个人，都是夏先生最亲密的朋友，也是镇上说话最有分量的人。坡先生是老瑞镇人，和夏家素有交往，其言语不多，却为人机警，处理问题常有过人之处。而老查理则是六七个月前才到瑞镇来的，他性情豪放诙谐，举止慎重又见多识广，镇上人都亲切地称他为"古德费罗"（英译，"好伙伴"的意思）。因此，他很快就和慷慨好客的夏先生结成了莫逆之交。不久前，当夏先生知道老查理特别爱喝一种法国产葡萄酒时，还向巴黎发了一张订单，专门为他订购了一大箱。

一开始，坡先生和老查理都沉浸在悲痛之中，因而也无心发表意见。现在当大家等待他们发表意见时，两人却不约而同地赞同了彭黎的主张，立即去找夏先生。

接着，大家讨论寻找的办法。彭黎建议大家分头寻找，这样才能保证把每个地方都找遍。老查理则主张只需沿着路两边寻找，特别注意那些灌木丛、密林和深草处。

大多数人都认为老查理有理，于是在老查理带领下，组织一支搜寻队出发了。他们循着马蹄印，经过三天搜寻，在瑞镇东面约四英里处的一个污水塘边，终于发现了蛛丝马迹。

在这污水塘边，他们看到了搏斗过的痕迹，还发现有某种又重又大的东西被从路上拖进了水里的痕迹。于是大家就从两边拉着绳子和铁链，把水塘细细捞了一遍，结果什么也没有找到。大家泄气了。彭黎提出到别处去找,可是有经验的老查理却说:"别忙,把水排干再找找看。"他的意见,得到了坡先生的支持。于是,带工具的人就七手八脚,沿塘两边挖了几条沟,水慢慢从沟里流了出去。

污水塘干了,人们发现塘底有一件沾满污血的黑绸子背心,人们一眼就认出是彭黎的背心。有人记得他最近还穿过,但从他叔父失踪后,就再没有见过了。

彭黎紧张了,他面色煞白,赌咒发誓说:"我的背心自从上回打猎时被刮破后,一直丢在家里。"可是谁会轻信他的话呢!几个小伙子还摩拳擦掌地要立即把他捆起来,经过坡先生劝说,他们才同意暂时把他押回去。

在归途中,老查理一脚踢着了什么东西,走在他旁边的小伙子捡起来一看,原来是一把西班牙刀,大家一看,刀上刻着彭黎的名字,这是他几年前从战场上带回来的。

于是,大家便认定:彭黎为了急于得到夏先生的金钱,谋杀了他的叔父。

一小时后,彭黎被押到瑞镇法庭。

法官问道:"你叔父出事的那天早晨,你在什么地方?"

彭黎吞吞吐吐地回答:"我……我在树林里打猎。"

"用枪吗?"

"是的!"

"在哪儿的树林里打猎?"

"离大路不远的地方。"

这时又有人出庭证明:彭黎到过水塘附近。

老查理又把发现背心和刀的经过叙述了一遍,然后他踌躇了一阵,说:"我对上帝起誓,我早已原谅了彭黎先生上次打我的事。现在我讲出这件事,是为了对上帝和法律负责。可是,唉,真愿它没有发生!"过了好一会儿,他才继续说下去,"上星期五,我和夏特威斯先生一起吃中饭,彭黎先生也在座。夏先生告诉他的侄儿第二天早晨他要到县城去,打算装两个皮口袋的钱去,存入那里的农民银行。接着他声色俱厉地对他侄儿说:'侄子,我死以后,你别想得到我的钱。听见了吗?一个子儿也别想!先生,我要写一个新遗嘱!'"

法官问彭黎有没有这事,彭黎沉重地点了点头。

正在这时,又有人递给法官一张字条:"夏先生的马刚才因伤过重死了,我认为检查一下马的尸体是有好处的。"

于是法官带着一干人出了法庭。对马素有研究的老查理仔细地检查了马的胸部伤口,突然从马胸脯里发现了一颗子弹。

警察立即把全瑞镇所有的手枪搜去,一支支试装那颗子弹,结果只有彭黎的枪刚刚合适。

法官认定证据已经够充分的了,他下令把彭黎关进监狱。

人们都赞同法官先生的决定,只有坡先生建议在未找到夏先生尸体以前,先不忙对彭黎定罪,并提醒如果彭黎先生被处死了,那夏先生失踪的谜可能永远解不开了。老查理则提出:暂时把彭黎放了,由他来看管,以便问个水落石出。但这提议立即被法官一口拒绝了。

一个月以后,彭黎被带到县城受审。在铁一般的证据和显而易见的事实面前,审讯的结果没有引起任何人惊奇,法院下了"谋杀"的结论。随后,法官读了庄严的判决词:"你将被处以绞刑……"于是彭黎被押回县城的监狱,等待着对他的最后惩罚。

整个事件就这样结束了,然而,夏先生的遭遇却在他朋友的心上留下了抹不掉的阴影。两天后,坡先生说他睹物思人,心里难受,就离开瑞镇,到外地散心去了。老查理则足足在屋里躺了一个星期,脸瘦得简直变了一个人。这种对亡友的真挚感情,使瑞镇人十分感动。朋友们为了劝解他,每天不是这家请他吃中饭,就是那家请他吃晚饭。日子长了,他觉得有点不好意思,于是也在自己家里办一些小小的家庭酒宴,表示谢意。谁知人们闻讯都纷纷聚集而来,酒宴竟越办越大了。后来,坡先生从外地回来了,这样,除少了夏先生,以及把聚会地点由夏先生家转到老查理家外,又恢复了昔日朋友交往的盛况。

有一天,老查理突然收到一封从巴黎寄来的信,信的全文是这样写的:

亲爱的瑞特巴热镇查尔斯·古德贵罗先生:

大约两个月以前,我们从老朋友巴勒白斯·夏特威斯先生那里收到一张订单,他要我们寄给您一大箱本地最好的葡萄酒。

我们很高兴地通知您,今天箱子已经装车起运了。预计在您收到这封信的次天晚上就能到达您处。

请转达我们对夏特威斯先生最良好的祝愿。先生,随时准备为您效劳。

您的最忠实的朋友
巴黎·马格公司
(注:箱子72瓶装)

自夏先生死后,老查理早已把这件事忘到九霄云外,现在他把这当作是上帝赐给他的礼物。他惊喜地立刻跑到朋友们那里去,邀请他们第二天晚上统统到他家来聚会。他为了不让大家晓得这是夏先生生前赠给他的礼物而产生悲伤,就对朋友们说这是他本人从城里购买的一种极好的葡萄酒,请他们一起来品尝品尝。

第二天下午六点钟,朋友们都来到老查理家,酒菜安排得很丰盛,朋友们互相碰杯,谈笑,吃得都很愉快,可是葡萄酒却一直拖到晚上八点钟才送来。箱子一到,老查理指示把它搬到桌子上。坡先生吩咐自己的仆人把箱子从地板上抬起来。

这时老查理已有八分醉意,他满脸通红,大声吆喝着请大家安静。他说:"先生们,女士们,当你们看到这个宝贝的时候,请你们都不要太激动!"

他拿出几件工具,请坡先生协助他打开箱子。坡先生一面说着:"乐意效劳。"一面往箱盖下插进一根铁棍,用手锤轻轻敲着。

突然,箱盖飞了出去,与此同时,满身都是血泥的夏先生"扑"从箱子里坐起来,恰好和老查理脸对着脸。夏先生那凄惨的眼睛盯着老查理的脸,发出缓慢而又清楚的声音:"你——就——是——凶——手!"说完,尸体从箱边滚下来,一阵腐臭味弥漫着整个屋子。

这个情景简直把人们吓疯了,他们惊叫着朝门口和窗户拥去;几个胆子大的在惊叫一声之后,就把目光转向老查理。

足足有两分钟,老查理眼光木然,一动不动地坐在那里。突然,他眼睛猛地睁圆,身体从椅子上弹出去,向前一扑,落到夏先生的尸体上。他的嘴巴嘟哝着,人们听到的是一个杀人犯的可怕的自供状。

原来,那天夏先生刚刚动身,老查理就暗暗紧跟在后,到了树林里那个水塘边,老查理用手枪打伤了朋友的马,又用枪柄砸死了夏先生,拿走了马背上驮着的两口袋钱。

老查理看看那马快死了,就费劲地把它拖进灌木丛,然后把夏先生的尸体驮在自己的马背上，拉到很远很远的地方，把尸体藏了起来。随后，他把事先弄到手的彭黎的背心、刀和大号子弹放到后来被发现的地点。他用这种办法，轻而易举地使每个人都确信无疑地认定：彭黎是谋杀叔父的罪犯。

老查理供认了上述罪状后，已经筋疲力竭了。他用最后一点力气从地板上爬起来，面对墙壁，伸开两手，然后瘫倒在地——死了。

这件事一发生，一般瑞镇居民都认为这是"上天的报应"，因而也不去探索这怪事究竟是怎么发生的。然而，当时在场的一些细心人已开始猜到这神奇的一幕和不动声色的坡先生有关。他们回忆：当大家魂飞魄散地往外逃的时刻，坡先生却纹丝不动；而当大家惊魂未定地听老查理自供的时候，他脸上仿佛露出了微笑。

在大家的再三要求下，坡先生终于敞开了秘密：

事情还得从彭黎先生把老查理打倒在地说起。那天，坡先生刚好在场，当老查理从地上爬起来的时候，坡先生无意中看到老查理的两眼闪着凶光。当时坡先生便暗自对自己说：这是个有仇必报的人。

在搜寻夏先生的过程中，老查理的表现使坡先生生疑：大部分罪证是他发现的，其中最奇怪的是老查理从死马的胸腔里找到子弹。坡先生清楚地记得，子弹是穿透了马的胸腔的。于是他认定：子弹是临时塞进去的。

坡先生想：老查理仅仅是借机报复呢，还是谋财害命？他注意到老查理近来经常举行小宴会，那些美酒佳肴要花多少钱呀！可老查理哪来这么多钱？

于是，坡先生借口到外地消愁，独自一人寻找夏先生的尸体。他找了两个星期，最后在距离那个污水塘约三英里远的一口枯井里，找到了夏先生的尸体。

　　这时，坡先生想起了夏先生答应为老查理到法国买葡萄酒的事。一天夜里，他把夏先生的尸体运到自己花园里一间空茅屋里，找了一只空酒箱，把蜷曲着的尸体面朝下放到箱子里，又用一根弹性很好的钢丝，小心地安到死者的喉咙下面，然后他坐到箱盖上，把尸体的上身连同钢丝一起使劲压下去，再钉上钉子。这样，只要有人一撬箱子，箱盖就会飞出去，而尸体就会坐起来！

　　接着，他在箱子上写了"交瑞特巴热镇查尔斯·古德费罗先生收"的字样，又以酒商的名义写了那封信；然后吩咐自己的仆人在老查理举行晚宴那天晚上八点，把箱子送去。

　　"你就是凶手"的声音也是他装出来的，为此他练习了好几天。他趁着人们发现尸体时的恐怖气氛，利用老查理的惊骇心理说了那句话，迫使老查理坦白出一切。然而出乎他的预料，老查理竟会当场死掉！

　　人们立即把老查理的自供状送到法庭，彭黎终于获释了。这个年轻人恢复自由了，并在第二天，继承了他叔父的全部财产——因为夏先生从未写过新遗嘱。这个青年从他可怕的经历中接受了深刻的教训，他的坏习惯改变了，变得和善、自重，此后一直生活得很愉快。

（改编：袁光荣）
（题图：许明耀）

空药瓶

布莱德认为自己的婚姻是一场灾难，妻子爱菲尔多疑、自私，他烦透了，于是他准备谋杀妻子。布莱德认为自己的计划很完美：他喜欢绘画艺术，在他的一再恳求下，爱菲尔终于答应陪他去波士顿，好让他看看那里正在展出的毕加索的画，而爱菲尔在那里住几天后就先回家。布莱德只要事先在爱菲尔的药瓶里放两片毒药，当她一人独自吃下那些药片时，布莱德则在遥远的波士顿，有着铁一般的不在现场的证据。布莱德暗自赞叹：这真是完美的计划！

现在，爱菲尔正在外面收拾旅行用的东西，布莱德则悄悄走进洗手间，开始实施自己的计划：他取出柜子里的小药瓶，倒出所有的棕色保健药片，然后将两片表面酷似保健药的剧毒"的士宁"片放入药瓶，再将药瓶放在梳妆台上。

"亲爱的,我们该走了!"门外传来了爱菲尔的声音,布莱德急忙走出来拥吻她:"噢,亲爱的,感谢你赐予我这次艺术之旅。"

夫妻俩乘车到了波士顿,在那里玩了两天后,爱菲尔先回了家,正如布莱德所料,爱菲尔回去后的第三天,警方就打来长途电话告知布莱德:他的太太死了……

布莱德见到爱菲尔的尸体时几乎要"晕"过去了,他甚至无法停止双手的颤抖:"为什么会这样……"负责调查这个案件的肖恩警官和其他一些人不住地劝慰布莱德,过了好一阵子,布莱德才冷静下来,他对肖恩警官说:"我不想耽误您的调查取证工作,但现在请让我先休息片刻,或洗把脸,行吗?"肖恩点点头:"我理解您的心情,请便吧。"

布莱德走进洗手间,把门锁住,然后四处寻找那个小药瓶,梳妆台上没有,浴室里也没有,当他打开柜子时终于发现了它。布莱德欣喜地拿起药瓶,轻轻摇了几下,不料药瓶里竟然发出了声响,他顿时吓得面如死灰:怎么?瓶子里还剩有毒药?这可是他谋杀妻子的罪证呀!布莱德倒了倒瓶子,一片棕色药片"哧溜"滚了出来,静静地躺在他的手中!

布莱德的心里很乱,他强迫自己不胡思乱想,并努力调整着思维:爱菲尔只吃了一片药就死了,幸好另一片没被警方发现,在自己手中,所以肖恩警官暂时不会怀疑到我头上。布莱德的自信压过了恐惧,他镇定了下来,将那片药藏在手帕内放入口袋,洗了把脸,从洗手间走了出来。

布莱德坐下后,肖恩警官便介绍了这起命案的大致情况,布莱德静静地听着,最后,肖恩说:"验尸报告指出,一种含'的士宁'的剧毒药片是导致您太太死亡的唯一原因。"肖恩警官紧紧盯住布莱德,"不过,我们认为,你有害死爱菲尔的嫌疑,会不会是你设法使她误服了毒药?"

布莱德激动了:"我害死她?笑话,您有证据吗?"

"别太自信,年轻人,"肖恩警官的脸上没有丝毫表情,神色显得十分平静,"你太太临死前曾大声喊叫,说这事一定是你干的,这一点,你的邻居可以作证。还有,我们找到了一个保健品药瓶,当然,里面还剩一片药,也就是说,你事先放了两片毒药,可你太太只吃过一片!"

布莱德听到这里大惊失色,他跌坐在沙发上,惨笑道:"很好,公正、尽责的肖恩警官,我承认,是我干的。"

布莱德掏出手帕擦拭着额头上的冷汗,那片药被趁机放入嘴里,只需三分钟,三分钟后,布莱德的恶梦将永远结束了!

这时,一位警察进了洗手间,把空药瓶拿出来递给肖恩警官,肖恩接过来看了一眼,对布莱德说:"现在,我们才确定你就是凶手。"

布莱德惊愕地望着肖恩:"现在才确定?"

"是的,"肖恩解释说,"你太太临死前的确大喊大叫,说是你害死了她,但我们并没有你投毒的证据,更何况,我们也不能肯定'的士宁'药片到底是不是放在那个药瓶里。"布莱德不明白了:"可是我发现药瓶里明明还剩一片药啊,你们完全可以拿去化验。"

"不,当时药瓶是空了的,里面没有任何药。"肖恩很狡猾地笑了,"其实,爱菲尔死前把两片药都吃掉了,所以,为了试探你,我们把一片外形和'的士宁'酷似的普通药片放入那个空瓶子,如果你真的害死了爱菲尔,必定会去察看那个药瓶,并把那片药取走。年轻人,你露馅儿了,我想现在药丸就在你嘴里吧,它没毒,可是很苦!"

布莱德皱了一下眉头,的确很苦,看来,他的恶梦才刚刚开始……

(原作:马德里·拉尔夫;改编:龚 昊)
(题图:佐 夫)